아르센 뤼팽

-단편 걸작선-

아르센 뤼팽
-단편 걸작선-

초판 1쇄 발행 | 2011년 03월 05일
초판 9쇄 발행 | 2022년 04월 30일

지은이 | 모리스 르블랑
옮긴이 | 조주연

발행인 | 김선희 · 대 표 | 김종대
펴낸곳 | 도서출판 매월당
책임편집 | 박옥훈 · 디자인 | 윤정선 · 마케터 | 양진철 · 김용준

등록번호 | 388-2006-000018호
등록일 | 2005년 4월 7일
주소 | 경기도 부천시 소사구 중동로 71번길 39, 109동 1601호
　　　(송내동, 뉴서울아파트)
전화 | 032-666-1130 · 팩스 | 032-215-1130

ISBN 978-89-91702-74-5 (03860)

· 잘못된 책은 바꿔드립니다.
· 책값은 뒤표지에 있습니다.

아르센 뤼팽

-단편 걸작선-

모리스 르블랑 지음 | 조주연 옮김

매월당
MAEWOLDANG

옮긴이의 말

늘 범인을 쫓는 셜록 홈즈가 영국에 있다면, 늘 형사를 따돌리는 아르센 뤼팽은 프랑스에 있다. 영국 작가인 코난 도일의 홈즈 시리즈가 큰 인기를 누리자 경쟁 관계에 있던 프랑스는 이에 필적하는 캐릭터를 만들기 위해 아르센 뤼팽이라는 걸출한 인물을 만들어냈다. 탐정과 도둑이라는 상대적인 관계에 놓여 있지만, 두 캐릭터 모두 매력적인 인물임에는 틀림이 없다.

모리스 르블랑은 아르센 뤼팽이라는 캐릭터에 열정을 가지고 수많은 작품을 만들어냈다. 단편부터 장편에 이르기까지 그의 뛰어난 창작열은 다양한 작품을 창조했고, 이 책에는 그 중 가장 재미있고 우수한 단편만을 선정하였다.

도둑의 시점으로 추리소설을 이끌어나간다는 것은 쉽지 않은 일임이 분명하다. 하지만 모리스 르블랑은 때로는 관찰자의 시점으로, 때로는 뤼팽의 시점으로 사건을 풀어나가면서 독자들이 무릎을 치도록 하는 명쾌한 결론을 이끌어낸다.

또한 이 책에서는 뤼팽이 늘 도둑의 모습으로만 등장하지는 않는다. <체포된 아르센 뤼팽>이나 <한 발 늦은 셜록 홈즈> 등에서는 뤼팽이 사랑하는 여인 '넬리 언더다운'에 대해 언급함으로써 냉철하고 현명하지만 지독한 로맨티스트이기도 한 모습을 보여주기도 한다. <왕비의 목걸이>에서는 뤼팽의 어린 시절이 드러나는 대목이며, <앵베르 부부 금고의 비밀>에서는 뤼팽도 실수를 할 수 있다는 것을 보여주고 있다.

좀 더 읽기 쉽고 이해하기 좋게 문장을 다듬고 또 다듬었지만, 뤼팽의 매력을 모두 보여주기에 필력은 한계가 있다. 독자들이 직접 뤼팽의 활약을 읽어보면서 옮긴이의 부족한 능력을 모두 채워줄 수 있기를 바란다.

셜록 홈즈에 이어 또 한 번 좋은 작품을 번역할 수 있는 기회를 주신 매월당의 김종대 사장님, 바쁜 2010년의 12월을 이 작품으로 할애해 주신 박옥훈 편집장님에게 감사의 말씀을 전한다.

옮긴이의 말

Contents

옮긴이의 말 *4*

체포된 아르센 뤼팽 *9*

감옥에 갇힌 아르센 뤼팽 *33*

탈출한 아르센 뤼팽 *69*

수상한 여행자 *103*

왕비의 목걸이 *127*

세븐 하트 *155*

앵베르 부부 금고의 비밀 *209*

되찾은 흑진주 *229*

한 발 늦은 셜록 홈즈 *253*

결혼반지 *293*

해시계의 그림자 *323*

체포된 아르센 뤼팽

체포된 아르센 뤼팽

프로방스 호는 대서양을 횡단하는 쾌속선으로, 점잖고 예의바른 선장의 지휘에 따라 순항하는 최고의 여객선이다. 시작이 꽤 좋았기 때문에 나는 여행에 많은 기대를 하고 있었다. 게다가 승객들 역시 더할 나위 없는 신사 숙녀였고, 자연스럽게 서로 어울리면서 수준 높은 대화의 꽃을 곳곳에서 피우고 있었다. 마치 지도상에 없는 아름다운 섬에서 사교생활을 즐기는 것 같았고 서로 가까워지는 것이 당연한 듯했다.

배를 타기 전날까지만 해도 서로의 존재를 전혀 모르던 사람들이 우연히 같은 배에 탔다는 것만으로도 얼마나 기이한 인연인가! 조용한 바다의 분위기를 함께 즐기다가도 언제 바뀔지 모르는 폭풍을 두려워하며 예기치 못한 상황을 견뎌나가야 할 프로방스 호의 승객들. 이는 험난하고 다채로우면서도 단조롭고 찰나에 불과한 인생과 같은 모습을 보여주는 것인지도 모른다. 바로 이 때문에 이번처럼 짧은 여행에서도 강한 열정을 느낄 수 있는 것이다.

그러나 몇 년 전부터 이렇게 배를 타고 인생을 느낀다는 감동 속에 새로운 모습이 하나 나타났다. 바다 위를 떠다니는 작은 섬과도 같던 배가 세상과 긴밀한 연결고리를 가질 수 있도록 한 무선전신이 그것이다. 보이지 않는 육지와 사람들로부터 새로운 소식들이 전해지면서 인간의 문명에 대해 다시 한 번 놀라지 않을 수 없었다. 전선을 따라 보이지 않는 메시지가 오가는 것처럼, 날개를 단 전령이 전해 주는 듯한 무선전신은 정말 신비롭고 독특한 매력을 가지고 있었다.

무선전신 덕분에 승객들은 고립되었다는 느낌을 받지 않고 육지의 에스코트를 받으면서 항해한다는 안전함을 느낄 수 있었다. 나에게도 두 명의 친구가 무선전신으로 연락을 했고, 다른 승객들 역시 친지들이 꾸준히 연락을 해왔다. 까마득히 먼 공간을 가로질러 온 따뜻한 인사는 프로방스 호를 훈훈하게 감싸주고 있었다.

바람이 세차게 불던 어느 날 오후, 이미 800킬로미터나 멀어져버린 프랑스 해안에서 한 통의 전보가 날아왔다. 그러나 어두운 하늘 한 곳에서 천둥이 치면서 전보는 중단되었고, 내용 역시 중간에 끊겨버리고 말았다.

프로방스 호 일등칸에 아르센 뤼팽이 승선하고 있다.
금발머리, 오른쪽 팔뚝에 상처가 있고 혼자 여행 중이다.
현재 사용 중인 가명은 R…….

전 유럽을 떠들썩하게 했던 아르센 뤼팽이 같은 배에 타고 있다는 것만 해도 놀라운 일인데, 그가 누구인지 밝힐 수 없다는 것은

체포된 아르센 뤼팽

승객 모두를 전율하게 했다. R이라는 이니셜과 몇 가지 단서만으로 아르센 뤼팽을 찾아내야 하는 것이었다.

전신국 직원은 물론, 선상 경찰과 선장은 이미 알고 있었던 것으로 여겨졌으며, 중요한 사안이었기 때문에 보안을 철저히 유지해 왔던 것이 틀림없었다. 이렇게 엄청난 사건이 일어나다니, 그 유명한 아르센 뤼팽이 우리 가운데 숨어 있다는 사실을 알게 되자 프로방스 호 전체는 술렁이기 시작했다.

아르센 뤼팽은 벌써 몇 달 동안 모든 신문에서 1면을 장식하고 있는 신출귀몰한 도둑이었다. 도둑답지 않은 대담한 행동을 계속하면서 프랑스 최고의 형사인 가니마르와 함께 사생결단을 하고 있었다. 거대한 성채나 호화 살롱만을 턴다는 뤼팽은 쇼르만 남작 저택의 귀중품을 훔치기 위해 들어갔다가 빈손으로 나오면서 이런 메모를 남긴 적도 있었다.

쇼르만 남작, 다음에 진품이 갖춰지면 다시 방문하겠소.

— 괴도신사 아르센 뤼팽

마부에서 오페라 가수로, 청년에서 노인으로 변신하는 것도 부족하여 프랑스 떠돌이에서 러시아 장군으로 천의 얼굴을 가졌다는 뤼팽이 대서양 횡단선에 있다는 것은 상상할 수 없는 일이었다. 서로 옷깃을 스쳐 지나가야 할 만큼 좁은 일등칸과 거기에 딸려 있는 식당, 휴게실과 흡연실 등에서 스치듯 만나는 사람들은 작게 동요했다. 그 누구도 아르센 뤼팽이 아니라고 장담할 수 없었기 때문이다.

"어머나! 아직 항해가 5일이나 남았는데 큰일이군요! 얼른 잡아야 할 텐데 걱정이에요."

전보가 도착한 다음날, 아름다운 넬리 언더다운 양이 걱정스러운 표정으로 내게 말을 걸었다.

"앙드레지 씨, 당신은 선장과 아주 가까운 사이 같은데 혹시 알고 있는 정보가 있으면 말해 주세요."

그 말을 듣는 순간, 나는 넬리 양을 만족시킬 수 있는 정보를 만들어서라도 알려주고 싶었다. 그녀는 어디에서나 사람들의 시선을 이끄는 매력적인 여인이었기 때문이다. 외모가 아름다운 것은 물론 엄청난 부를 소유하고 있어 사교계의 관심을 한 몸에 받고 있었다. 그렇기 때문에 그녀의 주위에는 늘 남자들이 끊이지 않았다. 그녀는 프랑스인 어머니와 함께 파리에서 자랐고, 친구 제를랑 부인과 함께 미국에서 알아주는 갑부인 아버지 언더다운 씨를 만나러 가기 위해 여행을 하는 중이었다.

워낙 유명한 그녀였기 때문에 처음에는 호기심만 가지고 있을 뿐이었다. 그러나 좁은 공간에서 매일 얼굴을 마주하다 보니 그녀의 매력에 빠지지 않을 수 없었다. 커다랗고 검은 눈동자를 볼 때마다 내 심장은 두근거렸고, 그녀 역시 나의 예의 바른 접근에 호

체포된 아르센 뤼팽

의적인 듯했다. 내가 하는 모든 이야기들에 관심을 보여주었고, 분명히 호감이라고 말할 수 있는 표정으로 나를 바라보곤 했다.

그녀와 나 사이는 조금씩 가까워졌지만, 이를 탐탁지 않게 여기는 연적 로젠이 있었다. 우아하고 점잖으며 과묵한 미남인 그는 넬리 양의 시선을 가끔씩 잡고 있었다. 넬리 양이 나에게 말을 걸었을 때도, 그는 갑판에서 그녀를 둘러싸고 있는 남자들 중에 섞여 있었다. 그러나 한없이 파랗고 맑은 하늘을 바라보면서 그녀와 나누는 대화는 매우 즐거웠다.

"넬리 양, 저 역시 정확히 아는 것은 없습니다. 하지만 우리도 뤼팽의 숙적 가니마르 형사처럼 추리를 해볼 수는 있겠죠. 안 그래요?"

"어머나, 정말 그렇게 할 수 있을까요? 가니마르 형사 같은 추리력이 있을까요?"

"뭐 가니마르만의 능력은 아닐 거예요. 일단 한 번 해보죠."

"뤼팽을 잡는다는 것이 그렇게 말처럼 쉬운 문제는 아닐 것 같은데요."

"그건 문제 해결을 위한 단서를 잘 모르기 때문이에요."

"단서라니요?"

"첫 번째는 뤼팽이 현재 쓰고 있는 이름의 이니셜이 R이라는 것이죠."

"그건 너무 애매한 단서예요. R이라는 철자는 흔하잖아요."

"두 번째는 혼자 여행 중이라는 사실입니다."

"배를 잘 살펴보세요. 게다가 앙드레지 씨도 혼자 여행 중이잖아요."

"세 번째, 그는 금발이다. 어때요?"

"그래서요?"

"이제 승객 명단을 가지고 하나하나 조사를 하는 겁니다. 이 세 가지 조건에 해당하지 않는 인물부터 제외시키면 될 거예요."

나는 주머니 속에 있던 승객 명단을 꺼내서 훑어보기 시작했다.

"이런, R로 시작되는 승객은 겨우 13명밖에 없군요."

"정말 그렇게 적은가요?"

"네. 일등칸에서는 그뿐입니다. R로 시작되는 승객들 중에서 9명은 아내와 아이들, 하인까지 데리고 있으니 이 사람을 제외하면 4명만 남는군요. 일단 라베르당 후작님이 있네요."

"그분이 누구신지 몰라서 하는 말이에요? 대사 서기관이신데 의심을 할 수가 없지요."

"R로 시작되는 다음 승객은 로손 장군이군요."

"말조심 하시오! 그분은 우리 삼촌이십니다."

어디선가 누가 대답했다.

"다음은 리볼타 씨……."

"저는 여기 있습니다."

흑발과 그에 어울리는 수염으로 얼굴을 뒤덮은 한 이탈리아인

체포된 아르센 뤼팽

이 대답했다. 출석에 대답하는 듯한 그의 목소리에 넬리 양은 웃음을 터뜨렸다.

"그렇다면 이제 한 명만 남았습니다. 그가 범인일까요?"

"어머, 그게 누군가요?"

"바로 로젠 씨입니다. 이분은 어디 계신가요?"

잠시 승객들 사이에 침묵이 흘렀다. 주위를 둘러보던 넬리 양은 옆에 있던 한 젊은이를 바라보더니 이렇게 물었다.

"어머, 당신이 로젠 씨 아닌가요? 왜 대답을 안하시죠?"

승객들의 시선이 모두 넬리 양의 옆에 있던 남자에게 향했다. 이와 함께 어색한 침묵이 흘렀고 모두들 당황해 하는 듯한 기색이 역력했다. 사실 로젠의 어느 부분을 봐도 수상한 구석은 없었기 때문이다.

"제가 왜 대답을 하지 않았을까요? 저 역시 앙드레지 씨처럼 승객 명단을 놓고 조사해 보았습니다. 그랬더니 결국 남은 사람은 저뿐이더군요. 그러면 제가 뤼팽이 분명하니 체포되어야 하는 걸까요?"

이렇게 말하는 그의 말투와 태도는 어딘지 모르게 이상했다. 얇은 입술은 더 가늘어져 창백하게 변했고, 눈은 충혈되어 있었다. 그의 말은 농담이 분명했지만, 그의 인상착의나 행동에는 승객 모두가 어리둥절하지 않을 수 없었다.

"로젠 씨, 이건 추리일 뿐이에요. 결정적으로 당신은 팔에 상처

가 없잖아요, 그렇죠?"

넬리 양이 순진한 목소리로 로젠을 바라보며 말했다.

"그렇지요. 상처가 없다는 것이 지금 상황에서는 그나마 다행이지요."

그러면서 로젠은 신경질적으로 옷의 소매를 올리고 상처가 없는 매끈한 팔뚝을 내밀었다. 그 순간 이상한 생각이 들었고 나는 넬리 양과 동시에 서로의 눈을 바라보았다. 로젠은 오른쪽이 아닌 왼쪽 팔뚝을 보여주고 있었던 것이다. 나는 그 점을 지적하려고 했지만 갑자기 넬리 양의 친구인 제를랑 부인이 들이닥쳐 말할 기회를 놓쳤다. 제를랑 부인은 매우 당황한 모습으로 달려왔고, 그녀 주위로 사람들이 모여들었다.

"내 보석, 내 진주……! 몽땅 도둑맞았어요!"

제를랑 부인은 몹시 숨을 몰아쉬면서 이렇게 더듬거렸다. 그녀의 이야기를 들어보니 몽땅 도둑맞은 것이 아니라 가치가 있는 것들만 골라 가져갔다는 것을 알 수 있었다. 섬세한 솜씨로 보석의 알맹이들만 고스란히 빼갔고, 덩치가 큰 것들은 손끝 하나 대지 않았다. 시계를 장식하고 있던 다이아몬드도, 목걸이의 중심이 되었던 루비도 빠져버린 채 액세서리는 뼈대만 남아 있었다.

이야기를 들어보니 도둑은 제를랑 부인이 차를 마시던 그 시각, 환한 대낮에 사람들이 붐비는 복도를 지나 문을 따고 들어가서 소중히 보관해 둔 작은 가방을 뒤져 보석을 훔쳐간 것이었다.

체포된 아르센 뤼팽

이렇게 도둑맞은 일이 알려지자 사람들의 입에서는 단 하나의 이름만이 언급되었다. 이렇게 정교하고 예술과 같은 솜씨를 발휘할 수 있는 것은 오직 뤼팽뿐이었기 때문이다. 게다가 얼마나 현명한가. 보석을 모두 훔치면 배 안에서 보관하는데 쉽지 않을 테니 가볍게 가치가 있는 것만 가져간 것이다.

그날 저녁을 먹는 자리에서 로젠의 양쪽 옆자리는 비어 있었다. 게다가 선장이 그를 호출했다는 소식이 들려왔다. 그가 뤼팽이며 체포될 것이라는 생각으로 모두는 안심했고, 그날 밤은 모처럼 즐거운 파티가 열렸다. 나 역시 넬리 양과 함께 흥겹게 춤을 추었다. 그녀가 로젠에게 호감을 가지고 있었다고 하더라도 이 사건과 함께 사라질 것이 분명했다. 자정이 될 때쯤 내가 가지고 있던 진실한 마음을 그녀에게 고백했고, 그녀 역시 내 마음을 흔쾌히 받아주었다.

다음날 아침, 로젠은 혐의가 부족하다는 이유로 풀려났다. 보르도 포도주의 손꼽히는 도매상의 자제였기 때문에 서류에도 전혀 문제가 없었고, 팔뚝에서도 어떤 상처도 발견되지 않았다는 것이다.

"서류 따위는 아무런 증거도 되지 않아! 아르센 뤼팽이라면 귀족으로도 완벽하게 변신할 수 있을 테니까. 상처 역시 없을 수도 있었고 지울 수도 있을 텐데."

로젠을 시기하던 넬리의 연적들은 이렇게 불평을 늘어놓으며,

로젠이 풀려난 것을 못마땅해 했다. 로젠의 편을 들어주는 일부 사람들이 범행이 일어난 시각에 로젠이 갑판을 거닐고 있었다는 사실을 증명해 주었지만 그들은 설득되지 않았다.

"아르센 뤼팽이 과연 배에 혼자 탔을까? 뤼팽 정도라면 자기가 직접 움직이지 않아도 수하를 시켜 도둑질을 시킬 수 있을 테니까 말이야."

하지만 전보에서 알린 것처럼, 혼자 여행 중이고 금발이며 R로 시작되는 이름은 로젠밖에 없었기 때문에 사람들은 로젠의 무죄가 입증되었어도 그의 결백을 인정하지 않고 있었다. 그가 풀려난 오후, 나와 넬리 양 그리고 제를랑 부인이 있던 자리에 로젠이 다가왔다. 그러자 넬리 양과 제를랑 부인은 꺼림칙하다는 표정으로 자리를 옮겼다. 그로부터 한 시간 후, 손으로 갈겨쓴 승객용 회람이 승무원을 통해 돌려지고 있었다.

아르센 뤼팽의 정체를 밝혀내거나 도난당한 보석을 찾아주는 사람에게 1만 프랑을 후사하겠음.

— 루이 로젠

로젠은 이렇게 선포하는 것으로도 부족하여 선장에게 자신이 직접 나서겠다고 말했다. 하지만 사람들의 반응은 더욱 냉소적이었다.

"뤼팽 대 뤼팽의 싸움이라니……. 재미있는 일이로군!"

로젠이 지나가는 길에서조차 이렇게 말하는 사람들이 있었으니 로젠의 평판은 땅에 떨어져버린 것이나 다름없었다. 로젠은 이틀 동안 여기저기 돌아다니며 정보를 캐물으면서 탐정다운 모습을 보였다. 한밤중에도 복도를 어슬렁거리면서 갑자기 나타나는 그림자로 사람들을 놀라게 하기도 했다.

선장 역시 마찬가지로 적극적인 대책에 나섰다. 점잖은 프로방스 호는 수색 작전으로 혼란스러웠으며, 어떤 객실도 예외는 없었다. 선장은 도난당한 물건들이 이 배 안에 반드시 숨겨져 있을 거라고 주장했다.

"이만하면 뭐가 나와야 하는 것 아닌가요? 아무리 뤼팽이 마법사 같다고 하더라도 반짝이는 보석을 투명하게 만들 수는 없을 테니까요."

넬리 양은 나에게 넌지시 물었다.

"물론이죠. 사실 객실을 뒤지는 것으로는 충분하지 않아요. 모자 안쪽이나 윗도리 안감도, 몸에 걸치고 있는 속옷까지 모두 뒤져봐야 해요. 이 정도 카메라만 있어도 제를랑 부인의 보석은 모두 숨길 수 있으니까요. 그냥 넬리 양을 찍는 척만 하면 아무도 모를 거예요."

나는 이렇게 대답하며 끊임없이 그녀를 찍었던 9×12 사이즈 코닥 카메라를 보여주었다.

"하지만 아무 단서도 남기지 않는 도둑은 없지 않을까요? 어디에선가 실수를 했을 텐데요."

"아르센 뤼팽은 그 예외죠."

"왜 그렇게 생각하죠?"

"그는 도둑질 자체가 아니라 주변 상황 전체를 고려하니까요."

"처음에는 당신도 그를 잡을 수 있을 것처럼 자신만만했잖아요."

"맞아요, 그랬죠. 하지만 가만히 보니 뤼팽의 방법이 보통이 아니에요."

"그렇다면 당신 생각은 어떻죠? 수색으로 뤼팽을 잡을 수 있을까요?"

"아니오, 잡히지 않을 거요. 지금 선장은 시간 낭비만 하고 있을 뿐이죠."

내 예상대로 수색활동은 아무런 소득을 얻지 못했다. 시간과 노력을 많이 들였지만 엉뚱한 결과를 낳았다. 바로 선장이 소중히 여기던 시계를 도둑맞은 것이었다. 매우 화가 난 선장은 범인 잡기에 더욱 열을 올렸고, 몇 번 취조를 했던 로젠의 주변을 샅샅이 감시했다.

그러나 정말 재미있게도 그 시계는 잃어버린 다음날 부선장의 셔츠 칼라 속에서 나옴으로써, 뤼팽의 뛰어난 유머 감각을 다시 한 번 드러냈다. 뤼팽은 비록 도둑이었지만 예술적 위트를 뽐낼 줄 아는 호사가였던 것이다.

체포된 아르센 뤼팽

도둑질을 자신이 주인공인 연극이라고 생각하며 신이 나 있는 배우, 무대 뒤에서 연극에 몰입하고 있는 관객들을 보면서 웃어대는 특이한 배우가 바로 뤼팽이었던 것이다. 예술가라고 불러도 손색이 없는 뤼팽과 어둡고 고집이 센 로젠의 인상은 결코 어울리지 않았다. 나는 이중적 역할을 이렇게 잘 해내고 있는 로젠에게 감탄하지 않을 수 없었다.

이렇게 귀항을 기다리던 그저께 밤, 갑판의 후미진 곳에서 신음 소리가 났고 당직 사관은 재빨리 달려가 상황을 살폈다. 회색 보자기로 얼굴이 덮여 있는 한 남자가 양손이 묶인 채 쓰러져 있었는데, 그는 바로 로젠이었다.

로젠의 이야기로는 그날도 다른 날처럼 여러 가지 정보를 조사하고 있었는데, 갑자기 누군가에게 공격을 받았다는 것이다. 그의 옷깃에는 다음과 같은 메모가 옷핀으로 꽂혀 있었다.

로젠 씨의 포상금 1만 프랑을 고맙게 접수하겠소.
- 아르센 뤼팽

로젠은 자신의 지갑에 실제로 빳빳한 지폐 2만 프랑이 있었다고 말했지만, 그 말을 믿어주는 사람은 소수였다. 그러나 혼자 자신의 팔을 그렇게 묶는 것은 불가능해 보였고, 쪽지의 글씨체도 로젠과는 전혀 닮지 않았다. 필체를 확인해 본 결과, 신문에 기사화

되었던 뤼팽의 필체와 매우 닮아 있어 사람들은 로젠이 정말 뤼팽인지에 대해 확신할 수 없었다.

　로젠이 뤼팽이 아니라는 생각이 사람들에게 퍼지자 배의 분위기는 섬뜩해졌다. 로젠처럼 배에 내동댕이쳐질 수도 있다는 생각에 사람들은 혼자서 객실 안에 있으려고 하지 않았다. 어두운 구석을 돌아다닐 때는 반드시 예전부터 알던 사람들과 함께 모여 다녔다. 어느 정도 얼굴을 익힌 사람들도 서로를 의심하기 시작하자, 뤼팽에 대한 공포심은 뤼팽이 한 사람이 아닌 모든 사람으로 여겨질 정도였다. 승객 모두는 뤼팽이 둔갑술을 할 줄 아는 마법사로 여겨졌으며, 어떤 사람으로도 변할 수 있는 능력을 가지고 있다고 생각했다. 이제는 R이라는 이니셜에 더 이상 의미를 두지 않았으며, 아이와 가족, 하인까지 동반했어도 뤼팽으로 의심하였다.

　초기에 왔던 전보만으로는 정보가 한없이 부족했기 때문에 사람들은 다음 전보를 기다렸다. 그러나 선장은 추후의 전보를 공개하지 않아 승객 모두는 답답한 마음을 부여잡고 있었다.

　막연한 재앙을 기다리는 마음으로, 배가 미국에 도착하기만을 기다렸던 사람들은 시간이 흐르기만을 기다렸다. 아르센 뤼팽이 이제 도둑질이나 폭행이 아닌 살인이나 다른 무서운 일을 할 수도 있다고 생각했기 때문이다. 그가 보석을 훔친 것처럼 누구의 목숨도 가져갈 수 있으리라는 두려움은 배 안에 팽배해 있었다.

　매우 좋지 않은 상황이었지만 나는 남모르게 이러한 분위기를

체포된 아르센 뤼팽

즐기고 있었다. 그 이유는 넬리 양 때문이었다. 그녀는 매우 여리고 소심한 성격인 데다가 도둑질과 폭력이 자행되자 다른 사람의 보호를 절실하게 원했고, 그 보호자는 당연히 내가 되었다. 사실 솔직하게 이야기하면, 나는 뤼팽에게 감사한 마음까지 가지고 있었다. 그가 아니었더라면 우리가 이렇게 가까워질 수 있었을까? 뤼팽 덕분에 내가 더없이 달콤한 꿈을 꾸면서 여행을 할 수 있지 않았는가!

앙드레지 가문은 푸아투 지방에서는 역사와 전통이 있어 내로라하는 가문이었지만, 그 문장의 빛이 바랜 건 사실이었다. 아직 혈기왕성하며 과거의 명성에 젖어보려고 하는 것이 나쁜 것은 아니라고 생각했다. 넬리 양은 나의 몽상을 부추기는 듯 과감하게 나를 바라보았고, 그녀의 시선은 좀 더 대담한 용기를 불러일으켰다.

배가 항구에 도착할 무렵, 넬리 양과 나는 뱃전에서 팔꿈치를 괴고 서서 신대륙의 해안선을 바라보고 있었다. 수색은 이미 중단되었고, 배가 도착하기만을 기다리는 가니마르 형사의 수사에 내심 기대하고 있었다. 과연 누가 아르센 뤼팽일까? 과연 그는 누구의 얼굴과 이름 뒤에 숨어 있는가?

"넬리 양, 얼굴이 몹시 창백하군요. 어디가 안 좋은가요?"
기진맥진한 채 내 팔에 기대고 있던 넬리 양에게 물었다.
"앙드레지 씨, 당신은 처음과 많이 달라진 것 같아요."

"당신과 함께 있기 때문이에요. 지금 이 순간을 당신과 함께 보내고 있다는 것이 저로서는 매우 행복하답니다. 당신을 오래오래 기억할 거예요."

그녀는 항해에 지친 탓인지 내 말에 귀를 기울이지 않았다. 트랩이 내려지고 우리가 건널 틈도 없이 세관원들과 제복의 남자들, 배달부들이 배 위로 올라왔다. 넬리 양은 그 모습을 말없이 바라보았다.

"배를 타고 오는 동안 뤼팽이 이미 탈출했다고 해도 전 놀라지 않을 거예요."

"아르센 뤼팽이라면 배 안에서 체포되는 것보다는 대서양으로 뛰어들었을지도 모르지요. 그러면 불명예보다는 죽음을 선호할 테니까요."

"어머, 농담이 지나치세요."

그녀는 시큰둥한 말투로 대꾸했다.

"넬리 양, 트랩 앞에 서 있는 키가 작고 나이 든 남자가 보이시나요?"

내가 멈칫하며 말하자 그녀는 살짝 놀랐다.

"녹색과 올리브색의 프록코트를 입은 사람인가요? 우산을 들고 있고요?"

"네, 맞아요. 그가 바로 뤼팽의 숙적 가니마르 형사예요."

"그 유명한 가니마르 형사라고요?"

체포된 아르센 뤼팽

"네, 아르센 뤼팽을 직접 잡겠다고 장담한 재미있는 인물이지요. 바다 건너 사정에 대해서는 깜깜무소식이어서 가니마르 형사가 여기 있을 것이라고는 생각하지 못했네요. 조용하게 일처리를 하는 타입이긴 하지만요."

"그렇다면 아르센 뤼팽도 잡힐까요?"

"글쎄요, 아무도 모르죠. 가니마르 형사도 변장한 뤼팽밖에는 본 적이 없을 거예요. 또 뤼팽이 사용하고 있는 가명도 모르고 있을 테고요."

"아! 뤼팽이 잡히는 현장을 직접 구경할 수 있다면 참 재미있을 것 같아요."

그녀는 여성 특유의 잔인한 호기심으로 이렇게 중얼거렸다.

"기다려 봐요. 아르센 뤼팽은 이미 가니마르의 존재를 알아챘을 거예요. 가니마르가 기다리다 지치면 그때쯤에야 배에서 내리겠지요."

본격적으로 승객들이 배에서 내리기 시작했다. 가니마르는 군중을 무심한 표정으로 바라보고 있었지만, 그의 뒤에서는 승무원 한 명이 승객들의 정보를 알려주고 있었다. 라베르당 후작, 로손 장군, 리볼타 외에도 승객들이 계속 배에서 내렸고 드디어 로젠 차례였다. 그는 자신에게 닥쳤던 엄청난 일 때문인지 매우 기운이 없어보였다.

"아무래도 로젠이 뤼팽인 것 같아요. 어떻게 생각해요?"

넬리 양은 나에게 속삭이며 로젠에게서 시선을 떼지 않았다.

"글쎄요, 가니마르와 로젠이 같이 있는 모습을 찍으면 재미있겠군요. 지금 내가 짐이 많으니 당신이 좀 찍어줬으면 좋겠어요."

나는 그녀에게 카메라를 건넸지만 그녀가 사진을 찍으려고 할 때 로젠은 이미 가니마르의 앞을 지나가버렸다. 승무원은 로젠을 바라보며 가니마르에게 무엇인가 속삭였지만 가니마르는 신경 쓰지 않고 로젠을 내버려두었다. 로젠마저 지나가버렸다면 대체 뤼팽은 누구란 말인가? 남아 있는 사람들은 의아하다는 듯이 서로를 바라보았다.

"로젠이 아니라면 뤼팽이 도대체 누구죠?"

넬리 양은 흥분한 듯한 목소리로 나에게 물었다. 이제 약 20명 정도가 남아 있었고, 넬리 양은 두려운 눈으로 사람들을 눈여겨보고 있었다.

"우리도 내리도록 해요."

내가 그녀를 재촉했고 그녀가 내 앞에 서서 배를 내려가기 시작했다. 그러나 채 열 걸음도 가지 못했을 때 가니마르가 우리 앞을 막아섰다.

"숙녀 앞에서 무례하게 무슨 일이오?"

내가 냉정한 목소리로 소리치자 가니마르는 싸늘한 눈빛으로 나를 바라보며 말했다.

"잠시만요, 선생. 그렇게 서두를 건 없지 않소?"

체포된 아르센 뤼팽

"숙녀분을 에스코트하고 있으니 좀 비켜주시오."

"확인할 게 있으니 잠깐 기다리시오."

그의 말투는 좀 더 확신에 차 있었다. 그는 나를 천천히 훑어보더니 내 두 눈을 쏘아보며 말했다.

"당신, 아르센 뤼팽 아니오?"

나는 그의 말을 듣고 넘어질 정도로 크게 웃음을 터뜨렸다.

"가니마르 형사, 나는 베르나르 앙드레지입니다. 승무원이 내가 누구인지 말해 주지 않던가요?"

"베르나르 앙드레지는 3년 전에 죽었소. 마케도니아에서 사망했다는 사실을 확인했소."

"이런, 나도 모르게 내가 죽었다니. 여기 내 신분증이 있소. 확인하시오."

"그건 틀림없이 앙드레지의 신분증이지요. 굳이 원한다면 그 신분증을 당신이 어떻게 손에 넣었는지 내가 다시 한 번 말해 줄 수도 있소."

"제정신이 아닌 게 분명하군. 전보에 의하면 아르센 뤼팽은 R이라는 가명으로 승선했다고 하지 않았소?"

"그건 뤼팽, 즉 당신의 속임수에 불과하지. 일부러 거짓으로 그런 정보를 흘렸으니 말이오. 정말 대단한 사람이긴 하지만 이번에는 나에게 잡힌 것 같군. 이제 정정당당하게 정체를 드러내는 게 어떻소?"

나는 잠시 어떻게 해야 할지 망설였다. 순간 가니마르는 내 오른팔을 낚아챘다. 나는 고통으로 일그러진 비명을 질렀다. 전보에 명시되었던 것처럼 아물지 않은 내 상처를 움켜쥔 것이다. 이제 어쩔 수 없었다. 나는 놀라움에 얼굴이 하얗게 질린 넬리 양을 조용히 돌아보았다. 그녀는 내 눈을 한동안 응시하더니 내가 주었던 카메라로 시선을 돌렸다. 난 그녀가 모든 사실을 깨달았다고 확신할 수 있었다. 그렇다. 가니마르에게 잡히기 전에 그녀에게 건넨 그 카메라 안에는 로젠의 2만 프랑과 제를랑 부인의 보석들이 모두 들어 있었다.

사실 가니마르와 그 부하들이 나를 둘러싸고 있을 때, 사람들의 시선이나 앞으로 어떻게 될지에 대해서는 전혀 관심을 두지 않았다. 내가 생각했던 것은 오직 하나, 넬리 양이 내가 주었던 카메라를 어떻게 할 것인가 하는 것뿐이었다.

결정적인 물증을 남길 수도 있다고는 전혀 생각 못 했는데, 내가 저지른 일을 증명할 수 있는 유일한 증거품인 카메라를 그녀가 과연 공개할 것인가! 그녀가 나를 저버릴 것인가, 나의 적이 될 것인가, 아니면 사랑에 빠진 한 여인의 모습을 보여줄 것인가.

그녀는 조용히 나를 스쳐 지나쳐갔고 나는 그녀에게 목례로 가볍게 인사했다. 코닥 카메라를 움켜쥔 채 하선하던 그녀는 트랩 중간에서 넘어질 뻔했고, 그녀는 들고 있던 카메라를 바다에 떨어뜨렸다. 정확히 선창 외벽과 배 옆 사이였다. 그리고는 아무 일 없

체포된 아르센 뤼팽

다는 듯이 나에게서 멀어져 갔다.

군중 속에서 사라진 그녀의 아름다운 실루엣은 영원히 사라졌다. 이렇게 나의 사랑은 끝나가고 있었다. 서글픈 마음과 애틋한 감동으로 서 있던 나는 가니마르 형사가 놀랄 정도로 크게 한숨을 쉬었다.

여기까지가 아르센 뤼팽이 나에게 직접 들려주었던 체포 경험담이다. 그와 나 사이의 관계가 시작되었던 것은 또 다른 사건 때문이었으므로 구체적으로 다시 한 번 이야기할 필요가 있다. 이러한 관계를 우정이라고 할 수 있다면 아르센 뤼팽과 나는 더없이 가까운 벗임에 틀림없다. 그는 나를 친구로 대해 주었고 나의 쓸쓸한 서재를 예고 없이 방문하여 열정으로 가득 찬 삶으로 채워주곤 했다. 그의 화려한 분위기는 행운과 기쁨으로 충만해 있었고 그를 보고 있는 것만으로도 나 역시 행복해졌다.

난 지금까지 그의 모습을 스무 번 넘게 봐왔지만, 그때마다 그의 모습은 전혀 달랐다. 마치 스무 조각으로 갈라진 마법 거울에 비친 사람처럼, 순간순간 변하는 모습만을 남겨놓고 사라지곤 했다.

"나도 내가 누군지 모르겠어. 거울을 보면서도 내가 누구인지 모르겠으니 말이야."

그는 스스로의 변신에 대해 이렇게 말했다. 하지만 이러한 말은 허풍이나 과장이 아니었다. 얼굴의 윤곽은 물론 이목구비의 비율까지 바꿔 다른 사람으로 나타나는 변장 솜씨, 그리고 그가 창조한 캐릭터에 드러나는 무한한 배우들의 모습은 아르센 뤼팽 그 자체였기 때문이다.

"왜 한두 개의 모습으로 자신을 나타내야 한다고 생각하지? 늘 똑같은 성격만을 가질 필요는 없지 않은가? 어차피 내가 한 행동만으로도 내가 어떤 사람인지 알 수 있겠지만."

그는 자신만만하게 자신의 변신에 대해 옹호하면서 말을 덧붙였다.

"'이자가 아르센 뤼팽이오!' 누군가가 이렇게 말할 수 있다면 가장 좋을 것 같군. 중요한 건 누가 저질렀는가가 아니라 '이건 아르센 뤼팽이 저지른 일이다.'라고 확실히 알 수 있는 것이니까."

앞으로 '뤼팽이 저지른 일'이라고 할 수 있는 이야기들을 꼼꼼하게 재구성하여 많은 사람들에게 알리고자 한다. 외롭고 쓸쓸했던 깊은 겨울 밤, 그가 나에게 들려주었던 흥미진진한 모험담을 나 혼자 알기에는 너무 아깝지 않은가.

체포된 아르센 뤼팽

감옥에 갇힌
아르센 뤼팽

감옥에 갇힌 아르센 뤼팽

파리를 방문한 관광객의 필수 방문지 중 하나는 센 강변이다. 강 하류인 쥐미에주에서 생방드리유(노르망디 지역의 오래된 수도원 - 옮긴이)의 폐허를 돌아보고 강 한가운데 바위 위에 우뚝 솟아 있는 말라키의 아담한 중세풍 성곽은 센 강에서도 반드시 봐야 하는 명소이다. 아치형 다리로 도로와 연결된 이곳의 여러 망루들은 자연의 변화로 인해 산봉우리에서 분리되었을 화강암 암반에 단단하게 그 뿌리를 박고 있다. 망루 주변에는 잔잔한 강물이 흐르고 있으며, 갈대와 조약돌 사이로는 새들이 노니는 평화로운 모습이다.

말라키 성곽의 품격은 그 이름이 주는 느낌 그대로 거칠고 투박하다. 이곳에서는 끊임없는 전투와 약탈이 계속되었으며, 코 지방(영국·프랑스 해협의 노르망디 지방 - 옮긴이)의 사람들은 아직도 이곳에서 있었던 끔찍하고 잔인한 악행들에 대해 밤이 깊도록 이야기를 나누곤 한다. 이런 대화를 나눌 때면 빠지지 않는 소재가 하나 있다. 바로 샤를 7세가 사랑하던 여인인 아네스 소렐의 대저택에서 쥐미에주 수도원까지 이어져 있다는 지하통로이다.

시간이 흐르면서 영웅과 악당이 교대로 점유했던 이곳에 지금은 졸부 나탄 카오른 남작이 살고 있다. 그는 '사탄 남작'이라는 별명을 가지고 있으며, 악마와 같은 술수로 벼락부자가 되었다. 당시 몰락한 말라키 영주들은 조상 대대로 물려받은 성을 빵 한 조각을 위해 남작에게 팔아야만 했다. 그는 말라키 성곽에 터를 잡았고 그림, 도자기, 조각품, 가구 등 가치가 높은 소장품을 모아 놓았다. 독신이었기 때문에 함께 사는 사람으로는 시중을 들어주는 늙은 하인 세 명이 전부였다. 방문객도 없었기 때문에 그의 엄청난 소장품들은 주인 외에는 봐주는 사람조차 없었다. 최고의 골동품 전시실을 만들기 위해 사들인 루벤스(16세기 독일 화가 - 옮긴이)의 그림 세 점과 바토(17세기 프랑스 화가 - 옮긴이)의 그림 두 점, 프랑스의 위대한 조각가 장 구종의 의자 등 으리으리한 명품들은 늘 자리만 지키고 있었던 것이다.

남작은 자신이 모은 명품들을 보면 행복했지만 항상 두려웠다. 그는 뛰어난 통찰력과 끈기로 모은 보물들이 혹시나 잘못 될까봐 항상 전전긍긍해 하면서 애인처럼 아끼고 있었다. 매일 해가 질 무렵이면 성곽의 철통 같은 경비가 시작된다. 육지와 연결된 다리와 성곽의 안뜰 입구가 보이는 철문 네 개는 육중한 빗장으로 튼튼하게 잠긴다. 곳곳에 설치해 놓은 경보 벨은 미세한 진동만으로도 울리기 때문에 도둑을 방지할 수 있다. 특별한 방비가 없는 센 강 쪽은 사람이 올라올 수 없는 깎아지른 듯한 절벽이 있었기 때문에 자연이 경비를 서고 있는 셈이었다.

감옥에 갇힌 아르센 뤼팽

9월의 어느 금요일, 우편배달부가 다리의 끝에 다다르자 남작은 여느 때처럼 무거운 대문을 직접 열었다. 그리고 수년간 보아온 우편배달부의 얼굴을 처음 보는 것처럼 살피고 날카롭게 관찰했다. 그러나 선량하고 순박한 우편배달부는 기분 나쁜 기색도 없이 웃었다.

"남작님, 저는 매일 똑같은 셔츠에 모자인걸요. 다른 사람일 리가 있습니까?"

"혹시 모르지 않은가. 자네로 변장한 도둑놈일지도."

의심스러운 눈초리를 거두지 않는 남작에게 우편배달부는 그의 이름이 적힌 신문 꾸러미와 함께 편지 한 통을 내밀었다.

"그런데 남작님, 오늘은 새로운 우편물이 하나 있습니다."

"새로운 우편물이라니?"

"등기우편이 왔어요. 편지인 것 같습니다."

세상과 인연을 끊고 성에서 지낸지 오래 되었던 남작은 편지를 받아본 적이 없었다. 남작이 관심을 가진 이도, 남작에게 관심을 갖는 이도 없었기 때문에 편지는 설렘보다는 걱정을 불러왔고 불길한 조짐이 느껴졌다.

"남작님, 여기 서명해 주세요."

남작은 성가시다는 표정으로 불평을 늘어놓으면서 서명을 했고, 우편배달부는 서명을 받은 후 다음 배달할 집으로 가기 위해 다리를 건너 길모퉁이를 돌아갔다. 남작은 성으로 들어와 문이 잠겼는지 확인하고 편지를 읽기 시작했다. 모눈종이로 된 편지지의 첫머리에는 '상떼 감옥, 파리'라고 쓰여 있었다. 당황한 남작은 발신자 서명에서 '아르센 뤼팽'이라는 이름을 보고 기겁을 하며 편지를 읽기 시작했다.

친애하는 남작님

두 칸으로 되어 있는 당신의 호화스러운 전시실에는 제가 꼭 갖고 싶은 필립 드 샹떼뉴(17세기 프랑스 화가 - 옮긴이)의 그림 한 점이 있습니다. 물론 당신이 아끼는 루벤스의 그림이나 바토의 작품들도 저에게 꼭 필요한 것들입니다. 오른쪽 전시실에 있는 루이 13세 시대의 찬장과 보베(파리 북쪽의 도시 - 옮긴이)산 융단 장식, 야콥(1739~1814, 가구 세공인 - 옮긴이)의 서명이 있는 제제정 시대의 외발 원탁, 르네상스 시대의 궤짝이 있습니다. 왼쪽 거실의 진열장에는 정교한 세공품들과 보석이 진열되어 있고요.

이번에는 거래가 쉬운 것들만 부탁을 드릴까 합니다. 제가 언급한 위 물품들을 깔끔하게 포장하여 8일 안에 바티뇰 역의 사서함으로 보내주시기 바랍니다. 만약 그때까지 물품들이 오지 않으면 9월 27일 수요일 밤에서 28일 목요일 사이에 제가 직접 나서서 물품을 챙기도록 하겠습니다. 물론 그때는 제가 언급한 물건 외에 다른 물건까지 가져갈 수도 있습니다.

감옥에 갇힌 아르센 뤼팽

갑자기 연락을 드린 무례함을 너그럽게 이해해 주시기 바랍니다. 그럼 편안한 저녁 되시길.

- 아르센 뤼팽

추신 : 바토의 그림들 중에서 가장 큰 작품은 보내지 마십시오. 당신은 3만 프랑이라는 거금을 지불했지만 사실 그 작품은 모조품입니다. 진품은 집정 내각(1795~1799, 프랑스 혁명 정부 - 옮긴이) 시대에 연회를 하다가 불이 나 타버렸답니다. 가라트(1749~1833년에 활동한 정치가 - 옮긴이)의 회고록을 조회해 본다면 간단히 알 수 있는 사실이기도 하지요. 또한 당신이 아끼는 루이 15세풍의 시곗줄도 모조품일 가능성이 높으니 보내지 않으셔도 됩니다.

남작은 너무 놀라서 잠시 아무 말도 하지 못했다. 다른 사람이 적힌 서명이었다고 하더라도 자신의 보물에 대해 이렇게 잘 알고 있었다면 깜짝 놀랐을 텐데, 다름 아닌 아르센 뤼팽이라니 더욱 놀라지 않을 수 없었던 것이다.

신문의 사회면을 꼼꼼히 읽는 사람이라면 누구나 아르센 뤼팽에 대해 알고 있었다. 뤼팽은 수많은 악행 끝에 숙적 가니마르 형사에 의해 신대륙에서 체포되었고, 지금은 감옥에서 공판 절차에 따라 재판을 받고 있었다. 남작 역시 이러한 사실을 신문에서 여러 번 접했기 때문에 잘 알고 있었다. 하지만 뤼팽이라면 우리가 상상조차 할 수 없는 일도 가능하게 할 수 있었다. 뤼팽은 철저히 감춰왔던 남작의 성채에 대해서도 정확히 알고 있었고, 그림과 가구의 소재에 대해서도 남작만큼이나 분명하게 알고 있었다. 이 사실 하나만으로도 남작은 안심할 수가 없었다. 도대체 누구에게도 공개한 적이 없는 보물들에 대해 어떻게 그토록 자세히 파악할 수가 있었을까? 남작은 다시 한 번 말라키 성의 철저한 보안 장치를 생각했고, 절벽 아래 깊은 바다를 바라보았다.

"편지 한 통으로 겁먹을 필요는 없어."

이렇게 혼잣말을 하면서 누구도 들어올 수 없는 성채의 구조를 다시 한 번 떠올렸다. 그러나 이내 다시 불안해졌다. 아르센 뤼팽이라면 철로 된 대문도, 도개교跳開橋도, 벽도 소용없지 않을까? 한 번 목표를 정한 물품은 그 어떤 장애물이 있어도 가져간다는 뤼팽의 활약에 대해 남작 역시 너무도 잘 알고 있었다.

그날 밤 늦게까지 잠들 수 없었던 남작은 루앙 시의 검사 앞으로 보호를 요청하는 편지를 보냈다. 뤼팽의 협박 편지도 함께 동봉하여 보냈고, 즉시 검사로부터 답장을 받을 수 있었다. 그러나 편지의 내용은 남작이 원하는 것이 아니었다. 아르센 뤼팽은 현재 상떼 감옥에 수감되어 있으므로 외출은커녕 편지도 쓸 수 없고, 협박 편지는 누군가의 장난임이 분명하니 신경 쓰지 않아도 된다는 내용이었다. 남작을 안심시키기 위해 편지의 필적을 의뢰하였으나 일부 확실히 유사한 부분은 있어도 뤼팽의 필체로는 보기 어

감옥에 갇힌 아르센 뤼팽

러우므로 안심하라는 말로 끝을 맺었다. 그러나 남작의 눈에는 '일부 확실히 유사한 부분' 이라는 내용만 보였다.

확실히 유사한 부분이 있다는 것은 뤼팽의 필체일 수도 있다는 것이었으므로, 남작은 두려움에 떨면서 뤼팽이 보낸 편지를 읽고 또 읽었다. '제가 직접 나서서 물품을 챙기도록 하겠습니다.' 더구나 9월 27일 수요일 밤에서 28일 목요일 사이라고 날짜까지 정확하게 명시하지 않았던가!

평소에도 의심이 많은 성격이었기 때문에 남작은 오랫동안 함께했던 하인들조차 전혀 믿지 않았다. 비록 겉으로는 성실하지만 속으로는 무슨 생각을 하고 있는지 알 수 없었기 때문이다. 그러나 남작은 누군가에게 자신의 고민을 털어놓고 싶었지만 이미 루앙 시 검사에게 거절을 당했기 때문에 경찰에 신고하는 것은 무의미했고, 적절한 방안을 찾기 위해 머리를 싸매고 있었다. 이렇게 이틀이 지나고 3일째 되던 날, 남작은 신문을 보다가 자신도 모르게 기쁨의 소리를 지르고 말았다. 남작이 즐겨보는 <르 레베이르 코드벡> 신문에 다음과 같은 기사가 있었기 때문이다.

얼마 전 아르센 뤼팽을 체포하여 전 유럽을 떠들썩하게 했던 가니마르 형사가 우리 지역에 와 있다. 사회 치안에 있어 큰 역할을 한 베테랑 형사 가니마르 씨는 우리 마을에서 낚시를 하며 그동안 쌓인 피로를 풀고 있는 중이다.

뤼팽을 감옥에 넣은 가니마르가 이곳에 왔다니 남작은 기뻐서 어쩔 줄 몰랐다. 뤼팽을 한순간에 체포한 가니마르보다 이 상황에 더 적합한 사람이 어디 있겠는가! 남작은 재빨리 일어나 신문을 발행한 신문사를 찾아 나섰다. 코드벡이라는 작은 마을은 이곳에서 약 6킬로미터 떨어진 곳이었지만, 이제 막 한 가닥 희망이 생긴 남작에게는 매우 가까운 거리였다.

가니마르 형사의 주소지를 찾기 위해 신문사를 찾은 남작은 그 기사를 쓴 젊은 기자를 쉽게 찾을 수 있었고, 그에게 다가가 가니마르가 어디 있는지를 물었다. 젊은 기자는 친절하게 그가 있는 장소를 알려주었다.

"가니마르는 주로 낚시를 하고 있어요. 방파제를 따라서 쭉 가다보면 낚싯대를 들고 있는 사람이 있을 겁니다. 낚싯대에는 그의 이름이 새겨져 있고요. 저도 그 낚싯대를 보고 가니마르라는 것을 알았지요. 아, 저기 보이나요? 산책로 가로수 아래에 있는 키가 작은 노인입니다."

"밀짚모자를 쓰고 프록코트 차림으로 서 있는 남자 말이오?"

"네, 바로 그 사람이에요. 사실 대하는 것은 쉽지 않을 거예요. 말도 별로 없고 괴팍한 사람 같았어요."

약 5분 후, 남작은 가니마르 형사와 만나 자신을 소개했다. 어떻게든 대화를 이어나가기 위해 노력했지만 가니마르는 좀처럼 입을 열지 않았다. 방법이 없다고 생각한 남작은 가니마르에게 직접

감옥에 갇힌 아르센 뤼팽

적으로 자신의 용건을 털어놓았다. 가니마르는 낚싯대에 시선을 둔 채로 그의 말을 모두 들었다. 남작의 이야기가 끝나자 가니마르는 남작을 쭉 훑어보며 불쌍하다는 듯이 말했다.

"남작, 자신이 도둑질하겠다고 예고를 하는 도둑이 세상에 있겠소? 게다가 감옥에 있는 아르센 뤼팽이 그런 편지를 보내다니 말이 된다고 생각하십니까?"

"하지만 여기 편지가 있지 않습니까?"

"만약 남작의 말이 사실이라면 저 역시 뤼팽을 다시 한 번 감옥에 넣어버리고 말 겁니다. 하지만 그는 이미 감옥에 있어요. 감옥에 있는 사람을 또 잡을 수는 없지 않겠습니까?"

"혹시 그가 탈옥하지 않았을까요?"

"보안이 철저한 상떼 감옥에서 탈옥할 수 있는 사람은 아무도 없습니다."

"하지만 아르센 뤼팽은……."

"뤼팽이기 때문에 더욱 불가능한 겁니다. 경비가 그만큼 더 철저하니까요."

"하지만 혹시 모르지 않습니까?"

"그가 탈옥했다면 제가 또 가서 뤼팽을 잡아버릴 겁니다. 남작, 할 일 없으면 집에서 낮잠이나 주무시오. 낚시하는데 자꾸 말을 걸면 집중이 안 된단 말이오."

가니마르와의 대화는 허무하게 끝났고 남작은 어쩔 수 없이 성

으로 돌아왔다. 가니마르의 자신만만한 모습을 보니 조금은 안심이 되었다. 하지만 조심해서 나쁠 것이 없다는 생각에 건물 안의 모든 자물쇠를 점검했고 하인들 역시 철저하게 감시했다. 그렇게 이틀이 지났고 그는 자신의 걱정이 쓸데없는 것이었다고 생각하게 되었다. 가니마르의 말대로 뤼팽은 감옥에 있었고, 도둑질을 하려는 대상에게 예고를 하는 도둑은 없지 않겠는가.

그러는 사이 편지에서 예고한 27일의 하루 전날인 화요일이 되었다. 이날 오전까지만 해도 아무런 일이 일어나지 않았는데 오후 3시가 되자 갑자기 전보 한 통이 배달되었다. 어린 배달부의 손에는 다음과 같은 전보가 있었다.

정중하게 부탁드렸는데도 바티뇰 역에 물건이 도착하지 않았습니다. 내일 밤을 각오하시오.

- 아르센 뤼팽

남작은 엄청난 혼란에 빠지고 말았다. 아르센 뤼팽의 말대로 물건을 보냈어야 하는 게 아닌가 하는 생각마저 들 정도였다. 정신을 차린 남작은 전보를 들고 다시 코드벡으로 달려갔다. 가니마르는 저번과 같은 장소에서 낚시를 하고 있었고, 남작은 전보를 내밀고 가니마르가 전보 내용을 모두 읽을 때까지 기다렸다.

"저보고 어쩌라는 거죠?"

감옥에 갇힌 아르센 뤼팽

가니마르는 별 일 아니라는 듯이 시큰둥하게 대꾸했고 남작은 화가 나 소리를 질렀다.

"어쩌라니요? 뤼팽이 예고한 날이 바로 내일이란 말입니다."

"예고라니요? 무슨 날 말이오?"

"내 보물들을 도둑질하겠다고 한 날 말이오. 내가 목숨처럼 아끼는 소장품들을 훔쳐가겠다고 했다고요."

남작의 외침에 가니마르는 낚싯대를 놓고 고개를 돌렸다.

"그만 하세요. 정말로 내가 이런 말도 안 되는 일에 끼어들 거라고 생각합니까?"

가니마르는 팔짱을 낀 채 짜증 섞인 말투로 남작에게 대꾸했다.

"좋소, 뤼팽이 예고한 9월 27일과 28일에 나와 함께 성을 지킵시다. 하룻밤의 수당으로 얼마면 되겠소?"

"난 돈에는 관심 없소. 이곳에 쉬러 왔지 일하러 온 게 아니란 말이오."

"당신이 상상하기 어려울 만큼 나는 많은 돈을 갖고 있소. 원하는 금액을 불러보시오."

"이보시오, 남작. 나는 휴가를 보내러 온 거요. 그런 일에 관여할 입장이 못……."

가니마르는 못마땅한 표정으로 말했다.

"괜찮아요. 아무한테도 말하지 않겠습니다. 무슨 일이 일어나더라도 당신이 날 도왔다는 이야기는 하지 않겠소."

"사실 딱히 도울 것도 없을 듯하오만."

"도울 일이 있을지 없을지는 두고 봐야 알겠죠. 그러면 하룻밤에 3천 프랑 어떻습니까?"

가니마르는 코담배를 깊이 빨면서 잠시 생각에 잠겼다. 이내 어쩔 수 없다는 듯이 가볍게 내뱉었다.

"좋소, 할 수 없죠. 하지만 분명히 말해 두죠. 당신은 그냥 돈만 낭비하는 거요."

"난 괜찮소."

"정 그렇다면 한 번 가보도록 하지요. 그 망할 뤼팽이 말한 내용을 보면 혼자 할 수 있는 일은 아니오. 우리 역시 도울 사람이 필요할 것 같은데……. 당신의 하인들은 어떻소? 모두 믿을 만한 자들인가요?"

"오랫동안 같이 지냈지만 장담은 못 하겠소."

"그렇다면 그들은 성에서 내보내는 게 좋겠군요. 내가 따로 믿을 만한 부하들을 데려가겠소. 그럼 일단 준비를 해둡시다. 함께 있는 걸 다른 사람한테 보여도 좋을 게 없을 테니까요. 내일 저녁 9시까지 성으로 가겠소."

드디어 아르센 뤼팽이 예고한 아침이 밝았다. 밤새 뒤척인 남작은 무기를 꺼내 손질한 후, 성 주변을 이리저리 감시하고 있었다. 수상한 기척은 전혀 느껴지지 않았지만 그는 안심할 수가 없었다.

감옥에 갇힌 아르센 뤼팽

그날 저녁 8시, 남작은 하인들을 서둘러 퇴근시켰다. 하인들은 성 안에 머물렀지만, 숙소는 길가에 접한 성에서 가장 끄트머리에 있는 별채였다. 혼자만 남은 남작은 조용히 네 개의 문을 열었고, 잠시 후 가니마르가 도착했다.

가니마르는 건장한 체격의 믿음직한 부하 두 명을 남작에게 소개했다. 이후 남작에게 성 내부에 대해 여러 가지를 물으며 전시실의 이곳저곳을 살펴보았다. 전시실로 통하는 통로의 문을 하나하나 꼼꼼하게 차단했고, 벽을 두들기면서 카펫을 들춰보았다. 그리고 부하 두 명을 중앙에 배치시키고 주위를 다시 한 번 둘러보았다.

"자, 이제부터 전시실을 책임지고 지키게. 내일 아침까지 절대로 잠들지 말고 이상한 점은 없는지 살펴야 하네. 조금이라도 수상하면 정원 쪽에 있는 창문에서 나를 부르게. 혹시 모르니 강 쪽도 방심하지 말고. 10미터의 절벽도 아르센 뤼팽에게는 아무것도 아닐 테니까 말이야."

가니마르는 부하에게 이렇게 당부한 후, 문을 잠근 다음 열쇠를 챙겼다.

"자, 이제 우리도 자기 자리로 가죠."

그는 두꺼운 성벽 안에 만들어 놓은 작은 대기실에 있기로 했다. 위치가 두 개의 대문 사이에 있었기 때문에 예전에는 야간 경비원이 머물렀던 곳이었다. 그곳에서는 다리 방향과 정원 방향을 각각

볼 수 있는 작은 구멍이 있었고, 한쪽 구석에는 우물 입구처럼 보이는 구멍이 하나 있었다.

"남작님, 이 우물 구멍이 지하로 통하는 유일한 통로인가요? 끝이 막혀 있다고 말한 그 통로 말입니다."

"네, 그렇습니다. 제가 예전에 직접 확인했습니다."

"그럼 우린 안전한 것 같군요. 우리가 모르는데 아르센 뤼팽만이 알고 있는 통로가 없다면요."

가니마르는 대기실에 있는 의자 세 개를 이어붙이고, 파이프에 불을 붙이며 말했다. 그는 의자 위에 길게 누우면서 한숨을 크게 쉬었다.

"남작님, 이런 번거로운 일을 맡은 대가로 여생을 보낼 만한 작은 집을 마련할 수 있겠군요. 뤼팽에게 이 이야기를 직접 해주면 어떤 반응을 보일까요? 아마 배꼽이 빠지도록 웃어댈 겁니다."

가니마르가 웃으면서 말했지만 남작의 얼굴은 굳어 있었다. 같이 웃기는커녕 귀를 바싹 기울이면서 불안한 표정으로 전시실 쪽을 노려보고 있었다. 가끔씩 고개를 숙여 우물 구멍을 들여다보면서 그 어둠 속을 걱정스럽게 바라보았다.

11시가 지나고 곧 자정이 지났다. 새벽 1시를 알리는 종소리가 울려 퍼졌고, 남작은 갑자기 벌떡 일어나서 가니마르의 팔을 강하게 잡았다.

"무슨 소리 안 들렸나요?"

당황한 목소리로 남작이 말했다.

"아, 들렸죠."

"무슨 소리일까요? 뤼팽이 온 걸까요?"

"내가 코 고는 소리였습니다. 하하!"

"농담하지 말고 잘 들어봐요."

"아, 혹시 자동차 경적 소리였나요?"

"정말 그럴까요?"

"이봐요, 남작님. 설마 뤼팽이 그렇게 드러내놓고 올 리가 없지 않습니까. 제발 안심하고 눈이나 좀 붙이는 게 어떻겠소? 안에서도 기척이 없는 걸 보니 아무 일도 없는 게 확실해요. 난 이만 잠 좀 자야겠소."

이윽고 가니마르가 방해받지 않고 잘 수 있을 만큼 조용해졌다. 남작의 귀에는 늙은 형사의 코 고는 소리가 규칙적으로 들려왔고, 조금씩 새벽이 다가오면서 불안이 사라지고 있었다. 동이 틀 무렵, 가니마르와 남작은 작은 방에서 나왔다. 창 밖에는 맑은 강의 내음과 조용한 아침의 여운이 성을 둘러싸고 있었다. 안도한 표정의 남작과 느긋한 표정의 가니마르는 조용한 분위기에서 계단을 오르고 있었다.

"처음부터 당신 제안을 받아들이는 게 아니었소. 감옥에 있는 뤼팽의 협박으로 이렇게 하루를 보내다니……. 정말 창피하군요."

남작의 멋쩍은 웃음을 뒤로 하고 가니마르는 열쇠로 문을 따고 전시실 안으로 들어갔다. 안에 있던 가니마르의 부하 두 명은 두 팔을 늘어뜨리고 구부정한 자세로 잠을 자고 있었다.

"어서 일어나지 못해? 해가 중천에 떴다고!"

형사의 벼락같은 소리가 아침의 고요를 깨뜨렸고, 그와 동시에 남작의 비참한 비명이 들렸다.

"이런, 내 소중한 보물들, 내 소중한 그림들!"

그는 못만 남아 있는 벽과 끈만 매달려 있는 벽을 보면서 더 이상 말을 잇지 못하고 망연자실해 있었다. 바토의 그림도, 루벤스의 명화도, 장식용 융단까지도 모두 걷어가 버렸다. 유리 장식장 속의 보석 하나도 남기지 않고 모두 가져간 것이다.

"12세기의 성모상, 루이 16세 시대의 촛대! 섭정 시대의 샹들리에는 어디 있느냐!"

그는 절망에 빠져 어찌할 바를 모르고 있었다. 처음 물건을 구입할 때의 가격을 불렀다가, 손해 본 액수를 계산했다가, 숫자를 말했다가, 또 알아듣기 어려운 작은 목소리로 횡설수설하면서 발을 동동 구르고 있었다. 그는 분노와 고통에 가득 찬 몸을 덜덜 떨면서 금방이라도 발작할 것 같이 난리를 피웠다. 이제 남은 일이라곤 권총으로 자신의 머리를 쏘아 스스로 죽음을 택하는 것밖에 없는 사람처럼 행동했다.

그와 달리 가니마르 형사는 침착한 모습으로 그 자리에 박힌 듯이 서 있었다. 꼿꼿한 자세로 있던 그는 이윽고 움직이기 시작했다. 굳게 닫힌 창문과 문의 자물쇠, 천장과 바닥의 틈까지도 꼼꼼하게 살펴보았지만 쥐 한 마리도 다닐 만한 틈은 없었다. 아르센 뤼팽이 예고한 것처럼 조금의 오차도 없이 모든 행동이 이루어진 것이다.

"아르센 뤼팽……. 아르센 뤼팽………."

가니마르는 뤼팽의 이름만을 중얼거리더니 갑자기 부하들에게 달려들었다.

"이런 멍청한 놈들 같으니라고! 대체 여기서 무엇을 하고 있었던 거야! 보물을 지키라고 했는데 잠만 자다니!"

가니마르는 울화가 치미는지 부하들을 거세게 다루며 욕설을 퍼붓고 화풀이를 했다. 그러나 부하들은 아직도 자리에 앉아서 어리둥절한 표정을 하고 있었다. 가니마르는 화풀이를 멈추고 부하들을 천천히 살펴보았다.

"이런, 그냥 잠든 게 아니라 약에 취했던 것 같군."

가니마르가 남작을 향해 황당하다는 듯이 말했다.

"대체 누가 이들에게 약을 먹였단 말이오?"

남작이 가니마르에게 따지듯이 물었다.

"그게 누구겠소? 뤼팽 그놈이거나 그놈 말만을 듣는 부하들이겠지. 뤼팽이 즐겨 쓰는 수법인 게 확실하오."

"그럼 나는 바보같이 앉아서 당한 거요?"

"안됐지만 그런 것 같군요."

"이런 세상에………. 말도 안 되오."

"어쩔 수 없는 상황 같소. 어서 경찰에 신고하는 게 좋겠소."

"이제 와서 신고한들 뭐가 달라지겠소?"

"그럼 가만히 있을 거요? 경찰에서 무언가 해줄 테니 어서 신고부터 하시오."

"그랬다면 처음부터 내가 그렇게 당신을 찾아가 부탁했겠소? 당신부터 무언가 해야 하지 않겠소? 이렇게 가만히 앉아서 이야기만 하고 있다니!"

"아르센 뤼팽에게 단서를 찾는다고요? 하하! 이보시오, 아르센 뤼팽은 절대 증거를 남기지 않소. 지금 나는 그가 나에게 고의로 체포된 것은 아닌가 하는 의심까지 하고 있소."

"이런 말도 안 되오. 내 보물을 찾을 방법이 정말 한 가지도 없다는 거요? 뤼팽이 훔쳐간 것은 내 보물들 중에서도 가장 아끼는 것들뿐이오. 그걸 되찾을 수 있다면 얼마가 들어도 상관없소. 보물들만 다시 볼 수 있다면 뤼팽과 협상이라도 하겠소."

"남작, 지금 한 말 진심이오?"

가니마르는 남작을 날카롭게 쏘아보며 말했다.

"물론이지요. 혹시 특별한 방법이라도 있소? 그럼 말해 보시오."

"사실 내가 좋은 생각이 있긴 한데……."

"그게 뭡니까? 어서 말해 주시오."

"일단 수사부터 해봅시다. 뚜렷한 증거가 나오지 않으면 그때 다시 이야기하도록 하죠. 그리고 처음에 했던 약속대로 나에 대해서는 아무 말 하지 않겠다고 약속해 주시오. 사실 자랑스러운 일은 아니니까 말이오."

가니마르는 이렇게 말끝을 흐리면서 이제 막 정신을 차리는 부하들에게 갔다. 그들은 눈을 비비면서 주위를 둘러보고 있었고 어리둥절한 표정으로 서로를 바라보고 있었다.

"대체 무슨 일이 있었던 거지? 왜 잠만 자고 있었나?"

가니마르가 어찌된 거냐고 부하들에게 물었다.

"글쎄요, 아무것도 기억이 나지 않아요."

부하들은 기억나는 게 없다는 말만 반복하고 있었다.

"아무것도 본 게 없다고? 혹시 술을 마신 건 아니겠지? 잘 생각해 보게나."

"아니에요. 본 것도 기억나는 것도 없습니다."

부하들은 스스로를 답답해하면서 말했다.

"가니마르 형사님, 다른 건 모르겠고 물을 좀 마셨습니다."

"물? 여기 있는 이 물병인가?"

"형사님, 저도 그 물병에 있는 물을 좀 마셨어요."

잠자코 있던 다른 부하가 말했다. 가니마르는 물 냄새를 맡고 맛을 조금 보았지만 특별한 것을 알아내지는 못했다.

"이러고 있는 건 오히려 시간만 낭비할 뿐이야. 아르센 뤼팽이 나에게 문제를 하나 준 셈이군. 반드시 뤼팽 이놈을 감옥에서 썩게 해줄 테다. 이번 게임은 뤼팽이 이겼을지 모르지만 마지막 승자는 내가 될 테니까."

그날, 남작은 절도 고소장을 정식으로 제출했고, 그 상대는 상떼 감옥에 수감 중인 아르센 뤼팽이었다.

고소장을 제출하자 남작의 고요했던 말라키 성은 경찰관, 검사, 예심판사, 기자들과 주민들에게까지 공개되었다. 호기심에 가득한 사람들로 인해 성이 시장처럼 복잡해지자 남작은 고소한 것을 후회하지 않을 수 없었다.

남작의 절도 고소장은 전 지역의 여론을 시끄럽게 했다. 아르센 뤼팽이라는 이름이 사람들의 상상력을 자극했고, 감옥에 있는 사람을 고소한 정황도 한 몫을 했다. 신문마다 그와 관련된 말도 안 되는 기사들이 매일 1면을 장식하였고, 사람들은 너나 할 것 없이 자신의 의견을 내세우는데 바빴다.

그 중에서도 사람들의 시선을 잡았던 것은 <에코 드 프랑스>에 공개된 뤼팽의 첫 번째 편지였다. 누가 그것을 빼돌려 공개했는지 알 수 없지만, 범행을 미리 예고했다는 것으로 인해 기상천외한 해석들이 쏟아졌다. 잊힌 전설이 부활한 것처럼 신문들은 말라키 성의 지하통로를 언급했고 이에 민감해진 검사국에서는 지하통로 수사를 명하기도 했다.

감옥에 갇힌 아르센 뤼팽

말라키 성은 꼭대기에서 바닥까지 샅샅이 수색당했다. 판자와 굴뚝, 창문과 천장에서 마당의 돌 하나까지 뒤지고 또 뒤졌다. 예전의 말라키 성주들이 대대로 창고로 썼던 지하 저장고는 횃불의 불이 꺼질 때까지 수색을 반복했다. 심지어는 바닥이 물렁해 보이는 암반을 골라 파고들어가 만약을 대비하기도 했다. 그러나 작은 증거 하나도 없었으며, 지하통로의 흔적 역시 전혀 남아 있지 않았다. 사람들이 예상했던 비밀통로는 수색에서 드러나지 않은 것이다.

"남작의 가구랑 그림이 스스로 사라져버렸을 리는 없으니 창문이나 문으로 실려 나갔을 텐데, 그럼 뤼팽은 도대체 어떻게 들어왔고 어떻게 나갔을까?"

사람들은 수군댔지만, 루앙의 검사국에서는 더 이상 할 수 있는 일이 없었다. 결국 파리 수사관들의 도움을 받게 되었고, 경찰청장인 뒤두이 씨가 직접 말라키 성에 머무르면서 강력반 소속의 우수한 수사관들을 파견하였다. 그러나 별다른 소득은 얻을 수 없었고, 결국 가니마르 형사에게 도움을 청해야만 할 상황에 이르렀다. 말라키 성에 도착한 가니마르 형사는 말없이 한참 동안 그동안의 정황을 들었다.

"제 생각에는 성을 뒤지는 건 좋은 방법이 아닌 것 같군요. 문제의 해결책은 전혀 다른 곳에 있어 보입니다만. 이를테면 아르센 뤼팽 본인에게서 찾는 방법 같은 것으로요."

가니마르 형사는 고개를 갸우뚱하면서 말했다.

"아르센 뤼팽한테? 그렇다면 정말로 그가 개입한 게 사실이란 건가?"

"네, 그런 것 같습니다. 아니 확실합니다."

"가니마르, 그건 말이 안 되지 않은가? 뤼팽은 현재 엄중한 감시를 받는 수감자라네."

"아르센 뤼팽이 수감 중인 것은 저도 잘 알고 있습니다. 그의 발에 쇠사슬이 걸려 있고 손이 묶여 있다고 하더라도 그가 범인인 게 확실합니다."

"말도 안 되네. 대체 그렇게 생각하는 이유는 뭐지?"

"이렇게 대담하고 완벽한 범죄를 저지를 수 있는 사람은 뤼팽뿐이니까요."

"가니마르, 너무 뤼팽을 칭찬하는 거 아닌가? 그게 말이 된다고 생각해?"

"사실이지 않습니까. 이런 쓸데없는 말을 나누거나 존재하지도 않는 지하통로를 찾는 것은 아무 소용이 없습니다. 우리가 상대하고 있는 뤼팽은 이런 수법 대신 미래를 꿰뚫어볼 수 있는 수완을 이용할 겁니다."

"그럼 어쩌자는 건가? 이대로 가만히 있을 수는 없지 않은가?"

"일단 뤼팽과 직접 만날 수 있도록 해주십시오."

"감옥에 있는 뤼팽을 만나겠다는 건가?"

감옥에 갇힌 아르센 뤼팽

"네, 미국에서 배를 타고 귀환하면서 저는 그와 많이 친해졌습니다. 믿으실지 모르지만 그는 저에게 친밀한 감정을 갖고 있는 듯합니다. 자신의 명예와 관계가 없다면 제가 궁금해 하는 것들을 모두 말해 줄 겁니다."

가니마르는 아르센 뤼팽이 갇혀 있는 감방 안으로 들어갔다. 정오가 조금 지났을 무렵인데 뤼팽은 아직도 침대에 누워서 가니마르를 맞이했다.

"아니 이게 누구십니까! 친애하는 가니마르 형사님이 직접 이 누추한 곳을 찾아주시다니!"

뤼팽은 벌떡 일어나면서 반가운 듯이 크게 소리를 질렀다.

"어쩌다 보니 그렇게 되었네. 잘 지냈소?"

"뭐 감옥생활이라는 게 똑같지요. 답답한 이곳에서 가장 보고 싶었던 것은 형사님 얼굴이었답니다."

"저런, 고맙다고 해야 하는 건지 모르겠군."

"믿지 않는 기색이군요. 농담이 아니라 정말 형사님이 보고 싶었습니다."

"나도 정말 고맙다고 말한 거요."

"내가 늘 입버릇처럼 말하고 다니는 것이 무엇인지 아십니까? 바로 가니마르 형사님이 이 시대 최고의 형사란 겁니다. 내 생각에 가니마르 형사님은 셜록 홈즈보다 더 뛰어난 능력을 가지고 있지요. 그런데 어쩌나! 그런 대단한 분에게 작은 의자밖에 권할 것이 없으니. 물 한 잔도 대접할 수 없는 이런 상황을 이해해 주시기 바랍니다. 나도 이곳에는 잠시 들른 거니까요."

가니마르는 조용히 웃으면서 뤼팽이 권한 의자에 앉았고, 뤼팽은 유쾌하게 말을 이어갔다.

"정말 반갑습니다. 이제야 제대로 된 사람과 이야기를 나눌 수 있게 되는 건가요? 내가 탈옥을 준비하는 건 아닌지 확인하기 위해서 내 주머니를 뒤지고 감시하는 조무래기들과 함께하려니 얼마나 힘들고 무료했는지. 정말 멍청한 간수들이지 않습니까? 얼마나 할 일이 없으면 나한테 이렇게 집착하는 건지……."

"간수들이 하는 일은 옳은 일이오."

"하지만 더욱 간단하게 할 수도 있지 않을까요? 아, 그런데 당신 얼굴을 보니 급한 용무가 있는 것 같군요. 본론으로 들어가지요. 가니마르 형사님, 이렇게 직접 나를 찾은 이유가 무엇이죠?"

"바로 카오른 남작 사건 때문이오."

가니마르는 망설임 없이 대답했다.

"잠깐 기다려주세요. 내가 워낙 많은 사건을 계획하고 실행 중이기 때문에 생각을 좀 해봐야 한답니다. 내 머릿속 어딘가에 잘 정리되어 있을 테니까요. 아, 카오른 남작의 저택은 센 강 하류에 있는 말라키 성이죠? 기억이 나는군요. 루벤스의 그림 두 점과 몇 가지 잡동사니들이 생각납니다."

"아니, 잡동사니라니? 말이 지나치군."

"사실 대수롭지 않은 것들이거든요. 적어도 내 생각에는 그렇답니다. 하지만 당신과 같은 사람들 기준에서야 대단한 보물이겠지요. 그런데 그게 어떻게 됐다는 거죠?"

"일단 조사가 어디까지 진행되었는지 설명하겠소."

"그럴 필요는 없습니다. 오늘 아침 신문에서 모두 읽었거든요. 특별한 진전은 없는 듯하던데 뭔가 새로운 것이 있습니까?"

"바로 그래서 내가 당신을 직접 찾아왔소. 도움을 얻기 위해서 말이지."

"얼마든지 도와드리지요. 말씀만 하십시오."

"첫 번째로, 카오른 사건은 정말 당신이 직접 저지른 일이오?"

"처음부터 끝까지 내가 저지른 일이랍니다."

"남작에게 보낸 협박 편지랑 정보도 다 당신이 보낸 거요?"

"모두 그렇지요. 그걸 배달하고 받은 영수증이 감옥 어딘가에 있을 텐데. 잠시만 기다려보십시오."

뤼팽은 이렇게 말하고 침대와 의자를 제외한 유일한 가구인 탁자의 서랍을 뒤졌다. 그리고 쪽지 두 장을 꺼내 가니마르에게 내밀었다.

"이런! 당신은 철저하게 감시받고 있는 게 아니었나? 사소한 일조차도 일일이 수색을 받아 자유롭지 못할 줄 알았는데 매일 신문도 읽고 우편물까지 수령하고 있을 줄이야."

"내 말이 그 말입니다. 이곳 사람들은 정말 멍청해요. 윗도리 안감에서 신발 밑창까지 뜯어보고 감방 벽을 두들겨보기도 하지요. 하지만 아르센 뤼팽이 이토록 쉬운 장소에 무언가를 숨겨둘 정도로 바보는 아니라고 생각하는 것 같아요. 그래서 그들은 이 탁자의 서랍은 뒤지지 않아요. 바로 그 점이 맘에 들지만."

"뤼팽, 당신은 정말 대단해. 누가 당신을 당해낼 수 있겠소. 자, 그럼 이제 카오른 사건에 대해 말해 봐요."

가니마르가 재미있다는 표정으로 웃으면서 말했다.

"오, 너무 빠른 것 아닙니까? 내 비밀과 트릭을 모두 공개하라니. 그건 좀 내키지 않는데요."

"당신을 믿고 여기까지 왔는데 알려주지 않겠다는 거요?"

"그건 아니니 화내지 마십시오."

뤼팽은 감방 안을 큰 걸음으로 걸으면서 배회하다가 멈춰 섰다.

"남작에게 내가 보냈던 편지, 가니마르 형사님은 어떻게 생각하시나요?"

"장난을 치려던 거 아니었나? 깜짝 놀랄 수 있도록 말이오."

"장난이라니……. 가니마르 형사님, 당신은 똑똑하다고 생각했는데 그 정도밖에 생각하지 못하는 겁니까? 이 뤼팽이 유치한 장난이나 칠 거라고 생각하는 건가요? 그런 편지를 쓰지 않아도 남작의 보물을 훔칠 수 있었다면 굳이 편지를 썼을까요? 먼저 알아야 할 것은 그 편지가 바로 이번 작전의 시작이라는 겁니다. 편지로 인해 사건이 시작되었다는 거지요. 자, 그럼 순서대로 정리해 봅시다. 과거로 돌아가서 말라키 성의 보물들을 가져올 준비를 한다고 생각할 수 있다면 더 좋겠고요."

"계속해 보시오, 뤼팽."

"여기 성이 하나 있습니다. 카오른 남작의 말라키 성처럼 고립되고 완벽하게 방비된 성이지요. 접근이 용이하지 않다는 이유로 내가 원하는 보물을 포기할까요?"

"물론 그럴 수 없겠지, 뤼팽 당신이라면……."

"그럼 무모하게 패거리들을 데리고 무작정 들이닥쳐야 할까요?"

"말도 안 되오."

"그것도 안 된다면 살금살금 기어 들어가면 어떨까요?"

"성의 수비가 어떤지는 말하지 않아도 알 테니 불가능하다는 것 역시 잘 알 거요."

"그렇다면 단 하나의 방법이 있지요. 바로 그 성의 주인이 나를 정식으로 초대하게 하는 겁니다."

"허허, 독특한 방법이기는 하지만 그게 가능하겠소?"

"생각보다 아주 쉽지요. 어느 날 남작 앞으로 그 유명한 뤼팽에게서 보물에 눈독을 들이고 있다는 편지가 왔다고 생각해 봅시다. 그렇다면 남작은 어떤 반응을 보일까요?"

"당연히 경찰에 신고하겠죠."

"그럼 경찰에서는 어떻게 할까요? 뤼팽은 이미 감옥에 갇혀 있

으니 신고한 사람을 무시하겠죠. 당사자는 어떻게 해야 할지 전혀 모를 테고요. 어떻게든 도와줄 사람을 찾아 이곳저곳을 헤맬 겁니다. 그렇죠?"

"당연히 나라도 그러겠소."

"그런데 갑자기 어떤 신문에서 유명한 형사가 근처에서 휴양 중이라는 기사를 본 겁니다. 남작은 우연히 그 내용을 보았고요. 그렇다면 어떻게 될까요?"

"당장 그 형사를 찾아가서 도움을 청하겠죠."

"바로 그겁니다. 이러한 결과를 미리 예상한 뤼팽은 자신의 절친한 친구 한 명에게 부탁해서 그 신문에 형사에 대한 이야기를 쓰도록 한 거죠. 남작이 구독하는 신문사 기자를 만나 자신이 유명한 형사인 것처럼 말하는 겁니다. 그럼 어떻게 될까요?"

"특종이라고 생각하면서 신문에 명사가 왔다고 기사를 쓰겠죠."

"그렇죠. 이제 두 가지 가능성이 있어요. 첫째는 카오른 남작이 내가 던진 미끼를 물지 않는 겁니다. 그렇다면 그냥 없던 일이 되고 말겠죠. 두 번째는 남작이 지푸라기를 잡는 심정으로 형사를 찾아가는 거예요. 그러면 뤼팽에 대항하기 위해서 뤼팽의 친구에게 도움을 요청하게 되는 거죠."

"이런, 흥미진진하군요. 계속 말해 봐요."

"집중해서 들어주니 고맙습니다. 뤼팽의 친구이자 가짜 형사인 그는 남작의 요청에 시큰둥하게 대하는 모습을 보이죠. 그때 아르

감옥에 갇힌 아르센 뤼팽

센 뤼팽에게서 전보가 날아들고 남작은 막대한 금액을 지불하겠다고 하면서 가짜 형사를 데려가는 겁니다. 가짜 형사는 마지못해 수락하는 척 하면서 남작의 성으로 가는 거죠. 부하라고 한 나의 패거리들과 함께요. 밤새도록 성을 지킨다고 말하고 부하를 통해 물건들을 모두 밖으로 내보낸 뒤, 시치미를 떼고 도둑이 든 척하는 겁니다. 어떤가요?"

"오, 정말 대단하군. 이런 과감한 계략과 세밀한 논리는 처음이오. 그런데 남작이 그렇게 믿은 유명한 형사는 누구요? 대체 누가 그렇게……."

가니마르는 감탄하면서 뤼팽에게 물었다.

"프랑스에 그런 형사가 딱 한 명 있지요."

"그러니까 그게 누구란 말이오?"

"그 유명한 형사는 바로 당신, 뤼팽의 숙적인 가니마르 형사입니다."

"나, 나의 대역이었단 말이오?"

"그렇소. 그 점이 이 사건의 핵심이기도 하지요. 이제 당신이 그곳에 나타나고 남작이 입을 열면 당신은 스스로를 체포해야 할 거요. 신대륙에서 나를 멋지게 체포한 것처럼 말입니다. 어때요? 사실 이 사건은 일종의 복수극이기도 해요. 가니마르가 가니마르를 체포하게 하다니!"

아르센 뤼팽은 가니마르를 바라보며 감방이 울릴 정도로 크게

웃었다. 가니마르 형사는 뤼팽을 노려보며 입술을 깨물었다. 자신을 바보로 만드는 농담이니 화가 나 견딜 수가 없었다.

마침 간수가 감방 안으로 들어왔고 가니마르는 잠시 화를 식혔다. 간수는 뤼팽의 요청으로 외부에서 차입한 식사를 내려놓고 곧장 나갔다. 뤼팽은 아무렇지 않은 듯이 빵을 먹었다.

"가니마르 형사님, 보아하니 당신은 남작에게 다시 갈 필요가 없을 것 같군요. 말한 김에 놀라운 사실 한 가지를 더 말해 주도록 하지요. 카오른은 이제 소송을 취하할 겁니다."

"뭐라고요?"

"소송을 취하할 거라고요."

"그렇다면 난 지금 당장 경찰청장을 만나봐야겠군. 무슨 말도 안 되는 소리를 하는지 원……."

"당신은 나보다 이 사건에 대해 더 잘 알고 있다고 생각합니까? 사실 가짜 가니마르 형사는 남작과 매우 친근한 사이가 되어 있어요. 남작은 보물을 되찾을 방법을 찾다가 가짜 가니마르를 통해 나와 협상을 하기로 했습니다. 바로 그것 때문에 가니마르에 대한 이야기를 하지 않는 것이지요. 조만간 남작은 자신의 물건을 돌려받게 될 것이고 고소도 취하할 겁니다. 도둑맞은 게 없으니 경찰에서도 이 사건에 대해 관심을 갖지 않을 테고요."

"좋소. 그런데 당신은 어떻게 이 안에서 그런 일을 다 알고 있는 거요?"

감옥에 갇힌 아르센 뤼팽

가니마르는 놀라서 말문이 막힌 채로 뤼팽을 바라보다 말했다.

"기다리던 전보를 방금 받았으니까요."

"전보를 받았다고요?"

"네, 방금요. 손님이 있기 때문에 예의상 살짝만 봤지만요. 양해해 준다면야 읽어도 괜찮겠지만요."

"지금 나한테 농담하는 거요?"

"그럴 리가 있겠습니까? 이 달걀 껍질을 좀 깨보세요. 그럼 내가 농담하는 게 아니라는 걸 알 수 있을 테니까요."

가니마르는 얼떨결에 칼끝을 사용해서 껍질을 조심스럽게 깼다. 그리고 순간 자신도 모르게 감탄했다. 달걀 속은 텅 비어 있었고 그 안에 파란색 쪽지가 한 장 있었기 때문이었다. 뤼팽이 시키는 대로 그것을 펴보니 다름 아닌 전보용지였다. 해당 전신국 표지는 찢겨진 채로 전보는 간략한 문구를 담고 있었다.

협상 완료. 10만 프랑에 모두 인수함. 마무리도 잘 되었음.

"아니, 훔친 보물들을 10만 프랑이나 받았다는 거요?"

"그렇소. 사실 10만 프랑은 별 것 아니지만 요즘은 워낙 시세가 안 좋고, 나는 활동비용을 많이 쓰기 때문에 어쩔 수 없었답니다. 당신이 내 예산을 안다면 깜짝 놀라겠지요. 웬만한 대도시와 다름없는 예산안을 갖고 있으니……."

가니마르는 자리에서 천천히 일어났다. 잠시 언짢았던 기분은 어느새 좋아졌으며, 혹시 사건에서 그냥 지나친 부분은 없는지 다시 한 번 생각해 보고 있었다.

"다행인 건 당신 같은 인물이 하나뿐이라는 거요. 만약 뤼팽이 둘 이상이었더라면 우리 경찰은……."

가니마르는 감탄하는 마음을 감추지 못한 채로 뤼팽에게 말했다.

"감옥 안이 무료해서 작은 이벤트를 한 것뿐입니다. 감옥에 갇혀 있지 않았다면 성공하지 못했을 거예요."

뤼팽은 겸손한 척하면서 말했다.

"이런, 이제 재판을 받고 주어진 형을 살아야 할 텐데 벌써부터 무료하다니. 그러면 앞으로 어떻게 보내겠소?"

"난 재판에 출석할 일이 없을 테고 그러면 당연히 형을 받을 일도 없을 거예요."

"뭐라고?"

"나는 내 재판에 나가지 않을 겁니다."

뤼팽은 가니마르를 꼿꼿이 쳐다보며 말을 반복했다.

"허, 말이야 무얼 못 하겠소."

"가니마르 형사님, 내가 설마 이런 감옥에서 몇 년의 시간을 허송세월할 거라고 생각하는 겁니까? 그렇다면 정말 실망이군요. 날 제대로 파악하지 않은 거니까. 난 내가 원하는 만큼만 감옥에 있을 겁니다. 딱 내가 있고 싶은 만큼만."

감옥에 갇힌 아르센 뤼팽

"오, 그런가? 그렇다면 아예 감옥에 들어오지 않는 게 낫지 않았겠소?"

가니마르는 뤼팽을 비웃으며 말했다.

"아니, 나를 비웃는 건가요? 설마 나를 체포했다는 자부심을 가지고 있는 건 아니겠죠? 존경하는 가니마르 형사님, 내가 체포되던 순간에 대해 말하자면, 내가 일부러 잡힌 거예요. 내 관심을 끌었던 다른 일 때문에 당신이 내게 손을 댈 수 있었던 겁니다."

"어련하시겠소."

"허허, 믿지 않는군요. 그때 내가 사랑하는 여인이 나를 바라보고 있었지요. 그게 어떤 의미인지 당신은 모르겠지만, 다른 건 전혀 중요하지 않았기 때문에 내가 당신에게 잡힌 것이랍니다. 맹세할 수도 있어요."

"이렇게 말하긴 좀 미안한데 이곳에 온지 꽤 되지 않았나? 당신이 나갈 때가 언제라는 거요?"

"그녀를 잊을 시간이 필요했거든요. 이런, 웃지 마십시오. 아직도 가슴이 아련할 정도로 멋진 사랑을 했으니까요. 그것 때문에 신경쇠약에 걸리는 줄 알았습니다. 난 격리치료를 받기 위해 이곳에 왔다고도 할 수 있죠. 감옥만큼 격리가 잘 된 곳은 없을 테니까 말입니다. 이름까지도 '상떼'(프랑스어로 상떼는 '건강'이라는 의미 – 옮긴이)로 수감자의 건강을 엄격하게 관리하기 위한 곳이기도 하고요."

"아르센 뤼팽, 완전히 나를 우롱하고 있군!"

가니마르가 뤼팽을 노려보면서 말했다.

"가니마르 형사님, 오늘은 금요일이에요. 다음 주 수요일, 나는 페르골레즈에 있는 당신의 집에서 시가를 피울 예정입니다. 4시 정도가 될 거예요."

뤼팽은 단호한 어조로 가니마르를 바라보며 말했다.

"기꺼이 당신을 기다리지. 시간을 어기지 마시오."

서로의 가치를 그 누구보다 잘 알고 있는 두 사람은 굳게 친구로서의 악수를 나누었다. 가니마르 형사는 돌아가기 위해 문 쪽으로 다가갔다.

"가니마르 형사!"

"다른 할 말이 있소?"

"형사님의 시계를 두고 간 것 같은데요."

"내 시계라니?"

"형사님 시계가 내 호주머니 속에 들어와 있으니 말입니다."

뤼팽은 시계를 가니마르에게 돌려주며 능청스럽게 말했다.

"용서하세요. 내가 손버릇이 나쁜 건 당신도 잘 알잖아요. 당신 시계에 화풀이를 한 건 아니니 오해 마시기 바랍니다. 사실 나에게는 더 괜찮은 시계가 있으니까요."

뤼팽이 서랍 속에서 두툼하고 무게감 있는 금시계를 장식용 사슬과 함께 꺼내 가니마르에게 보여주었다.

감옥에 갇힌 아르센 뤼팽

"대체 그건 누구의 호주머니에서 가져온 거요?"

"글쎄, 누굴까 살펴보지요. J. B라고 써 있군요. 이 사람이 누구였더라? 아, 이제 기억나는군요. 쥘 부비에라고 나를 담당한 예심판사랍니다. 뭐 나쁘지 않은 친구예요."

탈출한 아르센 뤼팽

탈출한 아르센 뤼팽

감옥에 있는 아르센 뤼팽은 식사를 마치고 호주머니에서 금색 테를 두른 시계를 살펴보고 있었다. 그때 감방 문이 열리면서 간수가 들어왔고, 뤼팽은 서랍에 시가를 던지고 탁자에서 멀리 떨어졌다. 간수는 산책 시간임을 알려주었고, 뤼팽은 간수와 함께 문을 나섰다. 뤼팽이 복도 모퉁이를 돌아가자 두 남자가 급하게 감방 안으로 들어왔다. 한 명은 디외지 형사였고 다른 한 명은 폴랑팡 형사로, 둘은 뤼팽의 감방 안을 꼼꼼하게 수색했다.

두 형사에게는 확실한 증거를 잡겠다는 의지가 엿보였다. 뤼팽은 바깥 사정에 대해 모든 것을 알고 있었고, 첩자가 있는 것이 분명했기 때문이었다. 전날 <르 그랑 주르날> 지에는 뤼팽의 재판 담당기자를 상대로 다음과 같은 글이 실려 있었다.

선생, 요즘 신문을 보니 당신이 나에 대해 말도 안 되는 말을 했다는 기사가 있더군요. 그러니 재판이 열리기 전에 내가 직접 해명해야 할 것 같소. 그때까지 건강하시오.

— 아르센 뤼팽

이름까지 정확히 적혀 있는 것으로 보아 아르센 뤼팽이 쓴 글이 틀림없었다. 감옥 안에서 편지 왕래를 하고 있으며, 탈옥에 대해서도 예고한 상태라 두고 볼 수 없는 상황이었다. 경찰청장인 뒤두이 씨는 예심판사의 동의하에 직접 상떼 감옥을 방문했다. 교도소장에게 필요한 조치를 다시 한 번 확인하고, 도착하자마자 두 명의 형사를 시켜 감방을 수색하였다.

형사들은 바닥의 타일까지 하나씩 다 뜯어냈고 침대까지 해체하면서 모든 수색 절차를 동원했다. 하지만 아무것도 발견되지 않았고 수색을 중단하려던 찰나, 간수가 급하게 감방 안으로 달려왔다.

"형사님, 서랍은 보셨나요? 탁자 서랍 말입니다. 아까 제가 감방 안에 들어갈 때 뤼팽이 무언가를 서랍 속에 던져 넣었거든요."

서랍을 열어보자마자 디외지 형사가 고함을 질렀다.

"됐어! 이제 뤼팽은 꼼짝 못 할 거야!"

디외지 형사는 흥분한 목소리로 말했다.

"물건에 손대지 말고 가만 두게. 청장님이 목록을 작성할 거야."

폴랑팡 형사는 동료를 제지하며 말했다.

"이건 비싼 시가로 보이는데?"

"아, 아바나 산 시가군. 어서 알리자고."

잠시 후, 두 형사와 함께 들어온 뒤두이 경찰청장은 직접 서랍을 조사했다. 서랍 안에는 여러 가지 물건들이 있었다. 그들은 서랍 안에서 아르센 뤼팽에 대한 기사만을 분류해 실었던 <아르귀

스 드 라 프레스〉지 한 묶음과 담배쌈지 한 개와 파이프, 좋은 재질의 타이프 용지 몇 장, 두 권의 책 등을 발견할 수 있었다.

두 권의 책은 칼라일의 《영웅 숭배》와 레이드 출판사에서 1634년에 독일어 번역으로 출간한 《에픽테토스 철학 입문》인데, 그 당시 장정으로 꾸며진 아름다운 엘제비르 판본(16세기 네덜란드 인쇄업자의 이름에서 유래된 것으로, 엘제비르 활자가 유명 – 옮긴이)이었다. 책의 거의 모든 페이지에는 칼자국, 밑줄, 주석들이 가득했는데 어떤 의미가 숨어 있는 것인지 책만 봐서는 알 수 없었다.

"그럼 이제 두고 보기로 하지."

뒤두이 씨는 중얼거린 뒤 뤼팽의 담배쌈지와 파이프를 만지작거렸다. 마지막으로 황금 테를 두른 유명 시가를 손에 들었다.

"이런, 뤼팽 이 친구 호사스러운 끽연가로군. 헨리 클레이(19세기 미국의 정치가 – 옮긴이)라도 된 듯싶나 보지······."

뒤두이 씨는 끽연가의 무의식적인 습관으로 시가를 귓가에 대고 딱딱 소리를 내보았다. 곧 그의 입에서 탄성이 터져 나왔다. 손가락으로 가볍게 눌렀는데도 시가는 쉽게 쭈그러졌기 때문이다. 자세히 살펴보니 담뱃잎 사이에 무언가 하얀 것이 끼어져 있었다. 그는 옷핀으로 조심스럽게 그것을 빼냈고, 잠시 후에 이쑤시개만한 크기의 두루마리 종이가 나타났다. 그 쪽지에는 짧은 글이 적혀 있었고, 여성의 필체로 다음과 같은 글이 적혀 있었다.

닭장은 바꿔 놓았고, 10 중 8은 준비되었어요. 바깥쪽 다리로 누르면 판이 완전히 세워져요. 매일 12에서 16 사이, HP가 기다리고 있으니 장소를 알려주세요. 신속한 답장 기다릴게요. 항상 당신의 친구가 지켜보고 있으니 안심해요.

뒤두이 씨는 말없이 쪽지를 바라보았다.
"닭장과 8개의 칸이라……. 12에서 16은 시간을 의미하는 것일 텐데 정오에서 오후 4시를 말하는 것이겠군."
"HP가 기다린다는 것은 무슨 뜻이죠?"
"아마도 자동차 모터를 의미하는 것 같군. Horse Power, 즉 마력을 의미하는 거니까 자동차일 거야. 대부분 24HP라고 하면 24마력 자동차를 의미하지 않나. 뤼팽은 식사를 끝냈나?"
뒤두이 씨는 자리에서 일어나며 간수에게 물었다.
"네, 지금 막 끝냈습니다."
"시가 상태를 보니 아직 쪽지를 읽은 것 같지는 않군. 아마 방금 받은 듯해."
"도대체 어떻게 입수했을까요?"
"아마 빵이나 감자 속을 파낸 뒤 넣었을 거야."
"그럴 리가 없습니다. 안 그래도 함정에 빠뜨리기 위해서 외부에서 식사 배달을 허가해 주었거든요. 지금까지는 요리에서 아무것도 발견되지 않았습니다."

탈출한 아르센 뤼팽

"오늘 밤 뤼팽이 어떻게 하는지 잘 관찰해 보자고. 일단은 뤼팽이 감방 안으로 들어오지 못하도록 해야 할 거야. 그리고 이것을 예심판사에게 주고 이 편지를 사진으로 찍어둔 다음 다시 제자리에 두자고. 이 편지는 똑같이 생긴 시가 안에 넣도록 하고. 뤼팽이 이상하다는 느낌을 받으면 안 되니까."

뒤두이 씨는 궁금한 마음을 가지고 디외지 형사와 함께 상테 교도소의 기록실을 방문했다. 기록실 난로 위에는 접시 세 개가 놓여 있었다.

"뤼팽이 먹은 겁니까?"

"네, 그렇습니다."

교도소장이 대답했다.

"디외지 형사, 저기 마카로니를 잘게 썰어보게. 여기 빵 조각도 뒤져보고. 뭐 특별한 것 없나?"

"네, 별 거 없는데요."

뒤두이 씨는 접시, 포크, 숟가락과 칼을 세심하게 살펴보았다. 칼의 손잡이를 돌려보자 갑자기 손잡이가 툭 빠졌다. 그 안에는 역시 종이를 말아서 넣기에 적당한 공간이 있었다. 칼 속에 있는 쪽지에는 다음과 같은 내용이 쓰여 있었다.

나는 당신만 믿고 있소. 내가 앞서 가면 H.P.는 멀리서 매일 따라오게 하시오.

Arsène Lupin

그럼 이만! 사랑하는 나의 그대.

"일이 척척 진행되어가고 있군. 이제 가만히 지켜보고 있으면 탈옥의 혐의는 물론 뤼팽의 부하들까지 모두 잡을 수 있을 거야."
뒤두이 씨는 초조한 듯이 손바닥을 비비면서 말했다.
"탈옥하도록 두었다가 뤼팽이 포위망을 벗어나면 어떻게 하죠?"
교도소장이 걱정스런 얼굴로 뒤두이 씨에게 물었다.
"걱정하지 마십시오. 인원은 충분히 배치해 두었으니까요. 만일 그가 도망친다고 해도 부하들을 잡을 수는 있을 테고 그러면 나중에라도 그를 잡을 수 있을 겁니다."

아르센 뤼팽은 수감된 이후 말을 아꼈다. 예심판사인 쥘 부비에 씨는 몇 달 동안 뤼팽에게 매달렸지만 아무런 소득이 없었다. 신문을 하는 과정 역시, 신문기자만큼도 뤼팽에 대해 알고 있지 못한 변호사와 예심판사와의 맥 빠진 대화로 끝나는 것이 대부분이었다. 그러나 뤼팽은 가끔씩 중요한 몇 마디를 흘리기도 했다.
"예심판사님, 저는 그 말씀에 동의합니다. 리용 은행 도난사건, 바빌론 가 도난사건, 보험증권 사기사건, 은행권 위조지폐 발행, 앵블르뱅과 그로세이에, 아르메닐과 구레, 말라키 성 도난사건 등은 모두 제가 저지른 일입니다."
"그럼 사건에 대해서 자세한 설명을 해주시오."

탈출한 아르센 뤼팽

"별로 소용이 없을 텐데요. 이미 모두 털어놓았으니까요. 그것만 해도 판사님이 생각했던 것보다 훨씬 큰 사건일 겁니다."

예심판사는 뤼팽과의 지리한 말싸움에 지쳐버렸고, 심문 절차를 잠시 보류하고 있었다. 하지만 두 차례의 결정적인 비밀쪽지가 나타났기 때문에 다시 심문을 재개하기로 했다. 뤼팽은 심문을 받기 위해 매일 정오가 되면 다른 죄수들과 함께 호송차에 올랐고, 상떼 감옥에서 파리 경찰청까지 출두해야 했다. 다시 상떼 감옥으로 돌아오는 시간은 오후 3~4시 정도였다.

그러던 어느 날, 경찰청에서 돌아오는 길에 평소와는 다른 상황이 벌어졌다. 다른 죄수들의 심문이 늦어져 뤼팽만 일찍 돌아오게 되었고, 죄수 호송차에는 뤼팽 혼자뿐이었다.

속칭 '닭장차'라고도 불리는 호송차는 가운데에 통로가 있고, 양쪽으로 다섯 개의 칸막이로 나뉜 독방이 있었다. 죄수들은 독방에 한 명씩 앉게 되어 있고, 간수는 맨 끝에서 통로 전체를 감시할 수 있었다.

뤼팽은 이날 오른쪽 세 번째 독방에 앉게 되었고, 호송차는 덜컹거리는 소리를 내면서 출발했다. 시계탑 광장을 출발하여 법원 앞을 지나쳤고, 생미셸 다리 중간쯤에 도착할 때였다. 뤼팽은 오른쪽, 즉 바깥쪽 발로 발판을 눌렀고 철컥 소리가 나더니 밑으로 바퀴 중간이 뚫려서 바깥이 보였다.

그는 주위를 경계하면서 잠시 기다렸다. 호송차는 생미셸 거리를 천천히 달렸고, 생제르맹 교차로에서 멈췄다. 대형 짐마차의 말이 쓰러져 교통이 두절되었기 때문이다. 거리는 합승마차와 자동차들로 엉망이 되었고 사람들은 어쩔 줄 몰라 하고 있었다.

뤼팽이 바깥을 살펴보자 멀리서 다른 호송차가 정차해 있는 것이 보였다. 그는 다시 발판을 뒤집었고 그 아래 보이는 바퀴살을 밟고 땅으로 뛰어내렸다. 마차군 한 명이 그것을 보고 웃음을 터뜨렸지만 다시 출발하기 시작한 자동차와 마차 소리로 인해 그 소리는 묻혀버렸고, 뤼팽은 그 사이 멀리 가버렸다.

그는 잠시 달리더니 왼쪽의 보도 위로 올라가서 여기저기 두리번거렸다. 어느 쪽으로 가야 할지 고민을 하는 듯한 모습이었다. 이윽고 결심을 한 몸짓으로 호주머니에 손을 넣고 무심하게 거리를 걸었다.

파리 도심은 서늘하면서도 화사했다. 그는 사람들이 많은 카페의 테라스에 자리를 잡고 맥주 한 컵과 담배를 시켰다. 맥주를 천천히 마시더니 담배를 피우고는 자리에서 일어나 지배인을 불렀다. 지배인이 도착하자 뤼팽은 모두가 들을 수 있는 큰 목소리로 다음과 같이 말했다.

"지배인, 미안합니다. 제가 그만 지갑을 가져오지 않아서요. 하지만 제 이름을 듣는다면 외상을 허락해 줄 것이라 생각하여 제 이름을 말씀드리고 가겠습니다. 저는 아르센 뤼팽입니다."

지배인은 어이없다는 듯한 표정으로 뤼팽을 바라보았다.

탈출한 아르센 뤼팽

"상떼 감옥에 있는 수감자 뤼팽을 모르시나요? 지금은 보시다시피 도주 중이지만 맥주와 담뱃값은 나중에 반드시 갚겠습니다."

지배인이 뭐라 말할 틈도 주지 않고, 유쾌하게 웃음을 터뜨리는 사람들을 뒤로 한 채 뤼팽은 자리를 떠났다.

그는 비탈진 수풀로 거리를 가로질러 생자크 거리로 접어들었다. 그리고 쇼윈도를 바라보기도 하고 다시 담배를 피우기도 하면서 천천히 그 길을 따라 걸었다. 포르루아얄 거리에 이르자 그는 행인에게 길을 묻기도 하면서 가야 할 방향을 정하고 있었다. 그러더니 상떼 감옥으로 발길을 향했고, 곧 어둡고 침침한 교도소 담 앞에서 멈춰 섰다. 벽을 따라 걷다가 보초를 서고 있는 초소의 위병에게 뤼팽은 인사를 했다.

"이곳이 상떼 감옥인가요?"

"네, 그렇습니다만 무슨 일이시죠?"

"감방으로 돌아가려고요. 경찰청에서 돌아오는 길에 그만 호송차에서 떨어지고 말았답니다."

"이봐요,. 그냥 갈 길이나 가요. 시답잖은 농담하지 말고."

위병은 귀찮다는 듯이 뤼팽에게 손사래를 쳤다.

"이런, 이 문으로 들어가야 내가 갈 길이 나와서 어쩔 수가 없어요. 나중에 뤼팽을 놓쳤다는 사실이 알려지면 무사하지 못할 텐데 괜찮겠습니까?"

"아, 아르센 뤼팽이라고요? 무슨 말도 안 되는 소립니까?"

"이런, 명함을 갖고 오지 않았군요. 하지만 난 뤼팽입니다."

위병은 뤼팽을 위아래로 훑어보더니 즉시 경보 벨을 울렸다. 잠시 후 철문이 열리고 교도소장이 급하게 뛰어나왔다. 그는 무척 흥분한 듯했지만 뤼팽은 그 모습을 웃는 눈으로 바라보았다.

"교도소장님, 나를 놀리려고 하지 마십시오. 그렇게 눈에 훤히 보이도록 나를 호송차에 혼자 싣고 일부러 교통 체증까지 만들어 내면 내가 친구들이 있는 곳으로 갈 줄 알았소? 자전거와 합승마차를 탄 치안요원들은 정말 연기를 못 하더군. 맘대로 해보시오. 난 그런 얄팍한 수작에 얽히지 않을 테니까 말이오. 교도소장님, 말해 봐요. 내가 걸려들 줄 알았소? 나를 제발 내버려두시오. 내가 가고 싶을 때는 누구의 도움도 필요 없으니 말이오."

뤼팽은 어깨를 으쓱해 보이며 감옥 안으로 성큼성큼 들어갔다.

이틀 후, 뤼팽의 활약을 보도하는 공식 신문이 되어버린 <에코 드 프랑스>지는 뤼팽 탈주 사건의 전모를 특집으로 실었다. 뤼팽이 그 신문의 공동 출자자라는 말까지 나돌 정도로 사건 하나하나를 모두 상세히 기록했다.

신문에는 뤼팽과 어떤 여인과의 쪽지 내용과 교신 방법, 경찰의 계략, 생미셸 거리의 산책과 카페에서의 소동 등 모든 것이 완벽하게 기사화되어 있었다. 디외지 형사가 카페 종업원들을 상대로 조사했지만 아무런 증거도 잡을 수 없었다는 것도 모든 사람들이 알게 되었다. 사람들은 뤼팽이 얼마나 기발한 수단을 동원할 수

탈출한 아르센 뤼팽

있는지에 대해서 감탄하지 않을 수 없었다. 교도소 행정에 동원되는 죄수 호송차까지 개조하여 바꿔치기했다는 사실은 사람들을 경악시키기에 충분했다.

이제 뤼팽이 자기의 힘으로 탈옥할 것이라는 사실은 분명해졌다. 무엇보다도 뤼팽 스스로가 탈옥할 것임을 명확히 공언했기 때문이다. 탈출 시도가 있었던 다음날, 탈출의 전모를 비아냥대던 예심판사에게 뤼팽은 이렇게 말했다.

"판사님, 내 말을 똑똑히 기억해 두는 게 좋을 거요. 그 탈옥 시도는 진짜 탈옥을 하기 위한 일부였소."

"무슨 말을 하는 건지 모르겠군."

예심판사는 여전히 빈정대는 말투로 뤼팽에게 대꾸했다.

"하긴……. 당신의 사고방식으로 이해할 것 같지도 않군."

<에코 드 프랑스> 지에 소개된 신문 내용에서도 알 수 있는 것처럼, 뤼팽은 지겹다는 듯이 예심판사와의 심문을 끝냈다.

"정말 지겹군. 이런 쓸데없는 질문들은 도대체 어디에 쓸 거요?"

"쓸데없다니? 그게 무슨 뜻이오?"

"소용이 없다는 거요. 나는 내 재판에 참여할 생각이 없으니까 말이오."

"재판에 참석하지 않는다고요?"

"그렇소, 난 재판에 가지 않기로 결정했고 그건 절대 양보할 수 없소."

이렇게 무모한 확신과 호언장담은 경찰청과 검찰을 당혹하게 했다. 뤼팽에게 대체 어떤 계획이 있기에 자꾸 탈옥에 대해 이야기하는 것인지 알 수 없었기 때문이다. 뚜렷한 대책이 없던 교도소 측은 뤼팽의 감방을 바꿔버렸다. 그러나 예심판사의 심문은 계속되었고, 그러는 사이 판사는 예심을 매듭짓고 사건을 중죄법원으로 넘겼다.

　사건이 일단락되면서 모든 것이 조용해졌다. 약 두 달 동안 뤼팽은 얼굴을 벽 쪽으로 돌리고 하루 종일 누워 있었다. 감방이 바뀌어서 우울증이 생긴 듯, 변호사와의 면회도 거절했으며 간수와도 이야기를 나누지 않고 있었다.

　재판을 약 10여 일 앞두었을 무렵, 뤼팽은 다시 활력을 되찾은 듯이 보였다. 또한 뤼팽이 공기가 탁하다고 불평을 늘어놓았기 때문에 두 명의 간수를 붙여 이른 아침에만 교도소 안뜰을 산책할 수 있도록 배려해 주었다.

　이처럼 사건이 점차 결말을 향해 가고 있었지만 사람들의 관심은 좀처럼 수그러들지 않았다. 사람들은 매일매일 그가 탈옥했다는 소식이 들려오기를 기다렸으며 심지어 탈옥을 바라기까지 했다. 뤼팽의 열정과 패기, 개성과 천재적인 지능에 열광하고 있었다. 분위기는 뤼팽의 탈옥을 당연시 여겼고, 재판일이 다가오면서 그가 탈옥하지 않는 것을 오히려 이상하게 여길 정도였다. 경찰청장 역시 매일 아침 비서관에서 이렇게 묻곤 했다.

탈출한 아르센 뤼팽

"뤼팽은 아직도 탈옥하지 않았나?"

"네, 청장님. 아직 감옥에 있습니다."

"흠……. 그렇다면 내일쯤 탈옥을 하려나?"

드디어 재판 전날, 어떤 신사가 <르 그랑 주르날> 지의 사무실을 방문했다. 신사는 신문의 공동 발행인을 찾아 그에게 다음과 같은 쪽지를 전해주고 사라졌다.

괴도 신사 아르센 뤼팽은 반드시 약속을 지킬 것이다.

드디어 재판이 열리자 예상한 것처럼 엄청난 인파가 몰려들었다. 뤼팽을 한 번 보고 싶어서 혹은 뤼팽이 재판장을 어떻게 요리하는지 보고 싶어서 온 사람들이 대부분이었다. 법관과 변호사, 문학계와 사교계의 인사들, 예술가들, 화류계 여성들까지 파리의 모든 시민이 청중석에 자리를 잡기 위해 서로 밀쳐대고 있었다.

법원 바깥의 날씨는 어두웠고 비까지 내리고 있었다. 아르센 뤼팽은 위병들에게 둘러싸인 채로 입장했기 때문에 사람들은 그의 모습을 제대로 볼 수도 없었다. 게다가 어딘지 모르게 맥이 풀린 자세는 청중의 기대를 만족시켜주지 못했다. 그의 담당 변호사가 몇 번 말을 붙이려고 노력했지만, 뤼팽은 고개만 끄덕이거나 저을 뿐 입은 열지 않았다. 마침내 서기가 고소장을 읽기 시작했고, 재판장의 발언이 시작되었다.

"피고는 일어나서 본인의 이름과 나이, 직업을 말하시오."
그러나 아무런 대답이 없었다.
"피고, 이름을 말하시오, 이름!"
재판장은 짜증이 나는 듯이 다시 물었다.
"제 이름은 보드뤼 데지레입니다."
작게 열린 입 사이로 그의 목소리가 들리자 사람들은 곳곳에서 수군대기 시작했다.
"보드뤼 데지레는 새로운 이름이오? 이제 여덟 번째 가명이 나오는 거 같은데, 그보다는 가장 잘 알려진 아르센 뤼팽이라는 이름을 쓰는 게 낫지 않겠소?"
재판장은 기록을 훑어보면서 다시 말을 이었다.
"피고의 신원을 파악하기 위해 여러 모로 조사를 했음에도 불구하고 결국은 당신의 정체를 알아내지 못했소. 요즘 같은 세상에 피고처럼 기록이 없는 경우도 흔한 일은 아니오. 피고가 누구인지, 고향이 어디며 어릴 때는 무엇을 하며 지냈는지 전혀 알려진 바가 없어요. 피고는 갑자기 나타나 스스로를 아르센 뤼팽이라고 주장하며, 지성과 광기를 잘못된 방법으로 드러내고 있지요.
피고에 관해 알려진 것은 상상과 짐작에 불과하지만 간단하게 설명하겠소. 뤼팽이라고 불리는 피고는 약 8년 전, 마법사 딕슨 옆에서 일을 돕던 로스타라는 사람과 동일인물로 알려져 있소. 6년 전에는 루이 병원의 알티에 박사 연구실에서 일하며 세균학에 대한 가설과 피부병과 관련된 실험으로 박사를 감탄하게 했다는 러시아인 학생과도 동일인물일 것이오. 주주츠柔術(유도의 전신에 해당하는 일본 무술 – 옮긴이)가 유명해지기 전에 파리에서 터를 잡았던 일본 무술 선생, 그리고 만국박람회 때 자전거 레이싱에 출전하여 1만 프랑의 상금과 그랑프리를 수상하고 사라졌던 선수도 뤼팽이라는 설이 있소. 또 1897년 5월에 121명의 목숨을 앗아간 대화재 때, 좁은 채광창으로 사람들을 구하고 그 사람들의 돈을 훔쳤던 사람 역시 아르센 뤼팽일 것이오."

재판장은 잠시 쉬더니 뤼팽에 대해 계속 이야기했다.

"지금까지 피고가 저질러온 일은 피고의 능력과 기지를 잘 보여주고 있소. 그 엄청난 인생의 경험들에 대해서 우리 경찰과 검찰은 지극히 미미한 대비책만을 세워왔던 것 같소. 피고는 지금까지 말한 모든 사실을 인정합니까?"

긴 연설이 계속되는 동안 피고 뤼팽은 다리를 꼬아 흔들며 피곤한 모습으로 앉아 있었다. 푹 꺼진 양 볼, 튀어나온 광대뼈, 어두운 안색, 검붉은 반점들, 지저분한 수염 등 그의 모습은 무척 초라하고 초췌해 보였다. 감옥생활이 그 화려하고 정열적이었던 남자를 이렇게 시들게 하다니! 신문의 주요면을 늘 화려하게 장식하던 사건들을 이끌었던 젊고 생기 넘치는 남자의 실루엣은 어디서도 찾아볼 수 없었다.

그러나 피고는 판사의 질문을 전혀 이해하지 못한 것 같았다.

판사는 같은 질문을 두 번이나 반복했지만 그는 한참이 지나서야 눈을 들고 잠시 허공을 바라보더니 어렵게 입을 열었다.

"난 보드뤼 데지레라니까……."

"아르센 뤼팽, 대체 어떤 속셈으로 자신을 다른 사람이라고 주장하는 건지 모르겠소. 바보나 정신병자 흉내를 내고 싶다면 그렇게 하시오. 나는 당신을 무시한 채 재판을 진행하겠소."

재판장은 수많은 절도, 사기, 위조 범죄를 연달아 말했고, 중간에 피고에게 확인 질문을 했다. 그러나 그는 여전히 알아들을 수 없는 혼잣말을 중얼거리거나 침묵만 유지하고 있었다. 곧이어 증인들의 증언이 이어졌다. 몇몇은 하찮은 것이었고 몇몇은 중요한 것이었지만, 서로 앞뒤가 맞지 않는 모순된 내용이었다. 재판 과정은 점점 미궁 속으로 빠져들었는데, 가니마르 형사의 출두로 법원은 다시 활기를 되찾을 수 있었다.

그러나 가니마르 형사는 모든 사람들의 기대를 저버렸다. 수많은 재판을 경험한 그가 주눅 들었을 리는 없었을 텐데도 그의 태도는 불편하고 초조하며 불안해 보이기까지 했다. 그런 그가 언짢은 표정으로 피고를 바라보았다. 그러면서 그는 방청석 증언대의 난간을 잡고 자신과 뤼팽이 연루되었던 사건들에 대해 이야기했다. 유럽 전역에서 신대륙까지 그를 쫓아간 행로를 자세하게 진술했고, 사람들은 무용담을 듣는 것처럼 경청하고 있었다.

그런데 증언이 끝날 무렵, 아르센 뤼팽과 감옥에서 나누었던 대화 내용을 언급하다가 갑자기 멍해지더니 불안한 기색이 얼굴에 역력해지며 말끝을 흐렸다. 무언가 다른 생각에 사로잡혀 있는 듯했다. 보다 못한 재판관은 가니마르 형사의 말을 끊었다.

"가니마르 형사, 몸이 좋지 않거나 피곤하면 잠시 쉬었다가 증언하시오."

"아닙니다, 재판장님. 그런데 제가 피고를 가까이에서 살펴볼 수 있도록 허락해 주십시오. 확인해야 할 문제가 있는 듯합니다."

가니마르는 재판장의 허락을 받고 피고에게 다가가 한참 동안 뚫어지게 노려보았다. 그러더니 단상을 향해 돌아서며 다음과 같이 말했다.

"재판장님, 제가 확신하는데 여기 앉아 있는 남자는 아르센 뤼팽이 아닙니다."

순식간에 장내는 찬물을 끼얹은 것처럼 조용해졌다. 재판장은 황당한 표정으로 그 침묵을 깨려고 더듬거리며 말을 꺼냈다.

"가니마르 형사, 지금 무슨 말을 하는 거요? 제정신이오?"

"처음 보았을 때는 저도 인상착의가 비슷하다고 생각했습니다. 하지만 조금만 주의 깊게 살펴보면 뤼팽이 아니라는 것을 알 수 있습니다. 코, 입술, 머리카락, 피부색 등 모두가 뤼팽이라고 할 수 없습니다. 게다가 가장 중요한 것은 그의 눈빛입니다. 아르센 뤼팽이 이렇게 흐리멍텅한 알코올 중독자의 눈빛이라니 말도 안 됩니다."

가니마르 형사는 강경한 말투로 말했다.

"증인, 진정하고 다시 말해 보시오. 도대체 무슨 말을 하려는 건지 정리를 좀 해보시오."

"제 생각을 말씀드리는 겁니다. 뤼팽은 지금 자기 대신에 어떤 불쌍한 부랑자를 내세워서 재판을 치르고 있는 게 분명합니다."

생각하지 못한 사태가 벌어지자 장내는 걷잡을 수 없이 혼란스러워졌다. 터져 나오는 폭소, 환호성 등으로 재판을 더 이상 진행할 수 있는 상태가 아니었다. 재판장은 즉시 휴정을 선언하고, 예심판사, 상떼 감옥의 교도소장, 간수들을 호출했다. 예심판사인 쥘 부비에 씨도 교도소장도 피고를 자세히 들여다보고 뤼팽과는 윤곽선이 닮았을 뿐 뤼팽이라는 것을 확신할 수 없다고 말했다.

"대체 이게 무슨 일인가? 이 남자는 그럼 누구지? 대체 이 사람이 왜 여기에 있는 건가?"

재판장은 기가 막힌 표정으로 중얼거렸다. 그러나 상떼 교도소의 간수 두 명은 전혀 다른 진술을 했다. 둘이 교대로 감시를 했기 때문에 이 죄수가 아르센 뤼팽이라고 굳게 믿고 있었다. 재판장은 더욱 깊은 한숨을 내쉬었다.

"재판장님, 이 남자는 뤼팽이 틀림없습니다."

"확신할 수 있겠나?"

"생각해 보니 그의 얼굴을 제대로 본 적은 없네요. 저는 주로 밤에 그를 감시했는데, 늘 벽을 마주보고 누워 있었거든요. 두 달 동

탈출한 아르센 뤼팽

안 내내요."

"그럼 두 달 전에는 어땠지?"

"그 전에는 24호 감방에 있지 않았습니다."

교도소장이 간수를 대신해서 말했다.

"탈주 시도가 있고 난 이후에는 감방을 교체했으니까요."

"그럼 교도소장은 이 남자를 두 달 동안 제대로 본 적이 있소?"

"직접 대면한 적은 없습니다. 전과 달리 아주 조용하게 굴었으니까요."

"그럼 이 남자가 당신이 잡아넣은 그자가 아니라는 말이오?"

"네, 아닌 것 같습니다만……."

"그럼 이 남자는 대체 누구요?"

"저도 잘 모르겠습니다. 확신을 할 수가 없군요."

"그럼 두 달 전에 뤼팽과 이 사람이 바뀌었고, 바뀐 사람을 상대로 감시하고 재판을 진행했다는 거요?"

"재판장님, 그건 말도 안 되는 일입니다."

"그럼 어떻게 된 건지 설명을 해보시오!"

재판장은 피고석에 앉은 사람에게 부드러운 어조로 물었다.

"피고, 당신이 어떻게 이 자리에 있는 것인지 우리 모두에게 설명해 줄 수 있겠소?"

재판장이 상냥하게 말을 걸자 그는 마음이 놓였는지 입을 열기 위해 애썼다. 드디어 힘겹게 입을 연 그가 진술한 내용을 종합해 보면 이런 내용이었다.

두 달 전, 그는 파리 경찰청 부랑자 수용소로 잡혀가게 되었다. 하룻밤과 아침나절을 그곳에서 보내고 풀려났는데, 수중에는 75상팀(프랑스 화폐 단위 - 옮긴이)밖에 없었다. 그가 아무 생각 없이 경찰청의 안뜰을 가로질러 나가고 있는데, 갑자기 두 명의 간수가 그를 죄수 호송차로 데려가 태웠다는 것이다. 그는 이후 24호 감방에서 지내게 되었는데 그 생활에 그럭저럭 만족할 수 있었다. 배부르게 먹을 수 있었고 잠자리도 편했기 때문이다. 그러니 그곳에서 지내는 것도 괜찮다고 생각하였고 이 자리까지 오게 되었다는 것이다.

듣고 보니 충분히 가능성이 있는 이야기였다. 폭소와 흥분이 가득한 법정에서 사건에 대한 보충 수사가 필요했기 때문에 재판장은 부득이 재판을 연기할 수밖에 없었다.

경찰청 수감 명부를 조사한 결과, 약 8주 전 보드뤼 데지레라는 인물이 파리 경찰청 부랑자 수용소에 있었다는 사실이 확인되었다. 다음날 출소한 그는 오후 2시가 되어서야 그곳을 나왔는데, 같은 날 같은 시각 뤼팽 역시 마지막 심문을 받고 죄수 호송차에 올랐다.

그렇다면 간수가 데지레를 뤼팽이라고 착각했다는 것인가? 비슷한 외모 때문에 혼동을 느껴 부랑자와 뤼팽을 바꿨다는 것인가?

탈출한 아르센 뤼팽

그렇다면 죄수를 감시해야 하는 간수의 입장에서는 도저히 회복할 수 없는 큰 잘못을 저지른 것이다.

만약 바꿔치기가 미리 예정된 것이었다면 어떨까? 당시 주변 장소가 경찰청이었기 때문에 이러한 가설은 어울리지 않았다. 결국 데지레가 공범이며, 뤼팽을 대신하겠다는 목적으로 스스로 감금당했다는 것이 타당했다. 그러나 이렇게 확률 낮은 우연에 의존한 황당한 계획이 어떻게 가능했을까?

보다 확실히 정황을 밝히기 위해 보드뤼 데지레는 경찰청의 인체 감식과로 보내졌다. 그의 특징과 일치하는 범죄자 카드는 어디에서도 나타나지 않았지만, 그의 흔적은 여기저기서 쉽게 찾을 수 있었다. 쿠르브브와, 아스니에르, 르발르와 등지에 그를 아는 부랑자들이 있었으며, 구걸로 생계를 유지하고 있었다. 그는 몇 년 전부터 테른 성문 변두리에 모여 사는 넝마주이들의 숙소에서 잠을 해결했는데, 1년 전 갑자기 모습을 감추었다는 이야기도 들을 수 있었다.

1년 전에 데지레는 뤼팽을 따라갔던 것일까? 하지만 그것을 단정할 수 있는 증거가 없었다. 그것이 사실이라고 하더라도 뤼팽의 도주와 연결시키는 것은 어려웠다. 수수께끼는 여전히 남아 있었고, 수많은 가설들은 여러 가지 가능성을 생각하게 했지만 확실한 것은 뤼팽이 탈옥했다는 사실이었다.

대중은 물론 경찰청도 큰 충격을 받았다. 온갖 복잡한 작전들이 서로 얽혀서 뤼팽의 탈옥이라는 기적을 만들어냈고, 그의 건방진 한 마디 '나는 내 재판에 참석하지 않겠다.' 라는 말을 사실로 증명한 것이다.

한 달이 지나도록 끊임없는 조사와 수사를 계속했지만, 뤼팽의 탈옥과 관련해서 아무런 자료를 찾을 수 없었다. 게다가 불쌍한 보드뤼 데지레를 계속 붙잡아두는 것도 불가능했다. 데지레에게 어떤 혐의를 둘 수도 없었기 때문에 예심판사는 데지레의 무죄 방면을 지시했다. 그러나 만약을 대비하여 경찰청장은 그의 주변에 치밀한 감시망을 준비해 두었다.

이러한 결정은 모두 가니마르 형사의 아이디어였다. 그가 보기에 뤼팽의 탈옥 사건은 공모나 우연이 아니었다. 데지레는 뤼팽의 수완에 의해 이용되었을 뿐이었고, 자유의 몸이 된 데지레를 추적하다 보면 뤼팽이나 그 부하들을 잡을 수 있을 거라고 확신했다.

디외지 형사와 폴랑팡 형사가 가니마르 형사와 함께하기로 하고, 안개가 자욱한 1월의 어느 날 아침에 데지레는 드디어 자유의 몸이 되었다. 그는 매우 당황한 듯이 보였고 길을 모르는 사람처럼 천천히 주위를 둘러보며 길을 걸었다. 상떼 거리와 생자크 거리를 거닐던 그는 고물장수에게 자신의 조끼를 팔아 몇 푼의 돈을 챙긴 후 다시 겉옷을 걸치고 계속 길을 걸었다.

센 강을 건너고 샤틀레 부근에서 합승마차를 타려던 데지레는 자리가 없다고 거절당했다. 표를 구하러 데지레가 대합실로 들어

탈출한 아르센 뤼팽

가자, 가니마르는 두 형사를 불러 지시했다.

"차를 한 대, 아니 두 대를 잡게. 나눠 타고 가는 게 더 안전할 것 같군. 둘 중 한 명은 나와 함께 가도록 하고, 자 이제부터 저자의 뒤를 밟자고."

가니마르의 지시는 즉각 이행되었으나 정작 데지레의 모습은 보이지 않았다. 대합실은 텅 비어 있었고 가니마르 형사는 바로 뒷문으로 달려갔다.

그가 중얼거렸다.

"내가 어리석었군. 또 다른 출구가 있다는 걸 왜 생각하지 못했을까?"

대합실의 안쪽에는 통로가 있어서 생마르탱 거리로 통해 있었다. 가니마르는 그쪽을 향해 바삐 걸음을 옮겼다. 마침 늦지 않게 도착해서 바티뇰에서 파리 식물원으로 가는 마차가 리볼리 거리 모퉁이를 막 돌아설 때, 지붕 위의 좌석에 앉아 있는 데지레를 발견할 수 있었다. 가니마르는 달려가서 겨우 마차를 따라잡았지만 수행 형사들과는 멀어지고 말았다.

계속 혼자서 추적을 해야 한다고 생각하자 가니마르는 화가 치밀어 데지레의 멱살이라도 잡고 싶었다. 일자무식 알코올 중독자인 데지레가 교활한 속임수로 두 형사를 따돌린 것은 아닐까 하는 생각이 들어 가니마르는 데지레를 꼼꼼히 살펴보기 시작했다. 의자에 앉은 그는 고개를 이리저리 흔들면서 정신없이 졸고 있었고,

입은 반쯤 벌린 채 바보 같은 표정이었다. 이런 바보 같은 작자가 파리 경찰청의 형사들을 바보로 만들 리가 없었다. 그저 우연에 불과했던 것이 틀림없었다.

라파예트 백화점 사거리에 도착하자 데지레는 마차에서 천천히 내리더니 뮈에트 행 전차로 갈아탔다. 그는 전차가 오스만 거리와 빅토르 위고 거리를 지나 뮈에트 역 앞에 이르러서야 내렸는데, 내리자마자 불로뉴 숲으로 터벅터벅 걸어갔다. 그는 한동안 오솔길을 반복해서 걸었고, 가니마르는 그가 무엇을 하는지 궁금했다.

한 시간 정도를 그렇게 배회하던 그는 지친 기색으로 근처 벤치에 무너지듯이 앉았다. 오퇴이유 거리에서 멀지 않은 이곳의 작은 연못가는 매우 조용하고 한산했다. 이렇게 인적 하나 없는 곳에서 약 30분이 흘렀고, 가니마르는 대책 없이 기다리는 것보다 그와 이야기라도 나누는 것이 좋겠다고 생각했다.

가니마르는 데지레 옆으로 다가가 앉았다. 그리고 담배를 물고 지팡이 끝으로 바닥에 동그라미를 그리면서 데지레에게 말을 걸었다.

"오늘은 날씨가 따뜻하지 않군."

데지레는 아무 말도 하지 않았다. 그러다가 지나가는 개미 발소리가 들릴 정도로 조용한 가운데 갑자기 웃음소리가 터져 나왔다.

"으하하하하하하하하!"

마치 참고 참다가 더 이상 참을 수 없어 터져 나오는 웃음소리 같았다. 가니마르는 두피가 당겨지면서 머리카락이 쭈뼛쭈뼛 서는 듯한 느낌이 들었다. 이 익숙한 웃음소리는 그가 너무도 잘 알고 있는 뤼팽의 웃음소리가 분명했다.

가니마르는 재빨리 그의 옷소매를 잡고 눈에 힘을 주고 노려보았다. 그런데 어떻게 된 일인지 그의 눈에 들어오는 남자의 모습은 아까의 데지레가 아니었다. 분명히 가련한 보드뤼 데지레의 얼굴이면서 동시에 다른 누군가가 데지레와 함께 웃고 있었다.

그의 눈동자는 점점 생기를 되찾았고 창백했던 얼굴에는 홍조가 스며들고 있었다. 지저분한 종기 밑에서는 생생한 피부가, 일그러진 입술에는 냉소적인 미소가 그 모습을 드러내고 있었다.

"아, 아르센 뤼팽…… 자네가……."

가니마르의 입에서는 그의 강력한 라이벌의 이름이 새어나왔다. 순간 가니마르는 뤼팽의 멱살을 잡고 바닥에 내동댕이치려고 하였다. 가니마르는 50대의 나이였지만 보통이 넘는 완력의 소유자였기 때문에 오랜 감옥생활로 영양 상태가 좋아 보이지 않는 상대를 충분히 이길 수 있다고 생각했기 때문이다.

그러나 격돌은 짧은 순간에 끝이 났다. 뤼팽은 순식간에 가니마르를 방어했고 재빨리 반격을 가하자 우두둑 소리가 나면서 가니마르의 오른쪽 팔은 힘을 잃고 말았다.

"가니마르 형사, 혹시 파리 경찰청에서 주주츠를 배웠다면 지금 이것이 일본어로 우데히시기(팔후려꺾기 - 옮긴이)라는 것을 알 수 있을 겁니다."

뤼팽은 가볍게 말한 뒤, 목소리를 낮추어 덧붙였다.

"조금만 더 심하게 공격했으면 당신 팔은 부러졌을 거요. 난 당신을 인정했기 때문에 내 정체를 밝혔는데 이렇게 거친 공격을 하다니 너무하지 않습니까? 그건 그렇고 많이 아픈가요?"

가니마르는 이를 악물고 그를 노려보았다. 자기 눈앞에서 이루어진 탈옥 사건은 자신에게 가장 큰 책임이 있었던 것이다. 재판이 열릴 때 자신이 증언을 했기 때문에 재판장의 판단력도 흐려진 것이 아닌가. 지금까지 쌓아온 형사로서의 명성에 큰 오점으로 남게 될 것임이 분명했다. 가니마르는 자신도 모르게 눈물을 흘렸고, 회색 콧수염에는 눈물방울이 맺히고 있었다.

"저런, 가니마르 형사님이 울고 있다니. 너무 상심 마세요. 당신이 그런 증언을 하지 않았어도 분명히 다른 사람이 증언을 했을 겁니다. 내가 아무 죄 없이 불쌍한 보드뤼 데지레에게 벌을 주도록 내버려두었겠어요?"

뤼팽은 농담을 하고 있었지만, 가니마르는 입술을 깨물며 비통한 기분을 느끼고 있었다.

"그러니까 계속 당신, 뤼팽이었다는 것이지?"

"나야 항상 나일 뿐이지요. 내가 어딜 가겠습니까?"

"아니, 어떻게 이런 일이 일어날 수 있지? 도대체 모르겠소."

"내가 요술을 부린 건 아닙니다. 재판장이 말했듯이 난 지난 10

년 동안 여러 분야에서 많은 것들로 준비를 해왔으니까요."

"그 얼굴과 눈빛은 어떻게 된 거요?"

"예전에 생루이 병원에서 알티에 박사를 도와 연구를 했던 것은 공부에 관심이 있어서가 아닙니다. 미래의 아르센 뤼팽에 어울리는 능력을 갖추기 위해서는 외모와 정체성에 대한 기본적인 법칙은 알고 있어야 한다고 생각했기 때문이지요. 사실 외모를 바꾸는 것은 별 게 아닙니다. 원한다면 얼마든지 바꿀 수 있으니까요. 파라핀 피하주사 한 대면 원하는 어느 곳이든지 부어오르게 할 수 있죠. 모히칸 족처럼 되고 싶다면 초성몰식자산(pyrogallic acid)을 쓰면 되고, 애기똥풀의 즙을 바르면 온갖 수포와 종기를 발생시켜 훨씬 자연스러운 효과를 볼 수 있지요. 당신의 수염과 머리카락도, 심지어는 눈빛과 목소리도 화학적 트릭으로 바꿀 수 있다는 거죠. 게다가 24호 감방에서 살면서 체중을 조절하고 표정이나 습관을 연습하는 건 아주 쉬웠어요. 열심히 연습만 한다면 말입니다. 아, 당신이 결정적으로 나를 데지레라고 생각했던 그 눈빛은 아트로핀 몇 방울로 해결된답니다. 흐리멍텅한 눈동자를 지금이라도 당장 만들 수 있지요."

"하지만 어떻게 간수들까지 속일 수 있었던 거요?"

"변화는 조금씩 일어나는 거랍니다. 언뜻 보아서는 조금씩 달라지는 변화를 느낄 수 없지요."

"그럼 보드뤼 데지레라는 사람은 대체 누구요?"

"그는 실재하는 인물입니다. 작년에 우연히 마주친 적이 있는데, 나와 닮은 부분이 많아서 잘 보살피기로 했지요. 사실 난 언제 체포될지 모르는 상황이기 때문에 그는 나에게 꼭 필요한 사람이기도 했으니까요. 그와의 외모적 차이점을 하나씩 줄여가는 방법을 연구했고, 때가 되자 그를 경찰청 부랑자 수용소로 보낸 겁니다. 그런 다음 그곳에서 하룻밤 묵게 하고 내가 나올 시간에 맞춰 그를 내보낸 거죠. 시간이 일치한다는 사실도 잘 드러날 수 있도록 작전을 짰지요. 그래야 사람이 뒤바뀌었다는 것을 확실히 믿을 수 있을 테니까요. 또 그렇게 해야 사법당국에서는 죄가 없는 데지레를 붙잡고 늘어지며 사람이 뒤바뀐 것처럼 핑계를 만들 수 있지 않겠습니까?"

"오, 어떻게 된 건지 이제 알겠소."

가니마르는 자신도 모르게 뤼팽의 이야기에 수긍하고 있었다.

"게다가 나한테 절대적으로 유리한 조건이 조성되어 있었습니다. 바로 사람들이 나의 탈옥을 눈 빠지게 기다리고 있었다는 거지요. 당신을 포함해서 많은 사람들이 탈옥에 대해 당위성을 가지고 있었기 때문에 나는 자유를 판돈으로 걸어야만 했습니다. 하지만 당신은 나의 탈옥에 대한 호언장담을 허풍이라며 무시했지요. 당신은 나를 체포했지만 아르센 뤼팽의 위력을 정확히 모르고 있었던 겁니다. 카오른 사건을 겪었으면서도 내가 탈옥하겠다고 말한 것에 대해 이유가 있다는 것은 생각하지 않았거든요. 가니마르

탈출한 아르센 뤼팽

형사님, 내가 탈출하지 않고서도 탈출하기 위해서는 내 탈옥을 예정된 사실로 받아들여야 할 분위기가 필요했습니다. 모든 게 내 뜻대로 되긴 했지만. '아르센 뤼팽은 탈옥할 것이다, 아르센 뤼팽은 재판에 참석하지 않을 것이다!' 모두가 이렇게 확신하고 있는 상황에서 당신은 고맙게도 나를 가리키며 '이 남자는 아르센 뤼팽이 아니오!'라고 소리쳐주었지요. 재판장에서 간수까지 단 한 명이라도 '저 남자가 진짜 아르센 뤼팽이라면?' 이라고 의심했다면 아마 내 계획은 실패했을 거요. '아르센 뤼팽일 거야.'라고 생각하고 나를 바라보았다면 아무리 변장을 잘 했어도 내 정체가 들통났을 테니까요. 결국 나는 아무것도 하지 않고 가만히 있었던 겁니다. 당신들은 어떻게 이런 간단한 생각도 하지 못하는 것인지 신기할 따름이에요."

뤼팽은 갑자기 가니마르의 손을 붙잡고 이야기를 계속했다.

"가니마르 형사님, 혹시 당신은 상떼 감옥에서 나와 이야기한 것처럼, 내가 약속한 오후 4시에 나를 집에서 기다리고 있었던 건 아닌가요?"

가니마르는 뤼팽의 질문에는 대답하지 않고 다른 질문을 했다.

"그럼 죄수 호송차에서 탈출했던 건 뭐요?"

"아, 그것은 그냥 좀 허세를 부려본 거랍니다. 내 친구들이 낡은 자동차를 손보고 교체시키긴 했지요. 하지만 난 그 작전이 당시 상황의 도움을 받지 않으면 성공하기 어렵다는 것을 알고 있었습니다. 그래도 내 탈옥 의지를 떠들썩하게 알릴 수 있었으니 꽤 쓸모 있는 작전이긴 했어요. 첫 번째의 탈옥 시도가 두 번째 탈옥에 힘을 주었던 셈이지요."

"그럼 감옥 안에서 발견되었던 그 시가는……."

"물론 내가 직접 만든 것이지요. 칼 속의 메모도 그렇고요."

"그 쪽지도 직접 쓴 거요?"

"내가 직접 썼지요."

"그럼 미지의 여인은 누구였소?"

"그녀와 나는 같은 인물입니다. 내가 사용하는 필체는 열 손가락으로 부족하다는 건 몰랐나요?"

"하지만 인체 감식과에서 보드뤼 데지레의 카드를 작성할 때 뤼팽의 것과 일치하는 게 없었소. 그건 어떻게 된 거요?"

가니마르는 잠시 생각하더니 의아하다는 듯이 물었다.

"사실 아르센 뤼팽의 카드는 존재하지 않아요. 설사 있다고 해도 가짜일 거고요. 베르티옹(19세기 말 범죄자들의 인체 감식법을 창안했고, 최초로 사진을 용의자 수사에 도입했음 - 옮긴이) 시스템에 대해서도 난 연구를 충분히 했습니다. 머리 크기, 손가락, 귀 등의 치수와 시각적 특징을 근거로 하기 때문에 일단 측정이 되면 빠져나갈 수 없지요."

"그렇다면 어떻게 한 거요?"

"별 게 있겠습니까? 매수를 했지요. 미국에서 돌아오기도 전에 감식과 직원 한 명이 내 신체 치수를 가짜로 작성해 주기로 했어요. 모든 조직원들이 청렴결백한 건 아니잖습니까? 결국 엉뚱한 카드가 작성되었으니 데지레와도 일치할 수 없었던 거지요."

한동안 침묵이 계속되던 중 가니마르가 차분한 목소리로 물었다.

"이젠 무얼 할 생각이오?"

"일단은 푹 쉬어야 할 것 같아요. 영양보충도 해서 원래 뤼팽의 모습으로 돌아가야겠지요. 데지레든 누구든 다른 사람이 된다는 건 사실 재미있는 일이에요. 옷을 갈아입는 것처럼 개성, 외모, 목소리, 눈빛, 필체를 마음대로 바꿀 수 있으니까요. 하지만 그 모습 가운데서 자신의 모습을 찾지 못할 때가 있습니다. 그때는 조금 서글프기도 하지요. 지금도 내 그림자를 잃어버린 듯한 느낌이 들기도 하고. 이제부터라도 스스로를 되찾아야겠지만 말입니다."

뤼팽은 말을 마치고 왔다 갔다 하며 생각을 정리했다. 해가 저물 무렵, 뤼팽은 가니마르 앞에 서서 이렇게 말했다.

"가니마르 형사님, 더 이상 용건은 없겠죠?"

"그런 것 같소. 그런데 한 가지 궁금한 게 있는데…… 혹시 탈옥 사건의 전모를 공개할 건가요? 내가 실수한 부분까지 공개할 것인지 궁금한데……."

"오, 아르센 뤼팽이 이렇게 탈옥했다는 사실은 그 누구도 모를 겁니다. 내 주위에 신비감이 있는 것을 좋아하니까요. 탈옥의 기적을 그대로 남겨둘 테니 그런 걱정은 하지 않아도 될 겁니다. 자,

이제 난 가봐야겠어요. 오늘 저녁에 시내에서 식사를 하기 위해서는 옷을 갈아입어야 하거든요."

"푹 쉬고 싶다고 말하지 않았소?"

"그러게 말입니다. 하지만 도저히 빠질 수 없는 중요한 약속이 있어서 어쩔 수 없어요. 휴식은 내일부터 할 생각입니다."

"대체 어떤 약속인지 물어봐도 되겠소?"

"자세히 말할 수는 없지만, 장소는 영국 대사관저입니다."

수상한 여행자

수상한 여행자

센 강 유역에 살고 있는 친구들을 방문하기로 되어 있어, 난 기차로 짧은 여행을 해야 했다. 내 자동차는 하루 전날 루앙으로 보내버렸기 때문에 기차 외에는 다른 방법이 없었다. 그런데 출발 시간 몇 분 전, 갑자기 일곱 명이나 되는 건장한 남자들이 내가 타고 있는 칸으로 들어왔다. 그 중 다섯 명은 들어오자마자 담배를 계속 피웠고, 복도도 없는 구식 열차였기 때문에 짜증이 나기 시작했다. 어쩔 수 없이 나는 소지품을 챙겨 다른 칸으로 자리를 이동했다.

옮긴 자리 근처에는 어떤 부인이 있었다. 그녀는 기차 계단에서 남편으로 보이는 남자에게 기대어 있었는데, 매우 안쓰러워 보였다. 그 남자는 나를 바라보았고, 내가 위험한 인물이 아니라고 부인에게 말하는 것처럼 미소를 지으며 무언가를 속삭였다. 그녀 역시 미소를 지으며 나를 힐끔 바라봤다. 6평방미터에 불과한 좁은 공간에서 두 시간 동안 함께 있어도 위험하지 않을 것이라는 것을 확신한 표정이었다.

"여보, 너무 나를 원망하진 말아요. 너무 급한 약속이라 지금 가야 해요."

남편은 그렇게 말하고 부인을 다정하게 포옹한 뒤 자리를 떠났다. 부인은 창문 밖으로 키스를 보내고 손수건을 흔들었다. 곧 기적소리가 울렸고 기차는 덜컹거리면서 움직였다.

바로 그때, 역무원의 만류에도 불구하고 어떤 남자가 문을 거칠게 열고 우리가 있는 곳으로 들어와 부인의 옆자리에 앉았다. 일어서서 선반에 짐을 올려놓던 그 부인은 소리를 지르며 놀라서 의자 위에 주저앉았다.

나는 겁쟁이는 아니었지만 아까부터 일어난 불청객들의 소란은 무언가 어색하고 수상쩍었기 때문에 쉽사리 행동을 취하지 못했다. 자연스럽지 못한 상황이었기 때문에 그 이면에 무언가가 있는 것만 같았다.

하지만 기차가 떠나기 직전에 갑작스레 들이닥친 남자는 처음의 인상과는 달리 볼수록 예의 바르고 우아하며 단정해 보였다. 세련된 취향을 보여주는 패션 감각과 생기 넘치는 표정은 어디선가 본 듯한 얼굴이었다. 아니 직접 본 적은 없지만 이미 알고 있는 어떤 그림의 인상처럼, 기억을 불러일으키는 그런 모습이었다. 하지만 아무리 애를 써도 그에 대한 생각은 좀처럼 떠오르지 않았다.

나는 부인에게로 주의를 돌렸다. 그녀는 공포심에 가까운 창백하고 당황한 표정을 하고 있었으며, 옆에 있는 신사에 대한 불안감으로 가득해 보였다. 나는 그녀의 손이 벌벌 떨면서 무릎에서 조금 떨어진 여행 가방 쪽으로 미끄러지는 것을 보았다. 그녀는

수상한 여행자

가방을 움켜쥐고 몸에 바싹 끌어당겨 불안감을 조금이나마 잊어보려고 노력하고 있었다. 그 순간 나는 그녀와 눈이 마주쳤다. 그녀의 엄청난 불안감이 안타까웠기 때문에 더 이상 모른 척할 수가 없었다.

"부인, 어디 불편하신가요? 창문이라도 열어드릴까요?"

그녀는 대답하지 않은 채 걱정스러운 표정으로 옆의 남자를 가리켰다. 나는 그녀의 남편이 그랬던 것처럼 미소를 지어보이며 어깨를 으쓱했다. 내가 있으니 걱정하지 말고, 옆에 있는 남자도 나쁜 사람이 아닐 거라는 표정으로 그녀를 안심시켰다.

그 순간, 그 남자는 우리 쪽으로 고개를 돌리더니 위아래를 훑어보았다. 그리고 다시 한쪽 구석으로 몸을 파묻고 꼼짝도 하지 않았다. 그렇게 침묵이 흐른 뒤에 부인은 들릴 듯 말 듯한 목소리로 나에게 말했다.

"혹시 그가 이 열차에 있는 것을 알고 있나요?"

"그러니요?"

"그 사람 말이에요, 그 사람……. 확실해요."

"그러니까 그 사람이 누군데요?"

"아르센 뤼팽."

부인은 옆자리에 있는 남자에게서 눈을 떼지 않고 말했지만, 뤼팽이라는 이름은 오히려 그가 있는 방향으로 내뱉고 있었다. 그는 어느새 모자를 코까지 내려쓰고 있었다. 당황한 것을 숨기려는 것인지, 잠이나 청해 보려는 것인지는 알 수 없었다.

"아르센 뤼팽은 어제 결석 재판에서 20년간 강제 노동형에 처해지지 않았습니까? 그러니 오늘 당장 사람들 앞에 모습을 드러내지는 않을 거예요. 게다가 오늘 아침 신문에도 그가 상떼 감옥 탈옥 사건 이후, 터키에 있을 것이라는 보도가 나왔고요."

나는 그녀의 의견에 이의를 제기했다. 하지만 부인은 옆 사람에게 들으라는 듯이 자신의 의견을 강하게 주장했다.

"뤼팽은 이 열차 안에 있어요. 내 남편은 교도소 부소장인데, 역무원이 직접 우리에게 아르센 뤼팽을 찾고 있다고 말했거든요."

"말도 안 됩니다."

"그자를 역 홀에서 봤다고 하더군요. 루앙 행 일등칸 표를 끊었다고 했어요."

"그럼 왜 그때 붙잡지 않은 거죠?"

"원래는 붙잡으려고 했는데 갑자기 사라졌다고 하더군요. 차장 말로는 대합실 입구로 들어오는 것은 보지 못했다고 하더군요. 아마 교외 방향의 플랫폼으로 들어와서 우리보다 10분 늦게 출발하는 급행열차에 탔을 거라고 했어요."

"그럼 거기서 처리하면 되지 않나요?"

"하지만 마지막 순간에 그 열차에서 뛰어내려 우리 열차에 탔을지도 모르잖아요. 그럴 수도 있지 않나요? 틀림없이 그랬을 거라고 생각해요."

"정 그렇다면 여기서 해결하면 되겠죠. 지금도 역무원들과 경찰이 뤼팽을 찾는 것 같군요. 저쪽 끝에서부터 뒤지는 것 같아요. 우리가 루앙에 도착할 때쯤이면 뤼팽은 잡힐 거예요."

"그자는 그 정도로는 어림도 없을 거예요. 어떻게든 도망칠 방법을 찾을 테니까요."

"그럼 더 잘 됐네요. 잘 가라는 인사만 하면 될 테니까요."

"하지만 여기서 무슨 일을 저지를 수도 있잖아요. 그게 불안해요."

"무슨 짓을 말하는 거죠?"

"저도 모르죠. 무슨 짓을 할지는……."

그녀는 매우 흥분한 상태로 보였다. 상황으로 보아 그녀의 상태는 충분히 이해할 수 있었으므로 나는 그녀를 진정시키기 위해 노력했다.

"가끔은 묘한 우연의 일치가 있기도 하죠. 하지만 안심하세요. 뤼팽이 여기 있다고 하더라도 아마 얌전하게 처신할 거예요. 소란을 일으키는 것보다는 조용히 자신의 갈 길을 가는 것이 나을 테니까요."

하지만 그녀는 아무리 말해도 진정하지 못했다. 호들갑을 떨었던 것을 후회하는 듯이 억지로 입을 다물고만 있었다. 나 역시 신문을 펴고 뤼팽의 재판에 관한 기사를 읽었다. 다 아는 사실만 반복하고 있었기 때문에 흥미가 없었고 나는 깜빡 잠이 들고 말았다. 지난 밤 잠을 제대로 자지 못한 데다가 꽤 피곤했기 때문이다.

"어머, 선생님! 주무시면 안 돼요!"
부인은 신문을 빼앗고는 원망 어린 눈빛으로 나를 보며 말했다.
"아, 죄송합니다."
"조심하세요, 선생님."
"그래요, 조심할게요."

이후부터 나는 하늘의 구름이나 풍경에 집중하기 위해 전력을 다했다. 그러나 얼마 못 가 다시 졸기 시작했고, 부인과 남자의 모습이 희미해지면서 깊은 잠 속으로 빨려 들어갔다. 잠시 후 가벼운 꿈들이 잠 속을 휘저었다. 꿈속에서 아르센 뤼팽이라는 존재가 활개를 치고 있었고, 그는 지평선을 향해 멀리 나아가고 있었다. 온갖 명화와 보물들로 가득 찬 짐을 짊어진 채 벽을 뛰어넘어 유서 깊은 성을 털고 있었다. 그런데 뤼팽은 다른 사람의 실루엣으로 변하여 나에게 다가왔다. 그는 점점 커지면서 시끄럽게 열차 칸으로 뛰어들었고, 내 가슴 위로 떨어졌다.

그 순간, 끔찍한 통증이 느껴졌고 나는 비명을 지르면서 잠에서 깼다. 맞은편에 앉아 있던 남자가 무릎으로 내 가슴을 짓누르고 목을 조르고 있었다. 이미 내 눈동자는 충혈되어 모든 사물이 희미하게 보였고, 부인은 구석에서 매우 당황한 듯 부들부들 떨고 있었다. 나는 저항하고 싶었지만 행동으로 옮길 수는 없었다. 관자놀이가 마구 뛰고 숨이 막혔다. 이대로 가다가는 질식해 버릴 것만 같았다.

수상한 여행자

남자도 그것을 느꼈는지 손의 힘을 늦추고, 목을 누른 채 매듭을 만들어둔 노끈으로 내 손목을 묶었다. 나는 두 손을 결박당하고 재갈까지 물려 꼼짝도 못 하는 신세가 되고 말았다. 나를 처치하는 동작을 보니 이 방면의 전문가가 분명했다. 한 마디 말도, 한순간의 망설임도 없이 자연스럽게 일을 처리하고 있었던 것이다. 그에게는 냉혈한의 기질과 강심장이 느껴졌지만, 반면에 나는 꽁꽁 묶인 채 의자에 내동댕이쳐져 있었다. 다름 아닌 나, 아르센 뤼팽이 이런 꼴이 되다니 나조차도 믿을 수 없었다.

  이렇게 재미있는 일이 또 있을 수 있을까? 상황은 매우 심각했지만 나는 지금 상황의 아이러니와 코믹함을 지나칠 수가 없었다. 뤼팽이 이렇게 당할 수 있다니! 강도가 내 지갑과 소지품을 털고 있는 모습을 보면서 어이가 없었다. 아르센 뤼팽이 당할 차례라도 되었다는 것인가? 정말 이 상황을 어떻게 해야 할지 대책이 서지 않았다.

  다행히도 남자는 부인에게는 신경을 쓰지 않고 있었다. 바닥에 떨어진 작은 손가방에서 보석과 지갑, 지폐, 금과 은장식 등을 가져가는 것으로 만족한 듯했다. 그러나 공황 상태에 빠진 부인은 알아서 반지를 빼 남자에게 내밀었다. 남자가 반지를 살펴보는 사이 부인은 기절해 버리고 말았다.

  조용하고 침착한 그 남자는 나와 부인은 더 이상 신경 쓰지 않고 의자에 앉아 담배를 피우기 시작했다. 방금 얻은 보물들을 흐뭇하게 보더니 하나씩 검사하기 시작했다. 그러나 내 심정은 그의 흐뭇함과는 거리가 멀었다. 어이없이 빼앗긴 1만 2천 프랑의 귀중품이 중요한 게 아니었다. 그 정도의 손실이야 잠깐이면 만회할 수 있었고, 지갑 속에 들어 있는 중요한 메모들과 설계도, 견적서, 주소록, 연락책 명단, 위험스러울 수도 있는 편지 역시 마음만 먹으면 내 손에 넣을 수 있었다. 그러나 가장 큰 걱정거리는 앞으로 어떻게 될 것인가에 대한 문제였다.

 짐작할 수 있겠지만, 사실 생라자르 역을 통과하면서 벌어졌던 소란이 내 마음을 불편하게 하고 있었다. 루앙에서 방문하게 될 친구들은 아르센 뤼팽과 비슷한 용모를 가진 나를 매우 재미있어 했다. 그랬기 때문에 나는 분장을 제대로 하지 않았고, 결국 사람들의 눈에 띄고 말았다. 더욱이 급행열차에서 이 열차로 뛰어내린 남자가 뤼팽일 거라는 소문이 퍼졌다면, 루앙의 경찰은 이미 전보를 통해 모든 것을 파악했을 것이다. 수상한 여행객들을 모두 조사하고 열차 전체를 수색한다면…….

 사실 모든 것을 예상하고 있었기 때문에 걱정할 일은 아니었다. 루앙의 경찰이 파리의 경찰만큼 똑똑할 리가 없기 때문에 생라자르 역의 차장을 속였던 것처럼 여기서도 나의 국회의원 신분증으로 무사통과할 수 있다는 자신감이 있었다. 그러나 지금 상황은 예상 밖이었다. 꼼짝도 할 수가 없으니 어떤 실력도 발휘할 수 없었다. 루앙의 경찰서장은 꽁꽁 묶인 뤼팽을 마치 과일 바구니처럼

수상한 여행자

접수하고 말 것이다. 이런 고민을 하는 사이 열차는 베르농과 생 피에르를 지나쳐 루앙 역으로 향하고 있었다.

이때 또 다른 문제가 관심을 끌었다. 이번 관심은 직접적인 것은 아니지만 어쨌든 호기심을 자극하였다. 대체 이 남자의 의도는 무엇일까? 루앙에 도착했을 때 이 남자가 조용히 열차에서 내릴 여유만 있다면, 나는 객실에서 무언가를 해볼 수도 있을 터였다. 그러나 부인이 문제가 되었다. 지금은 두려움으로 인해 조용히 있지만, 저 남자가 보이지 않으면 살려달라고 소리를 지를 수도 있었다.

생각이 여기까지 닿자 이상하다는 생각이 들었다. 부인 역시 나처럼 결박하고 재갈을 물리면 열차에서 조용히 사라질 수 있을 텐데 왜 그렇게 하지 않는 것일까? 남자는 여전히 담배를 물고 바깥의 빗줄기를 바라보고 있었다. 그러다가 딱 한 번 고개를 돌려 내 열차 시간표를 집어들고 찬찬히 살펴보았다.

부인은 이미 깨어 있었지만 남자를 안심시키려는 듯이 기절한 척하고 있었다. 그러나 담배연기로 인해 기침을 했기 때문에 깨어 있다는 것을 들키고 말았다. 나 역시 완전히 기운이 다 빠진 상황에서 머리만 굴리고 있었다.

퐁 드 라르슈, 오와셀…… 특급열차는 신나게 달리고 있었다.

생테티엔에 도착하자 남자는 벌떡 일어나서 우리 쪽으로 다가왔다. 부인은 비명을 지르려고 하다 다시 기절해 버리고 말았다.

도대체 이 남자의 정체는 무엇이며 목적은 또한 무엇일까? 남자는 옆의 유리창을 내리고 거세진 비를 바라보고 있었다. 아마 우산도 외투도 없는 모양이었다. 그러더니 선반 위의 부인용 양산과 내 외투를 가져가 입었다.

열차는 센 강을 건너는 중이었는데, 남자는 바짓단을 접더니 바깥쪽 걸쇠를 올렸다. 곧 생트카트린 언덕을 관통하는 터널로 들어설 터였다. 남자는 문을 열고 발로 첫 계단을 더듬었다. 정신이 나간 것이 분명했다. 매우 캄캄했고 연기와 굉음이 가득했기 때문에 남자가 하려는 짓은 더욱 황당해 보였다.

그런데 갑자기 열차가 덜컹 소리를 내며 속도를 늦추었다. 웨스팅하우스 회사의 공압식 브레이크는 다시 바퀴에 제동을 걸기 위해 온 힘을 다하고 있었다. 잠시 후 정상 속도가 되었다가 다시 속도가 늦춰졌다. 열차의 속도가 점점 줄어든 이유는 터널 내부의 보강공사 때문인 듯했다. 남자는 이 구간을 지나는 열차가 속도를 늦춰야 한다는 사실을 이미 알고 있었던 것이다.

남자는 두 계단을 더 내려섰고 문을 닫아걸면서 사뿐히 내려 자취를 감추었다. 그가 사라지자마자 빛이 스며들어 연기를 더 뿌옇게 비추었다. 열차는 터널을 빠져나오고 있었다. 이제 터널을 하나만 더 지나면 루앙에 도착한다.

정신이 든 부인은 남자가 사라졌다는 것을 깨닫고는 빼앗긴 보석들을 안타까워하고 있었다. 눈짓으로 호소하는 나와 눈이 마주

수상한 여행자

친 부인은 나의 재갈을 풀어주었다. 여자는 묶인 손도 풀어주려고 하였으나 나는 이를 막았다.

"부인, 놓아두세요. 경찰이 그대로 보고 그놈이 어떤 짓을 했는지 살펴보도록 해야죠."

"그럼 지금 경보 벨을 누를까요?"

"이미 늦었어요. 그놈이 나를 공격할 때 눌렀어야죠."

"그럼 날 죽였을지도 몰라요. 내가 아까 말했잖아요. 그 사람이 이 열차에 탔다고요. 얼굴만 보고도 바로 알 수 있었다고요. 내 보석까지 몽땅 털어가고……."

"놈은 곧 붙잡힐 거예요. 걱정하지 말아요, 부인."

"아르센 뤼팽을 붙잡을 수 있다고요? 말도 안 돼요."

"그건 부인의 행동에 달려 있어요. 자, 지금부터 제 말을 듣고 그대로 하세요. 열차가 루앙에 도착하면 즉시 이 문을 열고 사람을 불러요. 소란을 피우는 것도 좋고요. 그러면 경찰과 역무원들이 몰려올 것이고, 그들에게 당신이 본 그대로를 이야기하세요. 내가 당한 것과 뤼팽이 도망친 내용을요. 그가 중절모를 쓰고 당신의 양산을 가져갔고 회색빛 외투를 걸친 것 등을 말입니다."

"당신의 외투 말이죠?"

"내 외투라니요? 천만에요. 외투는 그자의 것이었어요."

"그런가요? 그가 탔을 때는 안 입고 있었던 것 같은데요."

"아니에요. 혹시 누가 선반 위에 놓고 내린 걸 훔쳤을지도 모르죠. 아무튼 그것을 입고 내렸으니 중요한 단서가 될 거예요. 잊지 말아요. 허리까지 내려오는 회색빛 외투예요. 그리고 부인의 이름부터 밝히세요. 부군의 직책을 알면 사람들이 일을 더 잘 처리해 줄 테니까요."

루앙 역에 열차가 들어서자 부인은 문 앞에 기대섰다. 나는 내 말을 그녀가 모두 기억하길 바라며 다시 한 번 결연한 목소리로 말했다.

"내 이름도 말해 주세요. 기욤 베를라입니다. 나를 안다고 말하면 시간을 절약할 수 있을 겁니다. 초동 수사에 많은 시간이 걸리면 보석들을 찾기가 더 어려워질 거예요. 중요한 건 아르센 뤼팽을 잡는 겁니다. 자, 내가 한 말 모두 기억하죠? 나를 남편의 친구 기욤 베를라라고 말해 줘요."

"알았어요, 기욤 베를라 씨."

부인이 소리를 치며 호들갑을 떨자 열차가 서자마자 남자 한 명과 수행원들이 달려왔다. 나에게는 절체절명의 순간이었다. 부인은 숨을 헐떡이면서 사람들에게 말했다.

"아르센 뤼팽이에요. 그가 우리 둘을 공격했어요. 내 보석들을 모두 훔쳐갔고요. 저는 르노 부인이고 남편은 교도소 부소장이에요. 아니, 이게 누구야? 제 동생 조르주 아르델이에요. 루앙 은행 중역이지요."

그녀는 방금 나타난 한 젊은 남자와 반갑게 포옹했고, 경찰서장은 가볍게 인사를 했다. 눈물로 뒤범벅이 된 부인은 계속 호들갑을 떨었다.

"그는 아르센 뤼팽이 분명해요. 여기 신사분이 자고 있는데, 갑자기 목을 조르는 거예요. 이분은 남편 친구로 베를라 씨예요."

"그런데 아르센 뤼팽은 어디 있습니까?"

경찰서장이 부인에게 물었다.

"센 강을 건너는 사이에 터널에서 뛰어내렸어요."

"그가 정말 아르센 뤼팽이 확실한가요?"

"당연하죠! 그가 틀림없어요. 게다가 생라자르 역에서 봤다는 사람도 많았어요. 중절모도 썼고요."

"아닙니다. 뤼팽은 딱딱한 실크 모자를 썼을 거예요. 여기 이 신사처럼 말이에요."

서장은 나를 가리키면서 여자의 말을 정정했다.

"분명히 말씀드리겠는데 중절모였어요. 허리선이 있는 회색 외투도 입고 있었고요."

르노 부인은 발끈하며 말했다.

"전보에서도 검은 벨벳 깃에 허리선이 있는 회색 외투라고 적혀 있긴 한데……."

서장은 작은 목소리로 중얼거렸다.

"맞아요! 검은 벨벳 깃을 댄 거였어요!"

르노 부인은 의기양양한 목소리로 서장에게 외쳤다. 나는 속으로 안도의 숨을 겨우 내쉴 수 있었다. 경찰들은 내 결박도 풀어주었고, 나는 오랫동안 불편한 자세에 있던 사람답게 있었다. 입가에는 재갈이 물린 흔적까지 선명하게 남긴 채로 손수건을 입술에 대고 분명하지 않은 목소리로 말했다.

"서장님, 분명히 아르센 뤼팽이었어요. 지금이라도 서두르면 그를 잡을 수 있을 거예요. 제가 확실하게 도와드리겠습니다."

경찰은 조사를 해야 할 우리가 탄 객차를 분리시켰다. 나머지 열차는 르아브르를 향해 떠났다. 우리는 호기심에 가득한 인파를 겨우 헤치고 역장실로 갔다. 그 순간 나는 잠시 망설였다. 지금이라도 핑계만 있으면 자리를 피할 수 있었고, 미리 준비한 자동차로 사라질 수 있었다. 오래 있을수록 위험은 증가할 수밖에 없었다. 무슨 일이라도 생겨 파리에서 전보 하나만 날아오면 나는 바로 체포될 수도 있었다.

하지만 자리를 뜬다면 나를 강탈해 간 그놈은 어찌한다? 낯선 곳에서 가지고 있는 것을 모두 털린 채 그를 찾는 것은 불가능했다. 나는 위험을 감수하기로 결심했고 다시 머리를 굴리기 시작했다.

역장실에 도착하자 처음부터 다시 진술을 해달라고 하여 나는 버럭 화를 냈다.

"서장님, 아르센 뤼팽은 벌써 저만큼 앞서가고 있습니다. 이곳에 제 자동차가 있으니 지금이라도 그 차를 타고 그를 따라가겠습니다."

"생각은 나쁘지 않지만 이미 그것은 저희가 조치를 취해 놓았습니다."

소장은 세련된 미소를 지으며 말했다.

"아, 그런가요?"

"네, 베를라 씨. 제 부하 두 명이 자전거를 타고 떠난 지 꽤 시간이 지났지요."

"어디로 갔는데요?"

"터널 입구로 갔습니다. 거기서 단서와 증언을 수집하고 본격적으로 아르센 뤼팽을 추적할 겁니다."

"당신의 부하는 아무런 단서나 증언도 얻지 못할 것 같군요."

나는 어깨를 으쓱 하면서 회의적인 표정을 지었다.

"그게 무슨 말인가요?"

"아르센 뤼팽은 누구에게도 들키지 않고 터널을 빠져나올 수 있도록 준비를 해두었을 거예요. 그리고 첫 번째 나오는 길로 바로 갔을 겁니다."

"어쨌든 이곳으로 오겠죠. 우리가 기다리는 루앙으로 말입니다."

"아뇨, 제 생각에는 루앙으로 올 것 같지는 않아요."

"그렇다면 아직 주변에 있다는 거겠죠. 그렇다면 더 잘 되었지요. 복잡한 시내보다 더 쉽게 작전을 펼칠 수 있으니까요."

"주변에 머물러 있지도 않을 것 같군요."

"그렇다면 대체 뤼팽이 어디 있을 거란 말인가요?"

"지금쯤이면 아르센 뤼팽은 다르네탈 역 근처를 배회하고 있을 거예요. 그리고 10시 50분, 즉 22분 후에 루앙에서 아미앵으로 가는 열차를 탈 거예요."

나는 시계를 살짝 보면서 말했다.

"그런 것들을 어떻게 장담할 수 있죠?"

"간단합니다. 아까 열차에서 그가 열차 시간표를 체크하는 것을 보았거든요. 왜 그랬을까요? 뛰어내리는 지역에서 멀지 않은 곳의 열차역과 그 시간을 알기 위해서였겠죠. 그래서 역에 도착하자마자 나는 열차 시간표부터 확인했습니다. 역시 적당한 노선이 있더군요."

"정말 대단한 추리력이군요. 그럴듯하군요."

경찰서장은 감탄하는 눈치였지만, 나는 기지를 드러내는 실수를 범한 셈이었다. 서장이 의심이라도 하게 된다면 큰일이었기 때문이다. 그러나 다행히 파리에서 오는 내 사진은 형편없었기 때문에 서장이 나를 알아보는 것은 무리였다. 게다가 서장은 나의 추리력에 놀란 듯했고 당황스러워 어떻게 해야 할지 모르는 듯했다.

아리송하고 불확실한 기운이 느껴지는 가운데 시간이 흘렀다. 행운의 여신이 나를 떠나려는 것은 아닌가 불안하게 여겨졌다. 나는 불안을 감추기 위해서 큰 소리로 웃으며 말했다.

"서장님, 저처럼 지갑을 잃어버려 봐요. 얼마나 찾고 싶은지 알 수 있을 거예요. 경찰관 두 명만 저에게 붙여주신다면 당장 아르

수상한 여행자

센 뤼팽을 잡겠습니다."

"오, 서장님! 제발 베를라 씨 말대로 해주세요."

고맙게도 르노 부인이 결정적으로 나를 도와주었다. 영향력 있는 지위에 있는 부인이 베를라라는 이름을 불러주니 그 이름은 정말 내 이름이 되었고, 굳건한 정체성까지 부여해 주었다. 서장은 자리에서 일어나며 이렇게 말했다.

"베를라 씨, 당신의 계획이 성공하길 바랍니다. 당신과 마찬가지로 나 역시 아르센 뤼팽을 꼭 잡고 싶거든요."

서장은 나를 자동차가 있는 곳까지 배웅해 주었고, 내게 붙여준 오노레 마솔과 가스통 델리베라는 경찰관을 소개해 주었다. 두 명은 먼저 자리를 잡고 나는 운전석에 앉아서 시동이 걸리기를 기다렸다. 잠시 후 차는 출발하여 역을 빠져나왔고 겨우 한숨 돌릴 수 있었다.

지금에서야 고백하지만, 오래된 노르망디 고도를 35마력의 강력한 모로 렙통을 타고 달리면서 나는 무척 자랑스러웠다. 모터 소리는 음악처럼 경쾌하게 들렸고, 양쪽의 가로수들은 빠르게 뒤로 사라져갔다. 일단 자유의 몸이 되었으니 이제 공권력을 대변하는 경찰관들과 함께 이 사건을 해결해야 했다. 아르센 뤼팽이 아르센 뤼팽을 찾는 사건이라니!

민중의 지팡이인 두 경찰관은 나에게 매우 소중한 사람들이었다. 그놈을 잡아서 나의 귀중한 서류들을 되찾아야 했기 때문이다. 그러나 두 경찰관이 내 서류를 보아서는 안 되므로, 둘의 도움은 받되 둘을 철저히 소외시키는 것이 쉽지는 않지만 내가 가장 바라는 바였다.

우리가 다르네탈 역에 도착한 것은 기차가 떠난 지 3분 후였다. 그나마 다행인 것은 검은 벨벳 깃에 허리선이 있는 회색빛 외투를 입은 남자가 아미앵 행 차표를 들고 2등칸에 올랐다는 것이었다. 이것으로 수사관으로서의 나의 데뷔는 성공적으로 봐도 무방했다.

"급행열차라면 아마 19분 안에 몽테롤리에 뷔시에서 멈출 겁니다. 우리가 아르센 뤼팽보다 먼저 그곳에 도착해야 해요. 그가 계속해서 아미앵 쪽으로 가다 갈림길을 만나게 되면 어디로 갈지 모르니까요."

델리베가 자신의 추리를 나에게 말해 주었다.

"몽테롤리에까지는 거리가 얼마나 되죠?"

"23킬로미터입니다."

"19분이면 23킬로미터는 갈 수 있을 거예요."

나의 충직한 모로 렙통은 안정된 모습으로 내 기대를 충족시켜 주었다. 핸들이나 기어 없이도 나의 마음을 자동차가 이해해 주는 듯했다. 게다가 나의 욕망과 집념을 함께하면서 가짜 아르센 뤼팽을 향한 적의까지도 내 마음과 같아 보였다. 그놈은 대체 어디서 온 불량배일까? 이 진짜 뤼팽이 그놈을 제대로 혼내줄 것이다.

"오른쪽입니다. 거기서 왼쪽이요! 곧장 직진하세요!"

수상한 여행자

델리베가 그때그때 길에 대한 정보를 주었고, 날아갈 듯이 흙먼지를 날리면서 도로를 주행했다. 자동차가 달릴 때마다 표지판들이 도망치는 작은 짐승들처럼 보였다. 이윽고 커브 길에서 연기가 솟아오르는 급행열차가 보였다. 그렇게 1킬로미터 정도 열차와 자동차 간의 경주가 계속되었다. 나란히 달렸지만 승리는 뻔했다. 역에 도착하니 우리가 약 스무 마신(말의 코끝에서 엉덩이까지의 거리, 경마에서 사용하는 거리 계산법 – 옮긴이) 정도 앞지른 것을 알 수 있었다.

우리는 플랫폼으로 달려가 이등칸 앞에 서서 안을 살폈지만 그놈은 보이지 않았다. 객실을 샅샅이 뒤졌지만 가짜 뤼팽의 모습은 찾을 수 없었다.

"이런, 우리가 기차와 나란히 달릴 때 녀석이 우리를 본 거야. 뒤도 안 돌아보고 바로 도망갔겠지."

나는 한숨과 탄식을 동시에 내뱉었다. 차장의 증언은 나의 추측을 확인시켜주었다. 역으로 진입하기 200미터 전에 열차에서 뛰어내리는 것을 보았다고 했다. 바로 그때, 건널목에 한 남자가 보였다.

"저기를 봐요! 건널목을 건너는 저 남자!"

나는 소리를 치며 달렸고 경찰관 두 명도 함께 뒤따랐다. 경찰관 중 마솔은 달리기 선수였기 때문에 곧 도망자를 따라잡았다. 위험을 느낀 남자는 관목 울타리를 뛰어넘었고, 비탈을 기어오르며 순식간에 작은 숲속으로 사라졌다. 나와 델리베가 숲 앞에 도착했을 때, 마솔은 먼저 도착해서 서 있었다. 우리와 떨어지지 않기 위해 추격을 멈추었다는 것이다.

"잘했어요. 저 정도 속도로 달렸다면 지금쯤 지쳐서 쉬고 있을 거요. 이제 잡는 건 누워서 떡먹기예요."

나는 그렇게 말하면서 주변을 살폈다. 경찰관들을 따돌리고 그놈을 잡아야 나의 소중한 물건을 되찾을 수 있기 때문이다.

"그리 어렵진 않을 것 같소. 마솔 씨는 숲 뒤로 가서 왼쪽을, 델리베 씨는 오른쪽을 지켜요. 만약 놈이 당신들에게 들키지 않는다면 이 가운뎃길로 나올 테니 내가 이곳을 지키고 있겠소. 만약 놈이 가만히 있으면 내가 그를 한쪽으로 몰겠소. 그러니 가만히 기다리고 있어요. 급한 일이 벌어지면 총을 한 방 쏘도록 합시다."

마솔과 델리베는 말이 끝나자마자 지정된 곳으로 갔고, 그들의 모습이 사라지자 나는 조심스럽게 안으로 들어갔다. 꽤 우거진 숲이었기 때문에 허리를 숙여야만 지나갈 수 있는 길들이 여기저기 있었다. 그 중 하나를 따라가자 공터가 나왔는데, 잡초 위의 발자국들이 보였다. 발자국을 한참 따라가자 둔덕 위에 회반죽으로 칠한 쓰러져가는 집이 한 채 있었다.

'이런 게 여기 있었군. 터 하나는 그럴듯하군.'

기다시피 하여 꼭대기까지 기어 올라갔을 때, 입구에 놈의 모습이 보였다. 나는 두 번을 크게 뛰어 놈에게 달려들었고, 놈이 총을

수상한 여행자

발사하기 전에 땅에 패대기쳤다. 빠르게 몸을 날려 놈의 가슴을 무릎으로 내리치면서 그를 제압했다.

"여길 보게나. 나는 아르센 뤼팽이다. 나한테 가져간 손가방과 부인의 물건을 내놓아라. 그렇게 하면 너를 경찰에 붙잡히지 않게 해주고 내 친구로 삼아준다고 약속하지. 어떻게 할 건가?"

"그렇게 하겠습니다."

놈은 낑낑대면서 작은 목소리로 말했다.

"그래야지, 사실 오늘 자네 솜씨는 꽤 괜찮았어. 인정하겠네."

내가 압박을 풀고 일어서자 놈은 호주머니에서 칼을 꺼내 나에게 들이댔다.

"바보 같은 놈!"

나는 한 손으로는 공격을 막고 다른 한 손으로는 급소 부위를 가격했다. 놈은 뒤로 자빠지면서 기절해 버렸다. 나는 소지품을 뒤져 내 손가방을 찾아냈다. 다행히 지폐와 서류들은 모두 제자리에 있었다. 갑자기 호기심이 생긴 나는 놈의 다른 물건도 뒤져보기 시작했다. 그 중 서명이 있는 봉투가 있어 확인하자 나는 소름이 돋는 것을 느꼈다.

"피에르 옹프레!"

그는 오테이유, 라퐁텐 거리 살인사건의 범인이었다. 델브와 부인과 그녀의 두 딸을 잔인하게 살해한 자였다. 그 얼굴을 다시 한 번 유심히 살피면서 왜 그놈의 얼굴이 처음 봤을 때 낯이 익었는지 알 수 있었다. 그러나 더 이상 지체할 시간은 없었다. 나는 놈의 봉투 안에 100프랑짜리 지폐 두 장을 다음과 같은 메모와 함께 넣었다.

오노레 마솔과 가스통 델리베에게
즐거웠던 모험에 대한 감사의 표시로!
- 아르센 뤼팽

그리고 나는 그것이 눈에 띄도록 방 한가운데에 르노 부인의 가방과 함께 놓아두었다. 나를 지원해 준 부인의 물건을 돌려주지 않을 수 없었기 때문이었다. 하지만 소라 껍데기로 만든 빗과 루즈, 텅 빈 지갑 외에 탐나는 물건들은 모두 챙기지 않을 수 없었다. 너무한다고 생각하겠지만 사실 직업은 직업이니까 말이다. 게다가 그녀의 남편 역시 그다지 명예로운 일을 하는 것은 아니므로 이 정도의 희생은 어쩔 수 없는 것이다.

이제 이놈을 처치하는 일만 남았다. 조금씩 정신이 드는지 놈은 몸을 뒤척였고, 나는 잠시 고민을 했다. 그대로 놓아줄 수도 없었고 경찰에 순순히 넘겨줄 수도 없는 입장이었다. 나는 생각 끝에 놈의 무기를 모두 빼앗고 허공을 향해 총을 한 발 쐈다. 경찰이 오기 전에 도망칠 수 있다면 그것도 놈의 운명일 테니까.

그로부터 약 20분 후, 나는 샛길을 통해 자동차가 있는 곳까지

수상한 여행자

무사히 나올 수 있었다. 그날 오후 4시, 루앙의 친구들에게 사고로 인해 방문을 연기하겠다는 내용의 전보를 보냈다. 그들도 짐작하겠지만 나의 루앙 방문은 앞으로도 이루어지지 않을 것이었다. 친구들만큼 나도 아쉽지만 어쩔 수 없었다.

내가 운전하는 자동차는 저녁 6시가 되어서야 파리에 도착했고, 내가 받아든 석간신문에는 피에르 옹프레를 체포했다는 기사가 실려 있었다. 그리고 다음날, <에코 드 프랑스> 지에는 다음과 같은 토막 기사가 실려 있었다.

어제 뷔시 근처에서 수많은 사건들이 일어났다. 그 중 아르센 뤼팽이 피에르 옹프레의 체포에 큰 몫을 했다는 것이 밝혀졌다. 라퐁텐 거리 살인사건의 진범은 그날 파리에서 출발하는 르아브르 행 기차에서 교도소 부소장의 아내인 르노 부인에게 강도 행각을 벌였다. 그러나 아르센 뤼팽의 활약으로 잃었던 물건 대부분을 찾을 수 있었다. 아르센 뤼팽은 이번 체포 작전에서 자신을 도운 경찰관에게 후한 보상까지 해주어 그의 기상천외한 능력을 다시 한 번 발휘하였다.

Arsène Lupin

왕비의 목걸이

왕비의 목걸이

드뢰 수비즈 백작부인이 그 하얀 어깨 위에 '왕비의 목걸이'를 걸치는 날은 일 년 중 두세 번에 불과했다. 그것도 오스트리아 대사가 주관하는 무도회나 빌링스톤 부인이 여는 저녁 연회 같은 중요한 행사가 있을 때뿐이었다.

지금까지도 유명한 '왕비의 목걸이'는 왕관만 전담하던 보석 세공인 뵈머와 바상즈가 뒤바리 부인(1743~1793, 루이 15세의 애첩 – 옮긴이)에게 바친 것이었다. 추기경 드로앙이 마리 앙투아네트에게 선사한 것으로 알려져 있으나 사실은 그렇지 않다. 라모트 백작부인인 잔 드 발루아가 1785년 2월 저녁, 남편과 레토 드 빌레트와 공모하여 중간에서 횡령했기 때문이다.

사실 목걸이는 보석을 뺀 틀만 진품이었다. 함부로 뽑은 보석들은 라모트 백작과 그의 아내가 착복했다. 나머지 틀 부분은 레토 드 빌레트가 소장하고 있다가 이탈리아에서 추기경 드로앙의 조카이자 상속자였던 가스통 드 드뢰 수비즈에게 팔았다. 삼촌의 도움으로 파산을 모면했던 그는 삼촌을 위해 다른 보석들과 함께 영국인 보석상 제페리스가 소장하던 다이아몬드를 사들여 목걸이를 보완했다. 마침내 뵈머와 바상즈가 고안했던 원래의 목걸이를 재탄생시킬 수 있었다.

  그 후 약 100년 동안 드뢰 수비즈 가문은 이 목걸이를 자랑스레 여겼다. 힘난한 시대를 겪으면서 집안의 재산은 크게 줄어들었지만, 유명한 왕가의 유물만은 팔지 않았던 것이다. 마치 조상에게 물려받은 저택에 집착하는 것처럼 목걸이에 집착했고, 이 목걸이의 도난을 방지하기 위해 신중하게 리옹 은행에 금고를 임대할 정도였다. 백작부인이 목걸이를 하고 싶어 할 때면 백작이 직접 은행에서 목걸이를 가져왔다가 다시 갖다 놓을 정도로 목걸이에 대한 정성은 대단했다.

  사건은 세기 초까지 거슬러 올라간다. 그날 저녁, 카스티유 궁전의 연회에서 왕비의 목걸이를 한 백작부인은 단연 주목을 받았다. 크리스티앙 왕에게 경의를 표하기 위해서 열린 연회에서 왕까지도 목걸이에 대해 극찬하였으며, 백작부인의 우아한 목덜미에서 눈부신 보석이 물결처럼 빛을 발했다. 수많은 다이아몬드가 내뿜는 광채는 보는 이의 정신을 혼미하게 할 정도였다. 백작부인 외에는 그 누구도 이 엄청난 장식품을 품위 있게 소화하기는 어려울 것 같아 보였다.

  연회가 끝나자, 생제르맹의 낡은 저택으로 돌아온 백작은 승리감에 젖어 있었다. 아름다운 부인의 모습에 만족했으며, 4대에 걸쳐 자신의 가문을 빛내고 있는 왕비의 목걸이가 매우 자랑스러웠던 것이다. 백작부인 역시 목걸이를 할 때마다 허영심에 빠지곤 했는데, 그것은 그녀의 교만한 성품을 알려주는 부분이기도 했다.

백작부인이 목걸이를 풀어 아쉬운 듯이 백작에게 건네주었고, 백작은 마치 처음 보는 것처럼 조심조심 목걸이를 살폈다. 이상이 없음을 확인한 뒤에는 추기경 문장이 새겨진 빨간 가죽 보석 상자에 목걸이를 넣었다. 그리고 침대 발치에만 입구가 있는 작은 골방으로 건너가서, 보석 상자를 높은 선반 위 모자 상자와 옷감 상자들 사이에 잘 숨겨놓았다. 자신의 행동에 안심한 백작은 방문을 잠그고 옷을 갈아입었다.

다음날, 백작은 점심시간 전에 리용 은행에 목걸이를 맡기러 갈 생각으로 9시경에 일어나 준비를 했다. 그는 옷을 걸치고 커피를 마시다 문득 요즘 신경이 쓰이던 말이 떠올랐다. 그래서 마구간으로 내려가 그 말이 뜰에서 걷고 뛰는 모습을 보여 달라고 한 후 다시 올라와 아내를 찾았다. 아내는 방에서 하녀의 머리 손질을 받고 있었다.

"지금 나가시는 건가요?"

"그렇소. 리용 은행에 가려고 하오."

"아참, 목걸이를 맡겨야죠."

백작은 목걸이를 보관해 둔 골방으로 들어갔다. 그리고 잠시 후, 아무렇지 않은 듯한 백작의 목소리가 들려왔다.

"부인, 지금 목걸이를 하고 있소?"

"아니오, 안했는데요."

부인은 건성으로 대충 대답했다.

"골방이 매우 어질러져 있군."

"그럴 리가요. 거기 들어간 적도 없는데……."

백작은 매우 당황한 기색으로 바로 골방에서 나왔다.

"저, 정말 골방에 안 들어갔소? 다, 당신이 안 들어갔다고? 그럼 대체 누가 그런 일을………."

백작은 말까지 더듬으면서 끝까지 잇지 못했다. 이상한 낌새를 알아챈 백작부인은 백작과 함께 골방으로 들어가 한참 동안 방을 뒤졌다. 모자 상자도 옷감 상자도 함부로 파헤쳤고 하녀가 놀랄 정도로 소동을 피웠다.

"소용없어. 이럴 수가…… 여기 있었는데……. 바로 여기에 놓아두었다고."

"당신이 뭔가 착각하고 있는 거 아닌가요?"

"그럴 리가 없어. 목걸이는 늘 이 선반 위에 두었다고."

골방 안은 어두운 편이었기 때문에 부부는 촛불까지 켜고 다시 한 번 모든 것을 샅샅이 뒤졌다. 모든 물건을 꼼꼼히 수색한 뒤에야 두 사람은 비로소 '왕비의 목걸이'가 사라졌다는 사실을 인정했다.

단호한 성격이었던 백작부인은 즉시 경찰에 연락을 했다. 백작의 저택을 찾은 발로르브 씨는 총명하고 통찰력 있는 수사관으로, 백작 부부는 그에게 자세한 정황을 설명했다.

"백작님, 지난밤에 이 방에 아무도 침입하지 않았다고 확신할 수 있습니까?"

발로르브 씨는 설명을 다 들은 뒤 백작에게 물었다.

"물론입니다. 확신할 수 있어요."

"창문으로도 침입하지 않았을까요?"

"창문은 막아놓은 지 오래되었습니다. 전혀 사용할 수 없게 되었으니 누가 들어올 수도 없습니다."

"그럼 제가 직접 조사해 보겠습니다."

발로르브 씨는 촛불을 켜고 창문을 자세히 조사해 보았다. 창문은 십자형 창살까지만 닿아 있는 나무궤짝으로 반쯤 막혀 있었다.

"궤짝을 옮기려면 엄청나게 큰 소리가 납니다. 만약 누가 들어온다면 분명히 소리가 났을 거예요."

백작이 창문에 대해 추가로 설명을 해주었다.

"이 창문은 어디와 연결되어 있습니까?"

"작은 안뜰 쪽으로 향해 있습니다."

"위에도 층이 있나요?"

"두 개 층이 있지만, 하인들이 사는 층까지 철망 울타리가 촘촘하게 둘러 있기 때문에 안뜰로 드나들 수는 없습니다. 햇빛도 잘 안 들어올 정도예요."

힘들게 궤짝을 치우자 굳게 닫힌 창문이 보였다. 즉 바깥에서 누군가가 침입한 흔적은 없었던 것이다. 백작이 인상을 찌푸렸다.

"혹시 누가 들어왔다고 해도 우리 방을 통해서 빠져나가지 않았다면……."

"만약 누가 나갔다면 아침에 빗장이 질러져 있지 않았을 거예요."

"부인, 어젯밤에 부인이 목걸이를 할 것이라는 사실을 주위에서 알고 있었습니까?"

발로르브 씨는 잠시 생각한 후에 백작부인에게 물었다.

"물론입니다. 전혀 숨길 일도 아니고요. 하지만 목걸이를 어디에 숨기는 지는 아무도 몰라요."

"아무도 모른다고요?"

"네, 아무도 모릅니다. 하지만………."

"어서 말씀해 보세요. 아주 중요한 단서가 될 수도 있습니다."

"앙리에트가 마음에 걸려서요."

부인은 백작 쪽을 향해 작은 목소리로 중얼거렸다.

"앙리에트? 그녀가 다른 사람보다 뭘 더 알고 있겠소?"

"혹시 모르잖아요."

"그 여자가 누구죠?"

발로르브 씨가 부부의 대화에 끼어들어 물어보았다.

"앙리에트는 어릴 때부터 저랑 친구였어요. 집안이 반대하는 어떤 노동자와 결혼해서 가족과는 의절했고요. 남편은 죽고 아들 하나가 있는데, 갈 데가 없다고 해서 이 저택에 방을 마련해 기거할 곳을 주었어요."

백작부인은 이야기를 하면서 당혹감을 감추지 못했다.

"제 시중을 들어주고 있는데 손 맵시가 매우 뛰어나긴 해요."

"그녀는 몇 층에서 살죠?"

"우리와 같은 층이고, 방도 가까운 편이에요. 이쪽 복도 끝에 살고 있거든요. 그리고 그녀의 부엌 쪽 창문이……."

"안뜰로 향하고 있나요?"

"네! 바로 우리 방 창문의 맞은편이에요!"

어색한 침묵이 잠시 흘렀고, 발로르브 씨는 앙리에트에게로 갔다. 앙리에트는 바느질을 하는 중이었고, 6~7세로 보이는 아들 라울은 책을 보고 있었다.

발로르브 씨는 벽난로도 없이 불결해 보이는 부엌만 있는 방 상태에 다소 놀랐다. 곧이어 그녀를 향해 질문을 던지기 시작했는데, 백작부인의 방에 도둑이 들었다는 사실에 당황하는 듯했다. 목걸이를 도둑맞던 저녁에도 그녀가 백작부인이 옷을 갈아입고 목걸이 거는 것을 도와주었기 때문이다.

"어머, 목걸이를 도둑맞다니요!"

"그날 밤 무언가 다른 일은 없었나요? 아주 작은 거라도 괜찮으니 말씀해 보세요. 범인이 당신의 방을 통해 목걸이를 훔쳤을 수도 있으니까요."

"어머, 누가 제 방에 들어왔다면 제가 가만히 있었겠어요? 저도 방 밖으로는 전혀 나가지 않았고요."

그녀는 자신이 의심을 살 거라고는 전혀 생각하지 않은 천진난만한 목소리로 말하며 창문을 열어보였다.

"여기 보세요. 저쪽 맞은편 창가까지는 적어도 3미터는 떨어져 있어요."

"저곳으로 도둑이 들었을 거라는 사실은 어떻게 알죠?"

"그거야 저쪽 골방에 목걸이를 보관하고 있으니까요."

"아니, 그 사실을 대체 어떻게 알았죠?"

"밤마다 그곳에 둔다는 건 이미 알고 있던 사실인데요. 내 앞에서도 여러 번 이야기했고요."

그동안 힘든 삶을 살았는지 다소 나이가 들어보이긴 했지만, 아직도 젊은 그녀는 부드럽고 순종적인 표정을 하고 있었다. 그러다 갑자기 두려움을 느낀 듯 불안한 표정이 잠시 스쳐지나갔다. 그녀는 아들을 끌어안고 아이는 엄마의 손을 꼭 잡았다.

"발로르브 씨, 혹시 앙리에트를 의심하는 건 아니죠? 그녀는 제가 보증할 수 있을 만큼 정직한 여자예요."

발로르브 씨와 단둘이 남게 되자 백작이 조용하게 물었다.

"물론 아닙니다. 혹시 자신도 모르는 사이에 사건에 연루된 건 아닌가 생각했어요. 그런데 그것도 아닌 것 같군요. 그것만으로는 사실이 설명되지 않으니까요."

발로르브 씨의 조사는 중단되었고 사건은 예심판사에게 넘겨졌다. 문의 빗장을 조사하고 골방 창문의 열린 정도를 점검했으며 하인들에 대한 심문이 이어졌다. 안뜰 역시 철저하게 파헤쳐졌지만 아무런 소득도 얻을 수 없었다. 빗장은 아무런 문제가 없었고 창문은 밖에서 열 수도 닫을 수도 없었다.

특히 집중적으로 조사가 이루어졌던 사람은 앙리에트였다. 그녀는 평소에도 골방에 자주 접근했던 유일한 외부인이었기 때문이었다. 그녀의 사생활 역시 모두 공개되었는데, 놀랍게도 3년 동안 단지 4번만 저택 밖으로 나왔을 뿐이었다. 그것도 확실한 증거가 남아 있는 심부름 때문이었다.

하인들의 말에 의하면 앙리에트는 백작부인의 하녀 겸 바느질 담당으로, 부인은 매우 각별하게 대해 왔다고 말했다. 사건이 발생하고 약 1주일이 지났지만, 예심판사 역시 발로르브 씨와 같은 의견에 도달했다.

"범인은 우리가 아는 사람 중에 있는 것이 확실합니다. 하지만 그게 누구인지도 알 수 없으며, 어떻게 범행이 이루어졌는지도 알 수가 없군요. 문도 창문도 굳게 닫혀져 있으니 범인이 어떻게 들어왔는지, 그리고 어떻게 달아났는지 알 수도 없습니다."

이렇게 네 달 동안 수사가 계속되던 중, 잠정적으로 수사가 중단되었다. 예심판사는 공식적으로 발표하지는 않았지만 백작 부부가 경제적 어려움으로 인해 왕비의 목걸이를 몰래 팔았다고 생각하고 있었다.

소중한 보물을 도둑맞은 사건으로 드뢰 수비즈 부부는 큰 타격을 입었고, 수사가 중단된 이후에도 오랫동안 충격에 휩싸여 있었다. 귀중한 목걸이조차 제대로 간수하지 못했다는 사실이 백작의 신용도에 큰 영향을 미치자, 채권자들은 등을 돌렸고 자금줄은 하나둘씩 끊겼다. 백작 부부는 살림을 크게 긴축했고 값진 물건들은 저당 잡혀야만 했다. 다행히 먼 친척으로부터 두 번에 걸쳐 막대한 유산을 받았기 때문에 집에서 쫓겨나지는 않았다.

귀족들 역시 백작 부부의 경솔함을 멸시하여 따돌렸기 때문에 자존심에 있어서도 적지 않은 상처를 받았다. 그런데 백작부인은 그 화를 모두 앙리에트에게 돌렸다. 백작부인은 그녀에게 원한을 품은 듯했으며, 공개적으로 핍박을 가한 적이 한두 번이 아니었다. 결국 앙리에트는 하인들이 기거하는 방으로 쫓겨났고 얼마 뒤에는 저택에서마저 내쫓겼다.

그 후 백작 부부는 평범한 일상을 보냈고, 앙리에트 모자는 여기저기를 떠돌며 지냈다. 그런데 그 당시에 단 한 가지 특이한 일이 있었다. 앙리에트가 쫓겨난 지 몇 달 뒤, 백작부인은 그녀에게서 놀랄 만한 한 통의 편지를 받았다.

부인께!

저에게 이런 호의를 베풀어주시다니 정말 감사합니다. 어떻게 감사를 드려야 할지 모르겠어요. 제가 이런 시골 마을에 살고 있다는 것을 알고 있는 사람은 부인 말고는 아무도 없으니 분명 부인이 보내신 것이라 생각합니다. 혹시 제가 오해하고 있는 거라면 죄송합니다. 그냥 과거에 제게 베풀어주신 친절에 대한 감사의 편지라고 생각하셔도 괜찮아요…….

두서없는 내용이었기 때문에 무슨 말을 하는지 알 수 없었다. 게다가 백작부인이 앙리에트에게 한 일이라고는 부당하게 착취하고 괴롭혔다는 것밖에는 없었다.

백작부인은 앙리에트에게 어떻게 된 일이냐고 사정 설명을 해달라는 편지를 보내자, 그녀는 우체국에서 우편물을 받았는데 그 안에 천 프랑짜리 지폐 두 장이 들어 있었다는 내용과 함께 본인이 받았던 봉투도 함께 보냈다. 그 봉투에는 파리 우체국 소인이 찍혀 있었지만 일부로 위조한 듯한 글씨체로 받는 사람의 주소만이 적혀져 있을 뿐 보낸 사람에 관해서는 아무런 설명이 없었기 때문에 누가 보냈는지는 알 수 없었다.

도대체 2천 프랑은 누가 왜 보낸 것일까? 경찰은 철저하게 조사를 했지만 아무런 증거도 찾을 수 없었고, 결국 수사는 목걸이 사건과 마찬가지로 흐지부지되었다.

그런데 똑같은 사건이 정확히 1년이 지난 시점에 또 발생했다. 게다가 세 번째, 네 번째…… 이렇게 6년 동안 한 해도 빠짐없이 돈을 보내왔고, 다섯 번째와 여섯 번째는 액수가 4천 프랑으로 두 배가 되었다. 덕분에 갑작스레 병으로 몸져누웠던 앙리에트는 이 돈으로 치료를 받을 수 있었다.

 돈을 보내오는 과정 역시 조금 달라졌다. 지폐를 가격 표시 우편물로 보내지 않았다고 우체국에서 편지들 중 하나를 압류하자 마지막 두 편지는 규정에 맞추어 등기로 보낸 것이다. 발신 주소를 확인해 보니 하나는 생제르맹, 다른 하나는 슈렌으로 되어 있었다. 발신자 성명도 앙케티와 페샤르로 되어 있었지만, 이 역시 가짜로 판명 났다.

 몸져누웠던 앙리에트는 병이 깊어져 6년 후에 결국 죽고 말았고, 그녀와 함께 목걸이 사건과 돈을 보내오던 사건 역시 영영 해결할 수 없게 되었다.

 이러한 사건들은 곧 사람들에게 알려졌고, 사람들은 깊은 호기심을 가지고 사건에 몰입했다. 왕비의 목걸이로 말하자면 18세기에는 프랑스를 들썩이게 하였고, 120년이 지난 뒤에는 이러한 사건을 일으켰으니 말이다. 하지만 지금부터 시작되는 이야기는 주요 당사자 외에는 알려지지 않은 사실이다. 언젠가는 그들도 비밀을 밝힐 테니 이 사건을 공개한다는 것을 더 이상 망설일 필요가 없을 것이다. 이야기가 끝나면 위의 사건을 해결하는 것과 함께 특별한 기사의 비밀까지 함께 풀릴 것이었다.

왕비의 목걸이

그 편지가 신문에 실리기 닷새 전, 드뢰 수비즈 씨의 집에서 백작의 초대를 받은 많은 손님들이 함께 점심 식사를 하고 있었다. 그들 중에는 백작의 조카딸 둘과 사촌 여동생, 에사빌 재판장과 하원의원 보샤스, 백작과 시칠리아에서 알고 지냈던 플로리아니 경, 오랜 친구인 루지에르 후작이 있었다.

식사가 끝나자 부인들은 커피를 내왔고 남자들은 거실로 자리를 옮겨 끽연의 즐거움을 나누었다. 그들은 담소를 나누었고 한 아가씨는 카드로 운수를 점쳐보기도 했다. 그러던 중에 화제가 유명한 범죄에 대한 이야기로 이어졌다. 그러면서 짓궂은 농담을 잘하는 루지에르 씨가 백작에게 왕비의 목걸이 사건 이야기를 꺼냈다. 그 사건은 백작이 몹시 꺼리는 대화 주제였다. 하지만 루지에르 씨는 그 기회를 놓치지 않았다.

한 번 이야기가 시작되자 서로 자신의 의견을 주장하기에 바빴다. 각자 나름대로는 논리적으로 수사를 되짚었지만, 그런 가설들은 신빙성도 없었고 앞뒤도 맞지 않았다.

"당신은 어떻게 생각하시나요?"

백작부인이 아무 말도 하지 않고 있는 플로리아니 경에게 물었다.

"글쎄요. 전 별 생각이 없답니다, 부인."

말이 채 끝나기도 전에 여기저기서 야유가 터져 나왔다. 플로리아니 경은 방금 전까지 팔레르모에서 사법관인 자기 아버지와 함께 관여했던 여러 가지 사건들에 대한 얘기를 늘어놓았기 때문에 당연히 목걸이 사건에도 일가견이 있으리라 생각했기 때문이다. 그에게 사건에 대한 소견을 말해 달라고 사람들이 졸라대자 플로리아니 경이 입을 열었다.

"솔직히 저는 능력 있는 형사나 수완가가 해결하지 못한 사건을 해결한 적이 여러 번 있지요. 제 자랑 같지만 제가 셜록 홈즈보다 뛰어난 능력을 갖고 있다고 생각한 적도 있으니까요. 그렇지만 지금 말씀하시는 목걸이 사건에 대해서는 제가 아는 바가 너무 없어서……."

이 말에 사람들은 모두 백작의 눈치를 살폈다. 백작이 사건에 대해 설명을 해야만 하는 상황이었기 때문이다. 백작이 목걸이 사건에 대해 간략하게 설명해 주었고, 플로리아니 경은 이야기를 다 들은 뒤 잠시 생각에 잠기기도 하고 몇몇 질문을 던지기도 하면서 중얼거렸다.

"묘한 사건이로군요. 사실 언뜻 보기에는 그다지 어려운 문제 같아 보이진 않지만요."

백작은 플로리아니 경의 말에 시큰둥한 반응을 보였지만, 사람들은 모두 플로리아니 경의 주위로 몰려들어 이야기를 재촉했다.

"어떤 범죄 행위의 범인을 찾기 위해서는 범행의 방법과 그 가능성을 명확히 알아봐야 합니다. 그런 면에서 보면 목걸이 사건은 매우 간단하군요. 오직 한 가지의 확실성만이 존재하니까요. 문제의 범인이 목걸이를 훔치기 위해서는 방문이나 골방 창문을 통해야 하는데, 방은 안에서 빗장으로 잠겨 있으니 창문을 통해서 들어갔겠군요."

플로리아니 경은 권위적인 목소리로 설명했다.

"창문도 여러 번 확인했지만 닫혀 있었어요."

백작이 화가 난 듯한 목소리로 대꾸했다.

"창문으로 들어가기 위해서는 맞은편 부엌의 발코니에서 골방 창턱까지 다리만 놓으면 될 테고요. 판자가 되었든 사다리가 되었든 다리가 될 수 있는 것은 주위에 많았을 테니까요."

"이봐요, 아까도 말했지만 창문은 분명히 닫혀 있었습니다."

플로리아니 경은 사소한 반론이라는 듯이 백작을 쳐다보며 아무렇지 않게 대꾸했다.

"백작님, 나도 닫혀 있었을 것이라고 믿고 싶어요. 잘 생각해 봐요. 혹시 그 창문 위에 더 작은 덧창 하나가 있지 않던가요?"

"아니, 당신이 그걸 어떻게 알고 있죠?"

"그 당시 보통 저택에는 그런 덧창이 있었으니까요. 게다가 그런 것이 있어야 도둑질이 가능했겠죠."

"실제로 하나 있기는 했어요. 하지만 그것도 닫힌 거나 다름없었기 때문에 신경조차 쓰지 않았죠."

"오, 정말 안타깝군요. 그때 주의해서 보았다면 덧창이 한 번 열린 적이 있었다는 사실을 알 수 있었을 텐데요."

"어떻게 열렸다는 거죠?"

"그 덧창 역시 보통 덧창들처럼 끝에 고리가 연결된 철사를 잡아당겨 여는 방식이었죠?"

"그렇습니다."

"아마 그 고리는 십자형 창틀과 궤짝 사이에서 대롱거리고 있었겠죠."

"본 것처럼 말하는군요. 정확합니다. 하지만……."

"그런 경우, 창문과 창틀 사이의 작은 틈새를 통해 갈고리 같은 것을 밀어 넣어 고리에 걸어 누르면 쉽게 열립니다."

"허, 완벽하군요! 하지만 당신은 잊고 있는 게 있어요. 창문에는 어떤 틈새도 없었습니다."

백작은 웃음을 억지로 참으며 비아냥거리며 말했다.

"그럴 리가요. 하나 있었죠."

"이봐요. 당시에 경찰이 모든 것을 확인했다니까요."

"아마 그렇진 않을 겁니다. 확인을 하려면 제대로 했어야죠. 틈새는 분명히 존재했어요. 물리적으로 창틀을 잇는 접합제 사이에는 틈이 있을 수밖에 없거든요. 물론 세로 방향이었을 겁니다."

백작은 매우 흥분한 듯 자리에서 벌떡 일어나더니 거실 여기저기를 신경질적으로 성큼성큼 돌아다녔다.

"그 골방은 사건 이후로 들어간 적이 없습니다. 눈길조차 준 적이 없죠."

"그렇다면 내가 설명한 것들을 현장에서 확인이 가능하겠군요."

"하지만 당신이 한 말은 경찰과는 너무 다릅니다. 게다가 당신은 그곳을 본 적도 없고 아는 것도 없으면서 마치 보고 아는 것처럼 말하고 있어요."

플로리아니 경은 백작이 화내는 모습을 전혀 의식하지 않는 듯이 조용히 웃었다.

"백작님, 저는 그냥 제 생각대로 상황을 명확히 보려고 한 겁니다. 내 말에 틀린 부분이 있다면 정확하게 짚어주십시오."

"그렇지 않아도 그럴 겁니다. 그 자신감에 찬 확신이 틀리다는 것을 내가 반드시 확인시켜 드리겠소."

백작은 몇 마디를 더 우물거리고는 돌아서서 방을 나가버렸다. 이후 아무도 입을 열지 않았고, 진실이 밝혀질 것인가를 숨죽여서 기다리고 있었다. 침묵이 견딜 수 없을 만큼 길어질 무렵, 백작이 문 앞에 다시 모습을 나타냈다.

"여러분, 미안합니다. 저 신사분의 말이 너무 황당했기 때문에 저도 모르게 그만……."

"여보, 어서 말해 봐요. 제대로 확인한 건가요?"

백작부인이 참다못해 남편에게 말했다.

"신사분이 말씀하신 대로 창문에 틈새가 있었어요. 창틀을 따라 세로로 죽 틈새가 있더군요."

백작은 갑자기 플로리아니 경의 팔을 잡고 그를 다그쳤다.

"어서 계속 말씀해 주세요. 지금까지는 당신의 말이 모두 맞아요. 하지만 아직 범인은 밝혀지지 않았소. 그날 무슨 일이 일어난 건지 말씀해 주시오."

"제가 생각하는 그날의 정황을 말씀드리죠. 범인은 백작부인이 목걸이를 하고 연회에 간다는 사실을 알고 있었습니다. 백작 부부가 외출했을 때를 틈타 골방 창턱까지 사다리를 놓았어요. 그리고 당신 부부가 목걸이를 어디에 두는지 파악하고, 방에 아무도 없을 때 창문 틈을 뚫고 고리를 당긴 겁니다."

"그게 사실이라고 해도 덧창을 통해 창문 손잡이에 닿으려면 거리가 너무 멀 텐데요."

"열 수가 없었다면 아예 덧창을 통해 들어왔을 수도 있겠군요."

"그건 불가능해요. 그 덧창은 매우 작아서 아무리 날씬한 사람이라고 해도 들어갈 수 없습니다."

"보통 사람이 아닐 수도 있죠."

"무슨 말을 하는 겁니까?"

"보통 사람이 아니라고요."

"뭐라고요?"

"분명하게 말할 수 있는데, 창이 너무 좁아서 보통 사람이 들어갈 수 없다면 틀림없이 어린아이라면 가능했을 겁니다."

"어린아이라고!"

"아까 앙리에트라는 여자에게 아들이 있다고 말한 것 같은데요."

왕비의 목걸이

"그래요. 아이 이름이…… 아, 라울이었어요."

"제 생각에는 그 아이가 범인일 가능성이 높은 것 같군요."

"세상에! 무슨 증거라도 있나요?"

"증거가 없는 것도 아니지요……. 예를 들면……."

플로리아니 경은 생각에 잠겨 있더니 다시 말을 계속했다.

"예를 들면 그 나무판자 다리를 어린아이 혼자서 밖에서 가지고 들어왔다가 일이 끝난 후에 밖으로 갖다 놓았다고는 믿기 어려워요. 그랬다가는 사람들 눈에 금방 띄었을 테니까요. 대신에 주위에서 자기 마음대로 쓸 수 있는 무언가를 이용했을 가능성이 큽니다. 앙리에트의 방에는 냄비 등을 올려놓는 나무 선반이 있지 않았나요?"

"내 기억에는 선반이 두 개 정도 있었던 것 같아요."

"그렇다면 그 선반이 받침대에 고정되어 있는지 확인해 보세요. 만약 고정되어 있지 않다면 두 개의 판자를 떼어내 사다리로 이용했을 가능성이 높아요. 그곳에 화덕이 있었다면 덧창을 열기에 적당한 갈고리 꼬챙이도 있었을 거고요."

백작은 다시 방을 나갔고, 방에 있던 사람들은 이제 플로리아니 경의 예견이 맞을 것이라고 생각하는 눈치였다. 그에게는 진지함과 신념이 느껴졌기 때문에 추리라기보다는 사실을 말하는 것처럼 여겨졌다.

"그 아이였군요! 확실해요!"

잠시 후 백작이 돌아와 이렇게 말했지만 아무도 놀라지 않았다.

"나무판자가 있었습니까? 갈고리 꼬챙이도 있던가요?"

"네, 분명히 있더군요. 판자도 분리되어 있는 것을 분명히 보고 왔어요."

"세상에! 그 아이가 도둑질을 했다니요! 그게 아니라 아이 엄마 앙리에트가 한 짓일 거예요. 비겁하게 아이를 시켜서 그런 짓을 하다니!"

백작부인이 비명에 가까운 목소리로 말했다.

"그렇지 않습니다. 아이의 엄마는 아무런 관계가 없었지요."

플로리아니 경이 단호하게 백작부인의 말을 부정했다.

"그럴 리가요. 둘은 한 방에서 살고 있었다고요. 어떻게 아이가 엄마 모르게 그런 일을 혼자 저지른다는 거죠?"

"한 방에서는 살고 있었죠. 하지만 엄마가 자는 동안 부엌으로 사용되는 방에서 그 일을 혼자 했던 거죠."

"하지만 목걸이는 어떻게 된 거죠? 그렇게 눈에 잘 띄는 물건이 아이의 소지품에서 발견되지 않았을 리가 없을 텐데요."

백작이 나서서 의문을 제기했다.

"아이는 목걸이를 훔치고 곧장 밖으로 나갔을 거예요. 경찰이 그 모자의 방에 갔을 때는 다음날 아침이었고, 아이는 학교에서 돌아온 뒤였겠죠. 아무것도 모르는 엄마 대신 아이의 학교 책상을 뒤졌다면 아마 놀라운 물건이 발견되었을 겁니다."

"그래…… 좋아요. 하지만 이후에 앙리에트가 해마다 받았던 2천 프랑은 어떻게 된 거죠? 그녀가 공범이 아니라면 그 돈을 왜 받았겠어요?"

"만약 그녀가 공범이었다면 백작부인에게 왜 감사 편지를 보냈을까요? 게다가 그녀가 시골로 떠난 뒤에도 끊임없이 감시를 했을 텐데요. 하지만 아이는 자유로웠죠. 아이는 맘 편하게 이웃 마을의 고물상에게 달려가서 다이아몬드를 헐값에 팔아치웠죠. 대신 대금 지불은 고물상에게 부탁해 파리에서 집으로 송금되는 형식을 취했을 겁니다. 그렇게 해야 다른 다이아몬드도 가져오겠다고 했을 테니 고물상도 흔쾌히 그렇게 해주었을 거고요."

드뢰 수비즈 부부와 손님들은 알 수 없는 불안감으로 인해 침묵을 지키고 있었다. 플로리아니 경의 말투에는 백작을 자극하는 적의와 빈정거림이 섞여 있었기 때문이다. 그러나 백작은 이를 모른 척하면서 억지로 웃고 있었다.

"정말 환상적이군요. 어떻게 그런 상상력을 발휘할 수 있는 건가요? 대단합니다!"

"상상력이 아니라는 것은 백작님도 아실 텐데요. 나는 우연이 아닌 필연적인 상황을 그대로 제시하고 있을 뿐입니다."

플로리아니 경은 진지한 말투로 백작에게 대꾸했다.

"당신이 진짜로 알고 있는 것이 무엇이기에 그런 말을 함부로 하는 겁니까!"

"백작님이 직접 이야기해 준 그대로예요. 그 아이와 엄마의 삶, 외진 시골 마을에서 몸져누운 엄마와 보석을 팔기 위해 고민하는 아이의 심정 말입니다. 엄마를 낫게 하거나 편안하게 눈을 감을 수 있도록 노력하는 아이의 모습을 그려본 것뿐입니다. 하지만 결국 불행으로 끝나고 말았죠. 엄마는 죽었고 세월은 무정하게 흘렀으니까요. 그리고 그 아이는 어른이 되었습니다. 지금부터는 제 상상이 조금 지나칠지도 모르니 이해해 주시기 바랍니다. 아이는 어른이 되어 어렸을 때의 그 장소로 와보고 싶었습니다. 그곳에 와보니 엄마를 의심하고 괴롭혔던 사람들이 웃으면서 행복하게 살고 있는 것을 볼 수 있었죠. 아이의 기분이 어떨까요? 엄청난 사건이 벌어졌던 옛 무대에서 아이는 어떤 감회를 느꼈을까요?"

플로리아니 경의 목소리는 냉정하게 거실 벽에 부딪혀 음울한 울림을 내고 있었다. 백작 부부는 엄청난 공포심과 함께 상황을 파악하기 위해 노력하고 있었다.

"도대체, 당신은 누구요?"

백작은 마침내 침묵을 깨고 플로리아니 경에게 물었다.

"나는 당신과 시칠리아에서 만나 인연을 쌓은 플로리아니이지요. 지금까지 여러 번 집에 초대해 주셨지 않습니까?"

"당신이 플로리아니 경이라면 지금까지 한 이야기는 도대체 뭔가요?"

"오, 이런. 그냥 장난을 좀 친 겁니다. 만약 진짜로 앙리에트의 아들이 살아 있다면 이렇게 말하지 않았을까 했던 겁니다. 그 아이가 당신 앞에서 자신이 범인이었으며, 그런 일을 저지른 건 종살이마저도 언제 쫓겨날지 모를 만큼 불쌍했던 자신의 엄마 모습을 참을 수가 없어서였다고 말한다면 속이 후련했을 것 같아서요."

그는 반쯤 몸을 일으킨 상태에서 백작부인 쪽을 향하며 이렇게 말했다. 더 이상 의심할 바가 없었다. 플로리아니 경과 앙리에트의 아들은 동일인물이었던 것이다. 그의 태도와 말 모두가 그것을 증명하고 있었다.

백작은 속으로 많은 생각을 했다. 이제 어떻게 해야 할까? 경보벨을 울리거나 소란을 피울 수도 있었다. 플로리아니 경의 정체를 폭로해 버릴 수도 있었다. 하지만 너무 오래 전 일이었고, 누가 이 엉뚱한 이야기를 믿어줄까에 대해 고민하지 않을 수 없었다. 고민 끝에 이 상황을 그대로 받아들이기로 결정한 백작은 아무렇지 않은 유쾌한 얼굴로 말했다.

"플로리아니 경, 아주 재미있고 흥미롭군요. 그런데 그 아들은 어떻게 되었을까요? 앞길이 창창한 젊은이가 체포라도 된다면……."

"다행히 그렇지는 않습니다."

"그래요? 그 엄청난 범죄를 저지르고도 아무 일도 없었다고요? 고작 여섯 살짜리 꼬마가 왕비의 목걸이를 훔쳤다니 믿을 수가 없어요. 마리 앙투아네트를 혹하게 했던 그 목걸이를 말입니다."

"그냥 슬쩍 한 건 아니었을 겁니다. 전혀 의심을 받지 않도록 만반의 준비를 했죠. 먼지가 낀 창턱에 남은 발자국을 깨끗이 닦을 정도였으니까요. 그런데 오래된 저택의 창턱이 깨끗한 이유를 살펴보려는 사람은 아무도 없더군요. 그 정도면 대단한 아이 아닌가요? 내로라하는 백작을 앞에 두고 손을 내밀어 그 엄청난 보물을 슬쩍 했으니 말입니다."

플로리아니는 백작의 장단을 맞춰주겠다는 듯이 한술 더 뜨며 말했다. 백작은 플로리아니 경의 말을 들으며 온몸에 전율이 느껴졌다. 불과 여섯 살이라는 나이에 완벽한 범죄를 벌였고, 현재는 고급스런 취향으로 거드름을 피우는 대체 이 사람은 누구인가? 옛 원한을 풀기 위해 손님으로서 이곳으로 들어와 범행을 고백하는 이자는 과연 누구인가!

그는 자리에서 일어나 백작부인에게 작별인사를 했다. 부인은 파르르 떨면서 몸을 움찔했다.

"오, 부인! 저를 두려워하고 있는 건가요? 제가 지나친 말을 한 건가요?"

"두렵다니 천만에요. 그 아이의 이야기는 매우 흥미로웠어요. 내 목걸이가 그렇게 파란만장한 사건의 중심에 있다는 것도 마음에 들어요. 하지만 내 생각에 그 아이는 엄마가 불쌍해서가 아니라 천성이 그랬던 것 같군요."

백작부인은 이내 냉정을 되찾아 빈정거리는 투로 말했다.

"그러게요. 그 아이가 그 목걸이에 크게 실망하지 않은 걸 보니 절도 자체에 취미가 있는 것 같기도 하군요."

플로리아니 경은 가슴이 칼에 찔린 듯한 통증으로 몸을 떨면서 대답했다.

"실망하다니요?"

"아, 아직 모르고 계신 것 같군요. 그 목걸이에 달린 보석은 대부분 가짜였거든요. 영국인 보석상에게 산 몇 개의 다이아몬드만 빼고 전부 가짜였어요. 나머지는 그때그때 팔아치워 생활비로 충당했던 거죠."

"그래도 그건 왕비의 목걸이였어요! 앙리에트의 자식이 그런 걸 알 리가 있겠어요?"

백작부인이 목소리를 높여 소리를 질렀다.

"아이는 알고 있었습니다. 진품 여부와 관계없이 돼지 목에 진주목걸이였다는 걸요."

"플로리아니 경, 당신이 말하고 있는 그 아이가 최소한의 양심이라도 가지고 있다면……."

백작이 화를 내며 몸을 일으키려는 것을 백작부인이 막으며 말했다. 그러나 백작부인은 플로리아니 경의 차가운 눈빛과 마주치자 하려던 말을 끝낼 수 없었다.

"계속 말씀하세요. 최소한의 양심이라도 있다면요?"

플로리아니 경은 일부러 부인의 말을 되풀이하며 말했다.

백작부인은 어이가 없고 자존심이 뭉개져 화가 났지만, 말을 함부로 한다고 해서 자신에게 이로울 것이 없다는 사실을 알았다. 어쩔 수 없이 작은 목소리로 이렇게 이야기했다.

　"플로리아니 경, 전해지는 이야기에 따르면 레토 드 빌레트가 왕비의 목걸이를 손에 넣어 다이아몬드를 모두 뺐을 때도 틀은 훼손하지 않았다더군요. 다이아몬드야 다시 넣을 수 있지만, 틀은 예술가의 혼이 담긴 창조물이기 때문에 존중했던 거죠. 당신이 말하는 그 아이도 이 점을 이해했는가에 대해 묻는 겁니다."

　"제가 자신 있게 말하건대, 그 틀은 아직도 건재할 겁니다. 그 아이도 그 점은 충분히 이해하고 있었으니까요."

　"그렇다면 혹시 그 아이, 아니 그 남자를 만나게 되면 이렇게 말해 주세요. 그는 다른 가문의 부와 명예를 부당하게 차지하고 있다고요. 그리고 '왕비의 목걸이'의 보석은 상관없지만, 그 틀만큼은 드뢰 수비즈 가문의 것이라는 사실도 알려주세요. 목걸이는 우리의 이름이나 다름없을 만큼 소중한 보물이니까요."

　백작부인의 이야기를 조용히 듣던 플로리아니 경은 짧게 대답했다.

　"그렇게 전하겠습니다, 부인."

　인사를 한 뒤 플로리아니 경은 백작과 다른 손님들에게 눈인사를 한 뒤 사라졌다.

이 일이 있고 4일 뒤, 백작부인은 탁자 위에 추기경 문장이 새겨진 붉은 가죽 보석 상자를 발견했다. 뚜껑을 열자 그 유명한 '왕비의 목걸이'가 있었다. 이와 함께 <에코 드 프랑스> 지에는 다음과 같은 재미있는 토막기사가 실렸다.

십수 년 전, 드뢰 수비즈 가문에서 도난당했던 유명한 보석 '왕비의 목걸이'를 아르센 뤼팽이 되찾았다. 아르센 뤼팽은 그 목걸이를 서둘러 합법적인 주인에게 돌려주었다. 이와 같은 섬세하고 기사도적인 행동은 모든 사람의 칭송을 받아도 좋을 만한 모범이 되는 행동이다.

세븐 하트

세븐 하트

'내가 아르센 뤼팽을 어떻게 알게 된 것일까?' 갑자기 내 머릿속에 떠오른 질문은 좀처럼 사라지지 않았다. 내가 그와 알고 지낸다는 사실을 의심하는 사람은 더 이상 없다. 그 존재를 상상조차 하기 어려운 뤼팽 같은 인물에 대해서 내가 언급했던 여러 가지 정황과 직접 본 듯이 자세하게 서술한 놀라운 사건들은 뤼팽과 내가 직접적인 관계를 맺고 있음을 말해 주고 있기 때문이다. 특히 그의 행적들에 대해 내가 발표한 내용들은 내가 그와 꽤 친밀한 관계라는 것을 여실히 보여준다.

하지만 그와 나는 어떻게 알게 된 것인가? 나는 왜 그의 활약을 발표하는 뤼팽 전문 작가가 되어버린 것인가? 다른 사람이 아닌 내가 된 이유는 무엇인가?

사실 이 질문에 대한 대답은 간단하다. 나에게 특별한 무엇인가가 있기 때문이 아니라 단지 우연에 지나지 않은 것이기 때문이다. 운명의 장난으로 나는 그의 신비하고 놀라운 모험에 개입하게 되었고, 신이 만들어주신 우연으로 인해 그의 복잡하지만 한없이 흥미로운 연극에 출연할 수 있었던 것이다. 이제 그 이야기를 다시 정리하면서 내 마음 또한 차분하게 되짚어보려고 한다.

뤼팽과 나를 연결시켜주었던 연극의 첫 번째 막은 아직도 사람들 사이에서 회자되고 있는 6월 22일 밤에 시작되었다. 그날 나는 '라 카스카드'라는 레스토랑에서 가까운 친구들과 함께 식사를 했다. 집시 악단이 연주하던 서글픈 왈츠에 귀를 기울이고 내내 담배를 피우면서 이야기한 내용은 대부분 어둡고 좋지 않은 이야기들뿐이었다. 파리 곳곳에서 일어나고 있는 범죄와 절도, 보이지 않는 음모에 대한 이야기들을 나누었기 때문에 그날 밤 역시 나는 편한 잠자리를 이룰 수 없으리라고 예상하고 있었다.

생마르탱 부부는 자동차를 타고 집으로 돌아가고, 유쾌한 성격이었지만 6개월 뒤 모로코 국경에서 비극적으로 죽게 되는 다스프리와 나는 후텁지근하고 어두운 밤길을 걸어서 집으로 돌아가고 있었다. 나는 1년 전부터 뇌이이에 거주하고 있었는데, 마이요 거리에 위치한 내 작은 집 앞에 도착하자 그가 말했다.

"이런 곳에서 혼자 지내는 것이 무섭지 않은가?"

다스프리는 집을 올려다보면서 나에게 말했다.

"갑자기 그게 무슨 말인가?"

"자네가 살고 있는 이 건물은 너무 외진 곳에 있다고 생각하지 않나? 가까운 이웃도 없고 공터라는 것도 그렇고 말이야. 내가 겁이 많은 편은 아니지만 이 집은 좀 그렇군."

"이런, 자네도 참 싱거운 소리를 하는군."

"꼭 무섭다는 것만은 아니지만…… 아까 생마르탱 부부가 들려준 강도 이야기가 생각나는 곳이라서 말이야."

그는 이런 말은 남기고 악수를 한 뒤 금세 사라졌다. 나는 열쇠를 꺼내 문을 열고 어두운 집안으로 들어갔다.

"이런! 앙투안이 촛불 켜두는 걸 잊었나 보군."

혼잣말로 중얼거리던 나는 문득 앙투안이 집에 없음을 깨달았다. 그는 내 허락을 받고 휴가를 갔기 때문에 불은 켜져 있지 않았다. 나는 갑자기 평소와 달리 어두운 집안과 적막함이 매우 불쾌하게 느껴졌다. 나는 급하게 내 방으로 올라갔고, 방문을 열쇠로 잠근 뒤 빗장까지 닫아 건 뒤에야 안심을 했다. 이렇게 다소 특별했던 감정 상태는 이후의 사건과도 매우 긴밀하게 연결될 수밖에 없었다.

어두운 방안에서 촛불을 찾아 불을 켜자 비로소 마음이 차분해졌다. 하지만 이상한 느낌은 계속되었고, 나는 좀처럼 꺼내지 않는 총신이 긴 권총을 꺼내 베드 테이블에 놓아두었다. 잠을 청하기 위해 자리에 누워 평소처럼 책을 꺼냈는데, 어제 읽은 곳을 표시한 페이퍼 나이프 대신 붉은 인장이 다섯 개나 찍혀 있고 밀랍으로 단단히 봉인된 봉투가 놓여 있었다. 나는 너무 깜짝 놀라서 봉투를 살펴보았다. 겉봉에는 내 이름이 적혀 있었고, '긴급'이라는 글씨가 빨갛고 진하게 쓰여 있었다.

갑작스런 편지는 대체 무엇이란 말인가? 누가 내가 읽는 책에 이렇게 끼워 놓은 것일까? 신경이 극도로 예민해진 나는 봉투를 조심스레 찢고 내용을 읽었다.

이 편지를 개봉하는 즉시, 무슨 일이 일어나도 움직이지 말고, 어떤 소리가 들려도 소리를 내지 마십시오. 그렇지 않으면 당신의 생명은 보장할 수 없습니다.

평소에도 나는 겁이 많은 편은 아닐 뿐더러 진짜 위험한 상황에서도 늘 냉정함을 잃지 않는 편에 속했다. 하지만 당시 나는 평소와 달리 매우 예민한 상태였고 쉽게 흥분할 수 있는 상태였다. 상황 자체도 매우 의심스럽고 불안한 부분이 있었기 때문에 나는 어떻게 해야 할지 잠시 생각했다.

편지지가 찢어질 정도로 손가락으로 움켜쥔 채, 그 협박 문장을 반복해서 읽었다. 하지만 그럴수록 누가 나에게 멍청한 장난을 치고 있다는 생각이 들었다. 잠시 소리 내어 웃을 뻔했지만, 알 수 없는 두려움으로 인해 난 입 밖으로 소리를 낼 수 없었다. 대체 무엇이 이렇게 두려운 것인지 알 수 없었지만 정체를 알 수 없는 두려움에 목이 막힐 정도였다.

어쨌든 잠자리에 들려던 참이었으니 촛불은 꺼야 한다는 생각이 들었다. 그러나 움직이거나 소리를 내면 죽을지도 모른다는 편지의 글귀가 생각나 난 촛불도 끌 수가 없었다. 알지도 못하는 사람이 보낸 편지에 의해 내 사고와 행동이 지배받는다는 것은 기분이 좋지 않았지만, 안전이 중요했으므로 그냥 눈을 감고 잠을 청하기로 했다.

세븐 하트

바로 그때, 아주 미세한 소리가 집 안의 고요함을 깨고 지나간 소리가 들렸다. 이윽고 좀 더 큰 바스락 소리가 났는데, 그것은 내 서재보다 넓은 방에서 들려오는 소리처럼 들렸다. 지금까지 느끼고 있던 위협이 좀 더 가까워졌다는 느낌을 받으며, 흥분이 최고조에 달한 나는 소리가 나는 그 방으로 달려가고 싶었다. 하지만 나는 침대에서 몸을 일으킬 수도 없었다. 그때 맞은편 왼쪽 창문에 드리워진 커튼이 바람에 날리는 것이 보였다.

커튼이 날리고 잠시 후, 다시 한 번 커튼이 들썩였다. 그러더니 커튼과 창문 사이로 어떤 사람의 그림자가 보였다. 게다가 그 사람 역시 커튼의 천을 통해서 나를 바라보고 있는 것이 느껴졌다. 난 잠시 멍해졌다가 사태를 파악하기 시작했다. 그놈들 중 한 명이 소리가 난 방에서 물건을 훔치고 있는 것이고, 다른 한 명이 이렇게 나를 감시하고 있는 것이 분명했다. 이 상황에서 몸을 움직이거나 옆에 있는 권총을 집는 것은 매우 위험한 일이었다. 아마 내가 조금만 움직이거나 소리를 낸다면 나를 해칠 것이 틀림없었다.

바로 그때, 갑자기 큰 충격이 집안을 뒤흔들었다. 바로 그 뒤에 이전보다는 약한 충격이 다시 한 번 이어졌다. 못 대가리를 망치로 두드리는 것처럼 두세 번씩 충격은 계속 이어졌고, 나는 현실인지 환청인지 구분할 수 없는 상황에 이르렀다. 그리고 다른 소리들이 연속으로 이어졌는데, 이렇게 시끄럽게 구는 것으로 보아 그놈들은 나 주변을 전혀 신경 쓰지 않는 것이 분명했다.

내가 편지에 쓰인 대로 움직이지 않은 것을 잘한 것 같다는 생각이 들기 시작했다. 비겁하다고 보일 수도 있겠지만, 사실 그 상황에서 난 내 의지로 움직일 수도 없을 만큼 무기력 상태에 빠져 있었다. 지금 생각해 보면 그것은 오히려 현명한 판단이었다. 들리는 소리로 보아 그 무리는 한 명이 아닌, 십여 명에 가까웠기 때문이다. 고작 장식용 융단이나 골동품 몇 개를 건지기 위해 목숨을 걸 수는 없지 않은가!

그날 밤은 참기 어려운 고통과 긴 불안이 계속되었다. 소음은 그쳤지만 나는 언제 다시 그놈들의 움직임이 시작될지 모른다는 불안에 몸을 움직일 수 없었기 때문이다. 그리고 창 밖에서 나를 감시하고 있는 저 남자의 보이지 않는 시선은 단 한 순간도 나를 떠나지 않고 있었다. 심장은 미친 듯이 두근거렸고, 식은땀으로 온몸이 축축해지고 있었다.

시간이 흐르고 날이 밝아오는 것이 느껴지면서 안도의 기분이 조금씩 전신에 스며들었다. 우유를 배달하는 수레 소리가 들렸고, 어둑어둑한 새벽빛이 닫혀 있는 차양 사이로 들어오는 듯했다. 마침내 방 안이 환해졌고, 다른 자동차 소리가 들리면서 악몽 같았던 지난밤의 모든 흔적이 사라졌다.

나는 겨우 한쪽 팔을 침대 밖으로 내밀었으나 나를 지켜보고 있던 그림자는 여전히 그대로였다. 나는 눈동자만을 움직여서 내가 쏘아야 할 곳을 확인했고, 내가 해야 할 행동의 순서를 머릿속으

세븐 하트

로 천천히 되짚었다. 그리고 재빨리 권총을 집어 그림자의 머리를 향해 방아쇠를 당겼다. 그리고 침대를 나와 커튼 쪽으로 달려가서 커튼과 창문의 총구멍을 확인했다. 그러나 사람의 흔적은 보이지 않았다. 놀랍게도 그곳에는 아무도 없었던 것이다.

그렇다면 나는 대체 무엇을 보았다는 것인가? 밤새도록 커튼의 주문에 걸려 있었다는 것으로밖에 해석할 수 없었다. 다른 방에서 났던 소리들을 확인해 보기 위해 나는 방문의 자물쇠를 열고 건넌방을 지나 서재로 뛰어 들어갔다.

그러나 이곳 역시 커튼 뒤의 남자와 마찬가지로 놀라운 사실이 나를 기다리고 있었다. 모든 것이 제자리에 얌전히 있었던 것이다. 그 모습을 보면서 나는 더할 수 없는 당혹감에 사로잡혔다. 그렇다면 내가 들었던 그 소리는 대체 어디에서 난 것인가? 나는 방을 돌아다니면서 벽돌을 만져보고 물건들을 확인했다. 모두가 그대로였을 뿐만 아니라 그 어떤 사람도 방 안에 들어온 흔적이 전혀 없었다. 의자가 움직인 흔적도, 남겨진 발자국 하나도 없었던 것이다.

"이럴 수가……. 혹시 내가 미친 것일까? 그럴 리 없어. 분명히 밤새 소리가 났는데……."

머리를 두 손으로 움켜잡은 채 나는 혼자 중얼거렸다. 그리고 다시 정신을 차리고 방 구석구석을 꼼꼼하게 조사했다. 그러던 중, 한 가지 달라진 점을 발견했다. 바닥에 깔린 페르시아 산 양탄자 아래에서 낯선 카드 한 장을 발견한 것이다. 평범한 카드와 다를 것 없는 세븐 하트 카드였지만, 일곱 개의 빨간색 하트 모양 끝부분에 작은 구멍이 규칙적으로 뚫려 있는 특이한 카드였다.

결국 나를 두려움과 공포에 떨게 했던 밤의 증거는, 책갈피 속의 편지 한 장과 세븐 하트 카드 한 장이 전부였다. 그 두 가지 물건은 적어도 나에게는 꿈이 아닌 현실이라는 것을 보여주는 증거임을 확인시켜주었다.

사건이 일어났던 다음날, 나는 하루 종일 그 방의 수색을 계속했다. 집은 비좁았기 때문에 균형이 맞지 않게 설계된 부분들이 많았고, 독특한 장식들은 집을 설계한 사람의 지나치게 개성적인 취향을 반영하고 있었다. 바닥은 알록달록한 작은 조각으로 만든 모자이크로 이루어져 있는데, 전체적으로 좌우 대칭의 커다란 그림을 만들어냈다. 같은 패턴으로 이어지는 모자이크로 꾸며진 벽면은 여러 구획으로 나뉘어져 있었다. 술의 신 바쿠스가 술통을 껴안거나 황금 왕관을 쓴 하얀 수염의 황제가 오른손에 검을 들고 있는 그림 등으로 폼페이 스타일의 우화, 비잔틴 양식, 중세풍의 벽화 등이 섞여 그려져 있었다.

그 위에는 아틀리에처럼 커다란 창문이 있었다. 방에서 유일한 창문이었기 때문에 밤에 항상 열어놓곤 했는데, 마음만 먹는다면 사다리로 드나들 가능성도 있었다. 그러나 그것은 내 추측일 뿐이었고, 바깥마당이나 안에서도 사다리가 있었던 흔적은 전혀 찾아

세븐 하트

볼 수 없었다. 저택 주변 공터 역시 발자국 하나 없었기 때문에 이러한 추측은 틀린 게 분명했다.

수상한 기색이 많았지만 나는 경찰에 신고할 생각은 전혀 없었다. 경찰에게 말해야 할 상황들이 앞뒤가 안 맞았던 데다가 남들의 웃음거리가 될 뿐이라고 생각했기 때문이다. 그러나 다음날이 내가 집필자로 있던 <질 블라스> 지에 원고를 보내는 날이었기 때문에 난 간밤의 뒤숭숭한 일을 모두 글로 털어놓고 말았다.

기사에 대해 반응을 보이는 사람들은 적지 않았지만, 실제로 있었던 일이 아니라 공상 또는 꿈으로 생각하는 경우가 대부분이었다. 기사를 본 생마르탱 부부는 나를 놀리려고 들었지만, 다스프리는 나를 직접 찾아와서 사건에 대한 설명을 듣는 것은 물론 나름대로 조사를 시작했다. 그러나 명확한 결론은 얻을 수 없었다.

그러던 어느 날, 아침에 초인종이 울리더니 앙투안이 나를 부르러 왔다. 이름을 밝히지 않는 어떤 신사가 나를 보겠다고 찾아왔다는 것이다. 거실에서 만난 그는 약 40대 정도 되는 나이에 힘이 넘쳐 보이는 갈색 머리 신사였다. 낡긴 했지만 단정한 차림과 다소 거칠어 보이는 그의 매너는 상당히 대조적이어서 개성적인 인물로 보였다.

"선생, 내가 우연히 <질 블라스>라는 잡지에서 당신의 글을 보았습니다. 기사가 매우 흥미로워서 이렇게 실례를 무릅쓰고 직접 찾아왔습니다."

신사는 쉰 듯한 목소리로 말했다.

"아, 그렇습니까? 제 기사를 읽어주셨다니 감사합니다."

"사실 기사에 대해서 드릴 말씀이 있습니다. 그 기사 내용은 모두 사실이라고 확신할 수 있으신가요?"

"물론입니다. 모두 사실입니다."

"조금이라도 꾸며낸 부분은 없겠죠?"

"당연합니다. 단어 하나도 사실과 틀림없어요."

"그렇다면 제가 알고 있는 바를 말씀드려도 되겠군요."

"어서 말씀해 주십시오. 저도 무슨 일인지 궁금합니다."

"아직은 아닙니다. 일단 제 정보가 정확한 것인지 테스트를 좀 해볼까 합니다."

"어떻게 하면 되는 겁니까?"

"잠시만 저를 이 방에 혼자 있게 해주십시오."

"갑자기 그게 무슨 말씀이시죠?"

나는 당혹감과 놀람이 섞인 눈으로 그의 얼굴을 바라보며 말했다.

"기사를 읽으면서 알게 된 건데, 그 내용 중 일부가 제가 겪은 다른 사건들과 아주 똑같습니다. 검증을 해보고 제가 틀렸다면 굳이 말씀을 드릴 필요가 없어서요. 그것을 확인하기 위해 일단 제가 혼자 이 방에서 확인해 볼 게 몇 가지 있습니다."

나는 낯선 신사의 당혹스런 제안에 잠시 고민했다. 나중에 다시

세븐 하트

생각해 봤을 때 깨달았던 부분이지만, 당시 그 신사는 매우 불안하고 걱정스러워하는 모습이었다. 하지만 당시에는 요구 자체가 무리라고 생각하지 않았고, 호기심이 발동했기 때문에 나는 그의 제안을 흔쾌히 승낙했다.

"그러도록 하겠습니다. 시간은 얼마나 걸릴까요?"

"감사합니다. 시간은 3분이면 충분할 겁니다. 일단 밖으로 나가셨다가 3분 후에 들어오십시오."

나는 그 말을 듣고 방 밖으로 나와 시계를 보았다. 3분은 무척 짧은 시간이었지만, 그때처럼 길고 무겁게 느껴진 적도 없었다. 2분 30초가 지나 서서히 방으로 돌아가려고 할 때, 갑자기 총성 한 방이 들렸다. 나는 계단을 뛰어올라갔고 문을 박차고 들어가자마자 비명을 지르고 말았다. 방 한가운데에는 그 남자가 왼쪽으로 가만히 누워 있었고, 머리에서는 뇌수와 함께 새빨간 피가 흘러내리고 있었다. 주먹을 꼭 쥔 손아귀에는 아직도 연기가 피어오르는 권총이 한 자루 쥐어져 있었다. 곧 그의 몸에는 한 차례 경련이 일었고, 그걸로 그의 몸은 다시 잠잠해졌다.

끔찍한 광경을 목격하고 정신을 차리려고 했을 때, 내 눈에 들어온 것은 더욱 끔찍한 것이었다. 바로 옆에 세븐 하트 카드 한 장이 있었던 것이다. 카드를 본 순간 난 너무 놀라 도움을 청할 수도 없었고 남자의 상태도 살필 수가 없었다. 그러다 떨리는 손으로 카드를 집어 들자 그 카드는 예전에 내가 발견했던 카드처럼 하트 끝에 일곱 개의 구멍이 뚫려 있었다.

 사건이 일어나고 약 30분 뒤, 뇌이이의 경찰서장과 법의학자가 집에 도착했고 잠시 후에는 경찰청장인 뒤두이 씨도 수사에 합류했다. 나는 수사에 도움이 될 수 있도록 시체에 손 하나 대지 않고 있었다.
 조사 과정은 생각보다 간단하게 끝났다. 시체의 호주머니에는 신분증이나 단서가 될 만한 종잇조각 하나도 없었다. 옷깃에도 소매에도 흔한 이니셜 하나 없었기 때문에 그가 누구인지는 전혀 밝혀낼 수가 없었다. 방의 물건들 역시 그자가 오기 전과 달라진 것이 전혀 없었다. 가구들도 모두 제자리에 있었고, 여러 집기들도 자기 자리에 얌전하게 있었다. 이 남자가 자살을 하기 위해 내 집에 온 것이 아닐 텐데, 대체 어떤 이유가 있었던 것이길래 그런 끔찍한 일을 저지르고 만 것일까? 자살이라는 절망적인 행위의 동기를 이 집 어디에서 발견했던 것일까? 그는 어떻게 3분이라는 짧은 시간 동안 자살을 결심하고 행할 수 있었던 것일까?
 그가 무엇을 보았는지, 무엇이 그를 자살로 이끌었는지에 대해서는 어떤 추측도 할 수 없었다. 그렇게 수사가 허사로 끝나갈 때쯤 뜻밖의 일이 일어났다. 경찰관 두 명이 시체를 옮기려고 할 때, 시체의 왼쪽 손이 풀리면서 엉망으로 구겨진 명함이 한 장 나온 것이다.

세븐 하트

조르주 앙데르마트
베리 거리 37번지

이것은 또 무슨 뜻이란 말인가? 조르주 앙데르마트라면 파리의 힘 있는 은행가 중 한 명이었다. 또한 그는 프랑스의 제련산업에 막대한 자금을 제공한 금속조합의 창립자이자 회장이었으며, 4두 마차와 자동차, 경주마 등으로 엄청난 부를 과시하고 있었다. 스스로 사교계의 중심이 되어 있는 것은 물론 매우 아름답고 교양 있는 아내를 둔 것으로도 잘 알려져 있었다.

"설마 죽은 사람이 조르주 앙데르마트 씨일까요?"

내가 작은 목소리로 묻자 경찰청장은 시체의 얼굴을 자세히 뜯어보았다.

"아니에요. 앙데르마트 씨는 창백한 안색에 반백입니다."

"그럼 그의 명함이 왜 이 사람 손에 있었을까요?"

"글쎄요. 잠시 전화 좀 쓸 수 있을까요?"

"물론입니다. 현관 쪽에 있으니 이쪽으로 오세요."

그는 전화번호부를 뒤지더니 415-21번으로 전화를 걸었다.

"앙데르마트 씨 댁입니까? ……. 네, 실례지만 뒤두이 씨가 마이요 거리 102번지로 와주셨으면 한다고 전해 주시기 바랍니다."

약 20분이 지나자 앙데르마트 씨는 차에서 내렸다. 상황 설명을 한 뒤에 앙데르마트 씨는 시체 앞으로 왔고, 시체의 얼굴을 본 순간 표정이 일그러졌다.

"이런, 에티엔 바랭이군요."

"아는 사람인가요?"

"그렇진 않습니다. 사진으로 한 번 봤을 뿐이라 안다고 하기 어렵군요. 사실 그의 형을 알고 있는 것이라서……."

"이 사람에게 형이 있습니까?"

"네, 알프레드 바랭이라고 합니다. 한 번은 형이 나에게 부탁을 하기 위해 찾아온 적이 있었어요. 그 내용은 지금 기억이 나지 않습니다만."

"알프레드 바랭은 지금 어디에 살고 있나요?"

"두 형제는 같이 살고 있었습니다. 프로방스 거리 근처였던 것 같군요."

"혹시 이 사람이 자살한 이유에 대해서 짐작 가는 게 있습니까?"

"전혀 없습니다."

"그렇다면 이 사람이 왜 당신의 명함을 갖고 있었을까요?"

"저도 모르겠습니다. 단순한 우연일 수도 있겠죠. 나중에 조사해 보면 밝혀지리라 생각합니다."

우연이라고 하기엔 지나치게 묘한 부분이 있었다. 나뿐만 아니라 그곳에 있던 모든 사람이 다 그렇게 생각했을 것이다. 뿐만 아니라 다음날 사건에 대해 실린 기사에서도, 이야기를 전해들은 친구와 친척들에게서도 같은 느낌을 확인할 수 있었다.

두 차례에 걸쳐 발견된 구멍 뚫린 세븐 하트 카드, 두 번 다 내 집이 무대가 되었던 무시무시한 사건은 매우 복잡해 보였다. 그러나 수수께끼는 그 명함에 있는 것이 아닐까 하는 생각이 들었다. 적어도 나에게는 그 명함이 진실에 다가갈 수 있는 열쇠로 보였다. 그러나 명함의 주인인 앙데르마트 씨는 나뿐만 아니라 경찰에도 아무런 단서를 주지 않았다.

"내가 알고 있는 것은 모두 말했소. 더 이상 할 말이 없습니다. 이 명함을 보고 가장 놀란 사람은 나일 거요. 나 역시 이게 왜 여기 있는지 알 수가 없습니다. 경찰이 이 사건을 신속하게 처리하여 그 이유를 알 수 있길 바랍니다."

하지만 앙데르마트 씨의 마음과는 반대로 사건은 여전히 진척되지 않았다. 조사 결과 밝혀진 것이라고는 바랭 형제가 스위스 출신이며, 여러 다른 이름들을 가지고 있다는 것이었다. 그들은 도박장을 다니면서 혐의를 받고 있는 외국인 패거리들과 절도를 저지르기도 했지만, 지금은 모두 헤어졌다는 것이다. 또한 프로방스 거리 24번지에 살았던 것이 이미 6년 전으로 지금은 행적이 묘연하다고 했다.

내가 보기에도 이 사건은 너무 모호했기 때문에 해결될 수 있을 것 같지 않았다. 이 사건은 빨리 잊는 것이 가장 좋다고 생각했기 때문에 잊으려고 노력했지만, 무엇 때문인지 다스프리는 오히려 사건에 대해 점점 더 집착하고 있었다. 그러던 어느 날, 그는 외국 신문에 난 기사를 나에게 보여주었다. 곧이어 모든 신문들이 이 기사를 다시 싣기에 바빴다.

조만간 황제(독일의 빌헬름 2세인 카이저 황제 – 옮긴이)의 입회하에, 극비의 장소에서 미래의 해전을 변화시킬 잠수함 실험이 성사될 예정이다. 이 잠수함의 이름은 세븐 하트로, 앞으로의 해전에 획기적인 변화를 가져올 것이다.

잠수함 이름이 세븐 하트라니! 이것이 정말 우연인 것일까? 잠수함의 이름과 어제까지 이야기했던 사건들은 어떤 연관이 있는 것으로 보였다. 대체 이곳에서 벌어진 일들이 어떻게 외국의 비밀 행사와 연관이 있는 것일까?

"자네는 어떻게 생각하고 있나? 때로는 매우 복잡해 보이는 결말도 단 하나의 원인에서 출발하는 법이라네."

다스프리는 내 표정을 살피면서 말했다. 그리고 이틀 후, 또 다른 소식을 전해 받게 되었다.

곧 실험에 들어갈 세븐 하트 잠수함은 프랑스 기술자에 의해 설계되었다고 한다. 이 기술자들은 고국에서 지원을 얻지 못하자, 영국으로 지원을 요청했지만 이 역시 성공하지 못했다. 이 소식 또한 명확하게 확인된 바가 없음을 밝힌다.

세븐 하트

이렇게 국제적으로 민감한 사안에 대해서는 굳이 언급하고 싶지 않았다. 자칫하면 소득 없는 엄청난 흥분만 가져올 것이 분명하기 때문이다. 그리고 며칠 뒤, <에코 드 프랑스> 지에는 살바토르라고 필명을 밝힌 자의 기고문이 실렸다. 비교적 분명한 전후 내용을 가지고 일명 '세븐 하트 사건'을 좀 더 구체적으로 만들어 주었다.

세븐 하트 사건의 진실

지금으로부터 10년 전, 루이 라콩브라는 한 젊은 광산 기술자가 있었다. 그는 자신이 추진하는 연구에 모든 시간과 재산을 투자하기 위해 사표를 내고, 한 이탈리아 백작이 세운 마이요 거리 102번지의 작은 저택을 임대했다. 그는 스위스 로잔 출신의 바랭 형제(바랭 형제 한 명은 실험준비 조교로, 다른 한 명은 출자자를 물색하여 그를 도왔다고 한다.)의 중개로 최근 금속조합을 창설하기도 한 은행가 조르주 앙데르마트를 소개받았다.

몇 차례 심도 있는 대화를 나눈 뒤, 루이 라콩브는 자신이 열중해 온 잠수함 계획에 앙데르마트를 동참시킬 수 있었다. 앙데르마트는 잠수함 설계가 구체화 되면 해군성에서의 실험권을 확보하기 위해 자신이 가지고 있는 영향력을 행사할 계획이었다고 한다.

이후 2년 동안 루이 라콩브는 앙데르마트의 저택을 드나들며 작업의 진행 상황을 보고했다. 잠수함 설계가 만족스러운 수준에 도달하게 되자, 앙데르마트에게 활동을 시작하라고 부탁하였다. 바로 그날 루이 라콩브는 앙데르마트의 집에서 저녁 식사를 마치고 밤 11시 30분경에 나왔다. 그 후로 그의 모습을 본 사람은 아무도 없었다.

당시의 신문에도 알려진 것처럼, 루이 라콩브의 가족들은 경찰에 그의 실종 신고를 했고 본격적으로 조사가 시작되었다. 그러나 실종과 관련된 어떤 단서도 나타나지 않았고, 그의 성격상 혼자 여행을 떠나지 않았을까 추측할 뿐이었다.

그러나 이러한 추측이 사실이라고 하더라도 국가적으로 중요한 잠수함의 설계도면 문제는 해결되지 않았다. 도대체 잠수함의 설계도면은 어디로 간 것일까? 루이 라콩브 본인이 가지고 떠났을까? 아니면 폐기 처분된 것일까?

지금까지의 수사에 의하면, 설계도면은 아직 어딘가에 존재하며 바랭 형제가 확보하였을 것으로 보인다. 그러나 이를 확증할 증거가 없으며, 가지고 있다면 그것을 왜 세상에 공개하지 않는가에 대한 이유가 남아 있다.

그러나 얼마 뒤, 루이 라콩브의 잠수함 설계도면이 외국 열강의 국방성 소유로 되어 있다는 사실이 밝혀졌다. 실제로 바랭 형제와 외국 국방성 대표가 주고받은 서신까지 증거로 제시되었으며, 루이 라콩브가 고안한 세븐 하트의 설계도면을 그 나라에서 실현시켰다.

과연 배신한 사람들의 낙관적인 추측대로 일이 진행될 것인가? 우리는 그들이 실패할 것이라는 근거를 가지고 있다. 따라서 이 사건의 결말은 우리의 기대를 저버리지 않을 것이라 생각한다.

세븐 하트

그리고 추신이 덧붙여졌다.

최근 들어온 정보에 의하면 세븐 하트 실험은 성공을 거두지 못했다. 바랭 형제가 외국에 건넨 설계도면에는 루이 라콩브가 실종된 그날 저녁 앙데르마트에게 보여준 마지막 설계도의 자료가 누락되었을 가능성이 크기 때문이다. 이 자료는 설계도를 전체적으로 이해하는데 필수적인 것으로, 다른 설계도면에 있는 모든 측정값과 최후의 결론이 여기에 포함되어 있으리라 짐작된다. 그러므로 이 자료가 누락된 설계도는 불완전한 상태일 수밖에 없으며 이는 곧 쓸모없음을 의미한다.

따라서 이 문제를 해결하기 위해서는 무엇보다 앙데르마트의 도움이 필요하다. 그는 에티엔 바랭이 자살했을 때, 자신이 알고 있는 것을 밝히지 않았다. 그가 왜 이런 분명하지 못한 행동을 하였으며, 분실된 서류들에 대해 무엇을 알고 있는지 공개해야만 한다. 또한 지난 6년 동안 사립탐정을 고용하면서까지 바랭 형제를 뒤쫓은 이유에 대해서도 해명해야 한다.

우리는 지금 그의 말이 아닌 행동을 기다리고 있다. 그렇게 하지 않는다면……….

기고문의 마지막 내용은 협박에 가까울 정도였다. 기고문을 쓴 살바토르라는 자는 대체 무슨 위협 수단으로 금융업의 거물인 앙데르마트 씨를 협박하고 있는 것일까?

기사가 실리자 수많은 기자들은 앙데르마트 씨의 사무실로 몰려들었고, 그는 열 차례가 넘게 인터뷰를 했지만 협박기사에 대해서는 철저하게 무시했다. 무시에 대한 복수인지 며칠 뒤 다시 <에코 드 프랑스> 지에 다음과 같은 글이 실렸다.

앙데르마트의 허락 여부와 관계없이 지금부터 그는 우리가 착수하는 사업의 동업자가 될 것이다.

글이 실린 다음날, 나와 다스프리는 우리 집에서 함께 저녁을 먹었다. 저녁 내내 테이블 위의 신문들을 검토하면서 사건에 관해서 이야기를 나누었지만, 계속 장애물에 부딪쳤기 때문에 안타까움과 답답함에 인상을 찌푸리기만 했다. 그런데 갑자기 웬 부인이 두꺼운 베일을 쓰고 문으로 들어왔다. 벨 소리가 울리지도 않았고 하인 역시 알리러 오지 않았기 때문에 우리는 매우 놀랐다.
"당신이 이곳에 사는 분이신가요?"
내가 부인에게 다가서자 그녀가 물었다.
"네, 그렇습니다만 이곳에 어떻게 들어오셨죠?"
"길 쪽의 철문이 열려 있더군요."
"하지만 현관문은 닫혀 있었을 텐데요?"
그녀는 아무런 대답도 하지 않았다. 나는 하인들이 쓰는 뒤쪽 계단을 이용한 것이 아닌가 하는 의심이 들었다. 즉, 그녀는 이 집의 구조를 나만큼이나 훤히 알고 있다는 뜻이 된다. 어색한 침묵

세븐 하트

이 흐르고 그녀는 다스프리를 바라보았다. 나는 얼떨결에 그녀에게 다스프리를 소개했고, 의자를 권하며 방문한 이유를 물었다.

의자에 앉고서야 그녀는 베일을 걷어 올렸다. 갈색머리에 단정한 차림으로, 수수한 외모를 하고 있었다. 그러나 그녀의 눈동자는 진지하면서도 고통에 차 있어 매우 독특한 분위기를 자아내고 있었다.

"저는 앙데르마트 부인입니다."

그녀가 아무렇지도 않게 말했다.

"네? 앙데르마트 부인이라고요?"

나는 너무 놀라 그녀의 말을 반복했고, 다시 침묵이 흘렀다.

"아시겠지만 그 사건 때문에 왔어요. 혹시 선생님에게 그 사건에 대한 정보를 얻을 수 있을지도 모른다고 생각해서요."

그녀는 침착하게 말했다.

"부인, 저 역시 신문에서 말하는 것 외에는 아는 것이 없습니다. 제가 어떻게 도움을 드릴 수 있는지 정확하게 말씀해 주신다면 좋겠는데요."

"저도 무엇을 부탁해야 하는지 정확하게 모르겠어요."

앙데르마트 부인은 겉으로는 침착해 보였지만, 그것은 그녀의 겉모습일 뿐이었다. 나는 그녀가 혼란스러운 마음을 감추고 있다는 사실을 알아챘고, 우리는 거북하고 어색한 침묵을 유지하고 있었다. 그러던 중 그녀를 지켜보던 다스프리가 말을 꺼냈다.

"부인, 몇 가지 질문을 좀 해도 될까요?"
"그럼요, 말씀해 보세요."
그녀가 기다렸다는 듯이 말했다.
"실례가 되는 질문이라도 괜찮나요?"
"어떤 질문인지……."
"혹시 루이 라콩브를 알고 있나요?
다스프리는 잠시 생각하는 듯하더니 어렵게 말을 꺼냈다.
"네, 남편에게 얘기를 많이 들었습니다."
"마지막으로 그를 언제 봤나요?"
"신문에서 보셨던 것처럼 우리 집에서 저녁 식사를 한 바로 그 날이었어요."

"그날 저녁, 뭔가 평소와는 다르다는 느낌은 없었나요? 예를 들면 다시는 그를 볼 수 없을 것 같다던가……."
"특별한 기색은 느낄 수 없었어요. 그저 러시아 여행에 대해서 이야기를 한참 했다는 것만 기억이 나네요."
"그럼 그가 다시 방문하겠다는 약속을 했나요?"
"네, 이틀 뒤에 다시 저녁 식사를 하기로 했어요."
"부인은 그가 실종된 것에 대해 어떻게 생각하나요?"
"전 전혀 모르겠습니다."
"그렇다면 앙데르마트 씨는 어떻게 생각할까요?"
"남편의 생각이야 제가 알 수 없죠."

세븐 하트

"하지만 부인은 남편과 가장 가까이 있는 분이잖습니까?"

"그 점에 대해서는 더 이상 묻지 말아주세요."

"<에코 드 프랑스> 지 기사를 보셨나요?"

"네, 바랭 형제가 루이 라콩브의 실종 사건과 관계가 있는 것처럼 나와 있죠."

"부인도 그렇게 생각하시나요?"

"네, 그래요."

"어떻게 그렇게 확신할 수 있죠?"

"우리 집을 나설 때 루이 라콩브는 잠수함 설계와 관련된 서류가 들어 있는 가방을 가지고 있었어요. 그런데 이틀 후, 바랭 형제 중 지금 살아 있는 사람이 남편과 면담을 했어요. 그가 루이 라콩브의 서류들을 가지고 있다고 말했다더군요."

"그런데도 앙데르마트 씨는 신고를 하지 않으셨나요?"

"네, 안했어요."

"그 이유가 뭘까요?"

"그날 루이 라콩브가 가지고 있던 서류는 잠수함 설계도면만이 아니었어요. 또 다른 뭔가가 있었지요."

"그게 뭔가요?"

부인은 갑자기 말을 멈추고 당황스런 얼굴을 했다. 대답을 하려다가 멈칫 하는 모습을 보자 다스프리는 그녀를 다그쳤다.

"앙데르마트 씨가 두 형제를 신고하지 않고 몰래 추적한 이유가

바로 그것이겠군요. 형제들이 앙데르마트 씨를 협박했을 그것을 되찾기 위해서 말입니다."

"사실 남편뿐만이 아니라 저도 협박당했습니다."

"아니, 부인도?"

"네, 저한테 더 심했어요."

그녀의 목소리는 답답하게 막혀 있었고, 다스프리는 그녀를 말없이 한참 바라보았다. 그리고 이리저리 거닐다가 다시 질문을 시작했다.

"당신이 루이 라콩브에게 편지를 쓴 건가요?"

"네, 남편 문제로 몇 번……."

"공적인 편지 말고도 루이 라콩브에게 사적인 편지를 쓴 적이 있죠? 질문이 좀 지나치지만 이해해 주십시오. 진실을 모두 알아야 하니까요. 부인, 루이 라콩브에게 남들이 보면 곤란한 사적인 편지들을 쓴 적이 있죠?"

"……네……."

부인은 한참을 망설이다가 우물거리며 대답했다.

"바랭 형제가 가지고 있던 그것들이 바로 그 편지였나요?"

"네……."

"앙데르마트 씨도 그 편지에 대해 알고 있었나요?"

"직접 보지는 못했지만 바랭 형제가 말했기 때문에 알고 있었어요. 그들은 자신들을 돕지 않으면 그 편지를 신문사에 보내겠다고 협박했거든요. 남편은 스캔들이 일어나 명예가 떨어지는 것을 매우 두려워했고요."

"두려워했을 뿐만 아니라 편지를 빼앗기 위해서 수단과 방법도 가리지 않았겠죠."

"그렇죠. 어쨌든 바랭 형제와 마지막으로 만나고 나서 저에게 심한 말을 하더군요. 그리고 남편과 저 사이에는 신뢰도 애정도 모두 사라졌습니다. 지금은 한 지붕 아래에 사는 남남이나 다름이 없고요."

"더 이상 잃을 것도 없는 상황인데 무엇이 두려운 거죠?"

"비록 애정 없는 부부라고는 해도, 저는 그가 사랑했던 여자이고 사랑할 수 있었을 여자겠죠. 그가 그 편지만 손에 넣지 않았어도 우리는 여전히 사랑하는 부부로 지내고 있을 거고요."

"그렇다면 남편이 그 편지를 손에 넣었다는 건가요? 바랭 형제도 무척 조심했을 텐데요."

"네, 그들은 절대로 들키지 않을 은닉처가 있다고 말했어요."

"그런데 어떻게 발견된 거죠?"

"아마 남편이 그 은닉처를 찾아낸 것 같아요."

"그게 어딘가요?"

"바로 이 집이에요."

"뭐 여기라고?"

나는 깜짝 놀라서 자리에서 벌떡 일어났다.

"네, 남편은 항상 이 집을 의심하고 있었거든요. 루이 라콩브는 천재적인 기술자였어요. 잠수함을 설계하는 것 외에도 금고나 자물쇠 등을 제작하곤 했거든요. 그 중 하나를 바랭 형제가 이용해서 편지와 다른 서류들을 숨겨놓았던 것 같아요."

"하지만 그들은 이곳에 살지 않았잖아요?"

내가 어이가 없다는 투로 말했다.

"당신이 이곳에 오기 4개월 전까지 이 집은 계속 비어 있었어요. 그래서 바랭 형제가 이곳에 돌아와 서류를 되찾으려 할 때도 누군가가 있을 거라는 생각은 하지 않았던 거죠. 당신이 있다 해도 그들은 별로 신경 쓰지 않았겠지요. 하지만 바랭 형제는 남편을 미처 생각하지 못했어요. 남편은 6월 22일 밤, 금고를 강제로 열었고 원하던 것을 찾아냈어요. 이제 더 이상 그 형제에게 협박당할 이유가 사라진 거죠. 이제는 입장이 바뀌었다는 것을 말하기 위해 자신의 명함을 그 자리에 남겨 놓았던 겁니다. 이틀 후, 에티엔 바랭이 <질 블라스> 지의 기사를 보고 바로 당신을 찾았고, 텅 빈 금고를 발견한 거예요. 그리고 그는 자살해 버린 거죠."

"하지만 부인이 말씀하신 건 모두 추측이지 않습니까? 앙데르마트 씨가 당신에게 사실대로 털어놓은 건가요?"

"아뇨. 그럴 리가 없죠."

"혹시 당신에 대한 앙데르마트 씨의 태도가 변했나요? 더 우울하다거나 신경을 쓰는 것 같이 말이에요."

세븐 하트

"전혀 변함이 없었어요."

"하지만 부인이 루이 라콩브에게 쓴 편지를 손에 넣었다면 더 기분이 좋아지지 않았을 거예요. 제가 생각하기에는 그 편지가 남편이 아닌 다른 사람의 손에 들어가 있는 것 같습니다."

"그게 누구죠?"

"이 복잡한 사건에는 모든 실마리를 쥐고 있는 한 사람이 있어요. 전혀 모습이 드러나지 않고 모든 것을 뒤에서 조종하고 있는 사람이죠. 복잡하게 얽힌 사건을 자신이 원하는 방향으로 몰고 가는 엄청난 존재예요. 6월 22일 밤, 그는 자신의 부하들과 함께 이 집으로 잠입해서 금고를 발견했을 거예요. 편지와 함께 매국 행위를 입증할 수 있는 증거물도 발견했겠죠. 그리고 앙데르마트 씨의 명함을 떨어뜨려 놓고 그의 명예를 실추시키려고 했죠."

"아니, 대체 자네 누구를 말하고 있는 건가?"

참다못한 내가 끼어들었다.

"<에코 드 프랑스> 지에 기고했던 살바토르라는 자가 쓴 글이야말로 절대적인 증거 아니겠나? 그 기사에서 협박한 내용은 두 형제와 앙데르마트 씨의 비밀을 모두 알지 않고서는 쓸 수 없었던 내용이야."

"그렇다면 그 편지를 갖고 있는 사람이 남편을 협박하고 있다는 건가요? 그럼 어떻게 해야 하나요?"

부인은 두려움에 떨면서 말을 더듬거렸다.

"그에게 편지를 쓰면 될 겁니다. 하나도 숨기지 말고 다 털어놓는 거죠. 당신이 알고 있는 모든 정보를 그에게 말해요."

"그게 무슨 말인가요? 다 말하라니요?"

"잘 생각해 봐요. 당신과 그자는 결국 같은 편이에요. 실제로 그가 목표로 하고 있는 사람은 바랭 형제 중 살아 있는 사람입니다. 앙데르마트 씨나 부인이 아닌, 바로 알프레드 바랭이지요. 그러니 그를 돕는 게 당신이 이길 수 있는 방법입니다."

"어떻게 도우라는 거지요?"

"앙데르마트 씨는 루이 라콩브의 잠수함 설계도면을 보완할 수 있는 서류를 갖고 있죠?"

"네, 그래요."

"그 사실을 살바토르에게 말해요. 필요하다면 그 서류를 넘겨도 괜찮겠지요. 그와 편지를 주고받으면서 정보를 알려주세요. 부인은 더 이상 손해 볼 게 없으니까요."

다스프리의 충고는 대담하면서 위험하기까지 했지만, 부인으로서는 다른 선택의 여지가 없었다. 게다가 다스프리의 말대로 부인이 두려워해야 할 그 이상의 것이 있던가? 만약 살바토르라는 자가 특별한 목적을 가지고 있다면 부인의 편지에는 크게 관심을 두지 않을 것이 분명했다.

어쨌든 혼란스러웠던 앙데르마트 부인은 괜찮은 생각이라고 수긍했으며, 자신이 해야 할 일을 찾은 것에 안도하며 우리에게 감사하다는 말을 전했다. 앞으로 상황을 전하겠다고 말한 뒤 부인은 집으로 돌아갔다.

그리고 이틀 뒤, 앙데르마트 부인은 살바토르가 보낸 편지를 우리에게 그대로 보내주었다.

편지는 그곳에 없었소. 그러나 곧 내가 그것을 찾게 될 테니 안심하시오, 부인. 내가 모든 것을 알아서 처리할 거요.

- S로부터

그 편지를 유심히 살펴보니 6월 22일 밤 내 책갈피 사이에 끼여 있던 편지의 필체와 동일하다는 것을 알 수 있었다. 살바토르라는 자는 다스프리가 말한 것처럼 보이지 않는 곳에서 이 모든 사건을 감독하는 것이 틀림없었다.

이제 세븐 하트 사건은 조금씩 해결되어가는 듯이 보였다. 그러나 아직은 명확히 밝혀지지 않은 부분들도 있었다. 특히 두 장의 세븐 하트 카드는 무엇을 말하는 것이었을까? 끔찍한 현장에서 동일하게 일곱 개의 구멍이 뚫린 카드 두 장은 더욱 궁금증을 불러일으켰다. 나는 밥을 먹다가도 목욕을 하다가도 카드 생각에 빠지곤 했다. 대체 그 카드는 이 사건에서 어떤 역할을 하고 있는 것일까? 루이 라콩브가 설계한 잠수함의 이름인 세븐 하트는 대체 무엇을 의미하는 것일까? 그러나 이런 나와는 달리 다스프리는 카드에는 관심이 없었다. 그는 서류를 담아두었을 은닉처를 찾아 헤매는데 집중하고 있었다.

"살바토르가 미처 발견하지 못한 편지가 남아 있을지도 모른다네. 바랭 형제가 그렇게 소중하게 생각하는 편지들을 안전한 장소에서 옮길 리는 없으니까 말이야."

그는 혼잣말을 중얼거리면서 수색을 계속하고 있었다. 다스프리가 그 방에서 뒤지지 않은 곳은 한 군데도 없었고, 이제는 건물 내에 있는 다른 방으로 수색을 확대해 나갔다. 그러다가 그는 이제 방이 아닌 건물 전체를 대상으로 그만의 수색 작전을 펼치고 있었다. 바닥에 뒹구는 돌이나 벽돌 틈새, 지붕 사이까지 꼼꼼하게 살폈다.

심지어 곡괭이와 삽을 들고 와서 나에게 하나를 건네며 공터를 파자고 한 적도 있었다. 나는 마지못해 그를 따라했다. 그는 공터의 구획을 나누고 차근차근 수색을 했는데, 이웃 사유지와 만나는 담벼락의 구석에 관심을 보였다. 잡초와 가시덤불로 가려져 있는 석재 더미와 돌무더기를 발견하자마자 곧바로 그것들을 파헤치기 시작했다.

나 역시 그를 도와 뜨거운 햇볕 아래에서 한 시간 정도 땀을 흘렸다. 하지만 아무것도 발견하지 못했다. 그런데 나와는 조금 떨어진 곳에서 땅을 파던 다스프리가 돌무더기를 헤치고 흙을 **파헤**

치자 그 아래에 옷가지가 감겨 있는 사람의 유골 조각이 발견되었다. 나는 머리에서 발끝까지 전율이 흐르는 것을 느꼈다. 자세히 살펴보니 직사각형 모양으로 잘린 작은 철판 하나도 함께 묻혀 있었다. 철판은 카드와 같은 크기였고, 군데군데 부식된 산화연 자국으로 붉은 반점이 있었다. 그 반점은 세븐 하트의 무늬처럼 배열되었고 그 끝에는 모두 구멍이 뚫려 있었다.

"다스프리, 난 이제 정말 지긋지긋하군. 흥미 있으면 자네나 하게나. 난 여기서 그만두겠네."

나는 다급하게 말하고 집으로 돌아갔다. 사람의 유골에 세븐 하트 카드까지 보고 너무 흥분했던 탓인지, 나는 집으로 돌아와 48시간 동안 쓰러져 있었다. 열에 들떠 잠들었을 때도 계속 악몽에 시달렸다. 주위에서 춤을 추는 해골들이 하트 모양의 심장을 머리에 던지는 모습을 보면서 난 계속 식은땀을 흘리고 있었다.

다스프리는 유골을 발견한 뒤에도 변함없이 사건에 골몰하고 있었다. 매일같이 나의 집을 찾아 서너 시간씩 서재를 뒤지고 두드리면서 수색을 계속했다.

"그 편지는 분명히 이 방에 있을 거야. 대체 어디 있을까. 찾을 때까지 난 포기하지 않겠어."

그는 나를 향해 이렇게 중얼거리면서 단호한 표정을 지었다.

"다스프리, 제발 나를 좀 내버려두게나."

나는 화를 억지로 참으면서 그에게 말했다. 그렇게 이틀이 지나고 나는 겨우 자리에서 일어났다. 늦은 점심을 먹자 기운이 나는 듯했고 기분 역시 한결 나아졌다. 그런데 오후 5시경, 나에게 속달 우편이 한 통 배달되었다. 그 편지는 나의 몸과 마음에 기운을 불어넣어주었고, 지쳐 있던 내 호기심은 갑자기 불타오르게 되었다.

선생, 6월 22일 밤에 발생했던 그 사건의 1막이 드디어 끝나게 되었습니다. 어쩔 수 없이 연극의 두 주인공이 당신의 집에서 만나야 할 듯하니, 미안하지만 집을 좀 빌려주셨으면 합니다. 오후 9시에서 11시 사이에 하인을 외출시켜주시고, 두 주인공에게 자유로운 무대를 허락해 주십시오. 6월 22일 밤에도 제가 얼마나 세심하게 집안의 물건들을 다루었는지 잘 아실 테니, 다른 걱정은 전혀 하지 않으셔도 될 것입니다. 선생이 해주실 배려에 걱정한다면, 오히려 더 실례가 될 것 같으니 협조해 주시리라 믿고 있겠습니다.

- 살바토르

빈정대는 글이었지만 무척 세련된 데다가 엉뚱한 요구사항이 나의 흥미를 불러일으켰다. 다소 무례한 태도였지만 내가 동의할 것이라는 믿음을 거절할 생각은 나 역시 없었다. 저녁 8시가 되자 난 하인에게 일부러 구한 영화표를 주며 밖으로 내보냈다. 그때

막 다스프리가 도착했고 난 그에게 살바토르가 보낸 편지를 보여 주었다.

"자네는 어떻게 할 셈인가?"

"두 주인공이 편하게 들어올 수 있도록 바깥 철문을 열어두었지."

"자네도 밖으로 나갈 생각인가?"

"난 얌전히 있을 거라네. 무슨 일이 벌어질지 너무 궁금하다네."

분주해 하는 나를 보며 다스프리는 큰 소리로 웃었다.

"그래, 자네 말이 맞아. 나도 무척 궁금하니 함께 있고 싶네만."

다스프리가 말을 마치자 초인종 소리가 들렸다.

"아니, 벌써 온 건가? 아직 20분이나 남았는데 말이야."

현관에서 밖을 보니 앙데르마트 부인이 정원을 가로질러 오고 있었다. 그녀는 현관에 들어오자마자 흥분한 말투로 말을 시작했다.

"남편이…… 오고 있어요. 드디어 약속을 했어요. 누군가가 편지를 보냈어요."

"부인이 그걸 어떻게 알았나요?"

"남편이 저녁 식사를 하는데 연락이 왔거든요."

"속달우편이었나요?"

"아뇨. 전화 메모였어요. 하인이 실수로 저에게 메모를 전했거든요. 남편이 재빨리 빼앗았지만 전 벌써 그 내용을 모두 읽었고요."

"메모에는 뭐라고 적혀 있었나요?"

"<오늘 밤 9시, 마이요 거리로 사건 관련 서류들을 가지고 나오

시오. 그러면 편지를 교환해 주겠소.> 이렇게 적혀 있었어요. 그래서 식사를 마치고 바로 달려왔어요."

"앙데르마트 씨는 부인이 외출한 사실을 모르나요?"

"네, 물론 모르죠."

"자네는 어떻게 생각하나?"

다스프리는 나를 바라보면서 말했다.

"글쎄, 아마 그 두 주인공 중 한 명이 앙데르마트 씨겠지."

"그런데 누가 그를 부른 걸까?"

"9시가 되면 알게 되겠지. 기다려보자고."

부인과 다스프리, 그리고 나는 서둘러 서재로 자리를 옮겼다. 그리고 벽난로 구석에 자리를 잡고 웅크린 채, 벨벳 휘장으로 몸을 가리기로 했다. 부인은 다스프리와 나 사이에 끼어 앉았고, 휘장의 틈 사이로 방 전체가 모두 보였다.

드디어 괘종시계가 9시를 알렸고, 몇 분 후 정원의 철문이 소리를 내며 열렸다. 조금은 불안했지만 뜨거운 열정이 나를 휘감았고, 몇 주 동안 나를 괴롭히던 수수께끼가 풀린다는 생각에 기쁨이 밀려왔다. 그것도 내 눈앞에서 모든 것이 해결된다니!

"부인, 절대로 움직이면 안 됩니다. 어떤 일이 벌어져도 꼼짝 하지 마세요."

다스프리는 부인의 손을 잡으면서 말했다. 마침내 방 안에 누군가가 들어왔다. 그는 에티엔 바랭과 무척 닮았기 때문에 나는 그가 알프레드 바랭이라는 것을 알 수 있었다. 무거운 걸음걸이와 수염으로 덮인 얼굴이 동생과 매우 비슷했다. 그는 위험에 대해 예민한 사람처럼 전전긍긍해 하고 있었는데, 우리가 있는 벽난로 쪽을 불안한 듯이 바라보고 있었다.

그러다가 그는 우리가 있는 쪽으로 오더니 갑자기 방향을 바꾸어 검을 들고 있는 모자이크 벽화 앞으로 가서 의자를 가져와 그 위에 올라갔다. 그리고 손가락으로 벽화의 어깨며 얼굴선을 더듬으면서 무언가를 꼼꼼하게 조사하는 듯했다.

그때 갑자기 발자국 소리가 들렸고, 알프레드 바랭은 의자에게 뛰어내려 벽 쪽에서 멀리 떨어졌다. 발자국 소리의 주인은 앙데르마트 씨였다. 그는 알프레드 바랭을 보자마자 깜짝 놀랐다.

"나를 불러낸 사람이 당신이었소?"

"뭐라고? 그게 무슨 소리요? 나를 오라고 편지까지 보낸 건 당신이 아니었소?"

알프레드 바랭은 동생과 비슷한 갈라진 목소리로 말했다.

"내가 편지를 보냈다고?"

"그렇소, 당신 서명까지 있었소."

"난 당신에게 편지를 쓴 적이 없소. 맹세하오."

"나한테 편지를 쓴 적이 없다고?"

알프레드 바랭은 경계하는 기색을 보이며, 수상한 함정을 판 알 수 없는 존재를 겨냥하는 듯했다. 그의 눈길은 다시 우리 쪽으로 향했고 발길을 돌려 문 쪽으로 다가갔다.

"어딜 가는 거요?"

앙데르마트 씨는 알프레드 바랭을 막아서며 말했다.

"난 가겠소. 여긴 느낌이 좋지 않소."

"잠깐만 기다리시오."

"앙데르마트 씨, 우리 사이에 더 할 말이 남았나요?"

"내 생각은 반대요. 이렇게 만났으니 여기서 이야기를 끝냈으면 좋겠소."

"혼자 잘해 보시구려. 난 가겠소."

"여기서 절대로 그냥 갈 수 없소."

앙데르마트 씨의 태도는 매우 단호했고, 바랭은 뒤로 물러섰다.

"정 그렇다면……. 어서 말하시오. 빨리 끝내고 싶소."

의외의 사건을 목격하자 상황 파악이 되지 않았다. 옆을 보니 다스프리와 앙데르마트 부인도 같이 당황한 듯했다. 왜 살바토르는 나타나지 않는 걸까? 그가 나서야 하는 것이 아니었나? 바랭과 앙데르마트 씨만 만나면 문제가 해결되는 것일까? 살바토르가 없었기 때문에 두 사람의 분위기는 매우 험악했다. 그는 자신의 영역을 벗어난 상황에서 팔짱을 끼고 무심하게 지켜보는 것 같았다.

"이제 세월도 적지 않게 흘렀소. 더 이상 두려워할 것도 없고……. 대체 루이 라콩브를 어떻게 한 거요?"

앙데르마트 씨는 바랭에게 다가가 두 눈을 쏘아보며 말했다.

"그거야말로 내가 묻고 싶소. 대체 그를 어떻게 했는지 나도 궁금하오."

"당신은 분명히 알고 있소. 당신과 당신 동생이 그를 항상 따라다니는 걸 난 잘 알고 있소. 그가 살았던 이 집에서 거의 같이 살지 않았소? 그가 추진하는 계획 역시 모두 알고 있었소. 바랭, 그가 우리 집에서 나가던 저녁, 수상한 그림자 둘이 멀리서 서성이는 것도 난 분명히 보았소. 지금이라도 그 사실에 대해서 밝힐 수도 있고 말이오."

"그래서 뭘 어쩌라는 거요?"

"루이 라콩브를 죽인 건 당신네 둘이지?"

"그렇다면 증명해 보시오!"

"가장 확실한 증거는 그가 사라지고 이틀 뒤, 루이 라콩브의 가방에 있던 서류를 가지고 내게 거래를 시도한 거요. 그 서류들이 대체 어떻게 당신들 손에 들어간 건지 설명할 수 있소?"

"이보시오, 그건 이미 여러 번 말했잖소. 루이 라콩브가 실종되고 다음날 아침에 책상 위에 놓여 있었다고."

"거짓말하지 마시오."

"내가 하는 말이 거짓이라는 증거가 있소?"

"경찰에 신고하면 알아서 찾아낼 거요."

"그럼 그렇게 하시오. 그렇게 확실하다면 당신은 왜 지금까지 신고하지 않았소?"

"그건…… 그 이유는……."

앙데르마트의 안색은 한층 어두워졌고 그는 입을 다물었다. 바랭은 느긋한 목소리로 앙데르마트를 바라보며 말했다.

"이보시오, 앙데르마트 씨. 당신한테 조금이라도 확신이 있었다면 우리가 한 협박 정도는 아무것도 아니었을 거요."

"지금 그 편지 이야기를 하는 거요? 내가 그 말도 안 되는 이야기를 믿었을 거라고 생각하는 건가?"

"믿지 않았다면 왜 그 엄청난 액수를 제공했던 거요? 그동안 우리 형제를 미행했던 이유도 거기에 있지 않소?"

"그건 설계도면이 당신들에게 있었기 때문이오."

"앙데르마트 씨, 당신이 원한 건 편지였소. 그걸 손에 넣었다면 아마 벌써 우리 형제를 고발했을 거요. 이러니 내가 편지를 순순히 내놓을 수가 없었지."

그는 웃음을 터뜨리다가 그치고는 말을 계속했다.

"자 이제 장난은 그만 합시다. 만날 같은 말만 해봤자 서로 시간 낭비일 뿐이오. 우리 사이에 모든 일은 다 끝났소."

"절대 그렇지 않소. 편지 이야기가 나왔으니 말인데, 그 편지를 내놓기 전에는 이 방에서 나갈 수 없을 거요."

"난 나갈 거요."

"절대로 그럴 수 없소."

"앙데르마트 씨, 내가 경고하는데……."

"나갈 수 없다고 분명히 말했소."

"어디 두고 보지요."

바랭이 강하게 말하자 앙데르마트 씨는 순간 멈칫했다. 바랭은 힘으로 밀어붙이기 위해 가까이 다가섰고, 앙데르마트 씨는 바랭의 가슴팍을 밀쳤다. 그 순간 바랭의 손이 호주머니 속으로 들어가는 것을 분명히 볼 수 있었다.

"마지막으로 경고하겠소."

"먼저 편지부터 내놓고 이야기하시오!"

바랭은 호주머니에 있던 권총을 들고 상대를 겨냥했다.

"비킬 거요, 버틸 거요?"

앙데르마트는 몸을 재빨리 구부렸고, 그 순간 총알이 발사되었다. 그리고 바랭의 손에서 총이 튕겨나가 멀리 떨어지는 것이 아닌가! 내가 옆을 바라보자 다스프리가 총을 들고 있었다. 총을 쏜 건 바랭이 아니라 다스프리였고, 그는 즉시 두 사람 사이에 버티고 섰다.

"자네, 정말 운이 좋군. 행운아야. 실제로 손을 겨냥했는데 총에 맞다니!"

다스프리가 바랭에게 외쳤다. 앙데르마트와 바랭은 갑작스런 존재의 출현에 당황했고, 다스프리는 앙데르마트에게 말했다.

"앙데르마트 씨, 관계없는 사람이 중간에 끼게 되어 미안하오. 하지만 게임에 한참 서툰 것 같아 두고 볼 수가 없었으니 이해해 주시오. 이제 카드 패를 내게 넘겨주시오."

그리고는 바랭을 다시 쏘아보며 말을 이었다.

"바랭, 이제 우리 둘이 해결해 보자고. 세븐 하트 정도면 충분히 이길 수 있겠지?"

다스프리가 말을 마치고 일곱 개의 붉은 무늬가 찍혀진 철판을 그의 얼굴에 들이댔다. 그는 귀신이라도 본 것처럼 눈은 튀어나올 듯했고 얼굴은 잿빛이 되어버렸다. 공포에 일그러진 표정으로 넋이 나간 사람의 얼굴 그 자체였다.

"대, 대체 당신은 누구요?"

그는 더듬거리며 간신히 말을 이었다.

"이미 말했잖소. 난 남의 일에 끼어드는 사람이오. 게다가 아주 깊숙이 끼어들곤 하지."

"대체 원하는 게 뭐요?"

"자네가 가지고 온 것 전부!"

"난 가져온 게 없소."

"그럴 리가 없지. 오늘 아침에 9시까지 모든 서류들을 챙겨오라는 편지를 받았을 텐데……. 그래서 온 거잖소. 몸이 왔는데 서류를 안 가져왔을 리가 없지."

다스프리의 목소리에는 가끔씩 느낄 수 있었던 엄청난 카리스마가 있었다. 평소 여유 있고 무사태평한 그의 모습과는 전혀 달랐던 것이다.

세븐 하트

낯선 사람에게 압도당한 바랭은 떨리는 손끝으로 호주머니 한쪽을 가리켰다.

"서류는 모두 여기 있소."

"분명히 모두 가져왔겠지? 루이 라콩브의 서류 가방에서 발견해 폰 리벤 장군에게 넘긴 모든 서류 말이야."

"그렇소, 모두 가져왔소."

"사본인가, 원본인가?"

"모두 원본이오."

"그럼 가격을 말해 봐."

"10만 프랑을 주시오."

다스프리는 바랭의 말을 듣고 큰 소리로 웃었다.

"제정신인가? 장군도 자네에게 2만 프랑을 주었을 텐데. 게다가 실험이 실패했으니 그 돈도 버린 셈이지만."

"설계도면을 제대로 못 읽었기 때문에 실패한 거요."

"설계도면 자체가 완전하지 못했기 때문이겠지."

"그럼 왜 그걸 되찾으려고 하는 거요?"

"어쨌든 내놓게나. 불쌍하니 5천 프랑은 주겠네. 더는 안 되지."

"1만 프랑이오. 그 이하는 안 되오."

"좋아, 그렇게 하겠네."

다스프리는 앙데르마트 씨에게 다가가서 말했다.

"앙데르마트 씨, 수표에 서명을 하셔야죠."

다스프리는 앙데르마트 씨를 돌아보면서 말했다.

"지금 수표책이 없소."

"이게 필요한가요?"

앙데르마트 씨는 다스프리가 주는 수표책을 받으며 깜짝 놀랐다.

"아니, 왜 이게 당신 손에 있는 거요?"

"필요 없는 말은 하지 말고 어서 서명이나 하시오."

앙데르마트 씨는 만년필을 꺼내 서명을 했고, 바랭은 수표를 덥석 잡았다.

"손 치우게. 아직 다 끝나지 않았네."

다스프리는 냉정하게 말하고 앙데르마트 씨에게 말을 건넸다.

"당신이 원하는 건 편지 아니었나요?"

"그렇습니다. 편지가 한 꾸러미도 넘는다고 했어요."

"바랭, 들었지? 편지는 어디 있지?"

"나한테는 없소."

"그럼 어디 있지?"

"난 몰라요. 동생이 가지고 있었으니까요."

"이 방 안 어딘가에 있을 테지."

"그렇다면 어디 있는지 알고 있겠군요."

바랭이 체념한 듯이 말했다.

"내가 알고 있다고?"

다스프리는 바랭을 노려보며 말했다.

세븐 하트

"이보시오, 당신은 금고를 열어보지 않았소? 말하는 것을 보니 당신은 모르는 게 없는 것 같군. 마치 살바토르처럼 말이오."

"편지들은 금고 안에 없었어."

"그럴 리가요. 있을 겁니다."

"그럼 어디 한 번 열어보게나."

바랭은 의심스러운 눈으로 다스프리를 바라보았다. 다스프리가 바로 살바토르였던 것이다. 그렇다면 어차피 모든 것을 알고 있는데 굳이 금고를 보여준다고 해도 달라질 것이 없었다.

"금고를 열어보라니까!"

다스프리가 엄한 목소리로 바랭에게 소리쳤다.

"내게는……, 내게는 세븐 하트가 없소."

"그건 여기 있지."

다스프리가 철판을 내밀었고 바랭은 놀라며 뒤로 물러났다.

"싫소, 난 도저히 못 하겠소."

"자네 의견 따위는 상관없어."

다스프리는 이렇게 말하고 수염이 덥수룩한 왕의 초상 쪽으로 갔다. 그리고 왕이 들고 있는 검의 날 밑에 세븐 하트를 정확히 겹쳐지도록 맞추었다. 그리고 송곳으로 세븐 하트의 끝부분에 뚫린 구멍으로 모자이크의 돌들을 하나씩 눌렀다. 그러자 왕의 가슴 부분이 회전하면서 커다란 구멍이 나타났다. 그곳에 말끔한 강철 선반을 갖춘 금고가 숨겨져 있었던 것이다.

"자, 바랭 보이나? 금고는 텅 비어 있어."

"그렇군요. 동생이 이미 꺼내간 것 같군요."

"저런, 날 놀리고 있군. 다른 금고가 분명히 있을 거야. 그게 어디지?"

다스프리는 바랭 앞으로 다가가 말했다.

"다른 금고는 없어요."

"오, 다시 돈을 원하는 건가? 말해 보게. 얼마면 되겠나?"

"1만 프랑이면 됩니다."

"앙데르마트 씨, 그 편지들에 대한 값으로 1만 프랑을 낼 생각이 있소?"

"네, 있습니다."

앙데르마트 씨는 분명하게 말했다. 그러자 바랭은 금고의 문을 닫고 다시 세븐 하트 철판을 들고 같은 장소에 카드를 가져다댔다. 그리고 아까와 같은 방식으로 구멍을 찌르자 이번에는 금고의 문 일부가 열렸다. 즉 금고의 두꺼운 문 안에 다른 작은 금고가 있었던 것이다. 그 안에는 끈으로 동여맨 편지 꾸러미가 있었고, 바랭은 그것을 다스프리에게 주었다.

"앙데르마트 씨, 수표는 준비되었소?"

"바로 주지요."

"물론 루이 라콩브에게 마지막으로 받은 서류도 있겠죠? 잠수함 설계도면을 보완할 수 있는 서류 말이에요."

세븐 하트

"여기 있소."

마침내 모든 거래가 끝났다. 다스프리는 서류와 수표를 받고 편지 꾸러미를 앙데르마트 씨에게 건네주었다.

"여기 당신이 그토록 찾던 물건이오."

앙데르마트 씨는 잠시 멈칫하며 망설이더니 신경질적으로 그 꾸러미를 낚아챘다. 순간 내 옆에서 땅이 꺼질 것 같은 한숨소리가 들렸다. 나는 앙데르마트 부인의 얼음장같이 차가운 손을 잡아주었다.

다스프리가 앙데르마트 씨에게 말했다.

"이제 우리의 용건은 모두 끝난 것 같군요. 고맙다는 말은 하지 않아도 됩니다. 그냥 우연히 도왔을 뿐이니까요."

앙데르마트 씨는 자기 부인이 루이 라콩브에게 쓴 편지 꾸러미를 가지고 자리를 떠났다.

"모든 것이 깨끗하게 해결되었군. 이제 자네와 나 사이의 문제만 마무리되면 되겠군. 자, 서류나 볼까?"

다스프리는 바랭을 향해 밝고 명랑한 목소리로 말했다.

"이게 전부입니다."

다스프리는 바랭이 넘긴 서류들을 훑어보더니 호주머니 속에 넣었다.

"저, 저기……."

"무슨 문제가 있나?"

"아까 받은 2만 프랑……."

"자네 정말 뻔뻔하군. 어떻게 그렇게 욕심을 부릴 수가 있지?"

"제가 당연히 받아야 할 돈인데요."

"자네가 도둑질한 물건에 대해 값을 지불하라는 건가?

"내 돈, 내 돈 2만 프랑을……."

바랭은 화가 나는지 눈에 핏발을 세우고 몸을 떨었다. 그러나 다스프리는 냉정하게 잘라 말했다.

"꿈도 꾸지 말게. 그건 내 돈이라네. 그리고 주머니 속의 그 단도는 꺼내지 않는 게 자네를 위해 좋을 듯하군."

그러면서 다스프리는 바랭의 손목을 비틀었고, 바랭은 애처로운 비명을 질러댔다.

"지금 당장 나랑 밖으로 나가자고. 공터로 나가서 구석 돌무더기 밑에 뭐가 있는지 보면 기분이 나아질 거야."

"난 모르오. 내가 한 게 아니오."

"그럴 리가. 하늘도 땅도, 그리고 나도 알고 있는 사실이지. 이 철판도 그 밑에서 나온 거야. 자기 주인인 루이 라콩브 곁에 있었던 거지. 자네와 자네 동생이 그의 시체를 파묻을 때 함께 넣어두었잖은가? 경찰이 그곳을 파보면 아마 자네는……."

바랭은 두 손으로 얼굴을 가린 채 온몸을 떨고 있었다.

"좋소. 내가 졌소. 돈 얘기는 꺼내지 않겠소. 단 하나만 말해 주시오."

"뭐지?"

"금고 안에 보석 상자가 하나 있었소?"

"그렇지, 있었지."

"당신이 이곳에 왔을 때, 그 6월 22일 밤에 거기에 보석 상자가 있었단 말이지요?"

"물론 있었지. 바랭 형제가 그동안 긁어모은 다이아몬드와 진주, 상당히 훌륭한 보석들이더군."

"그것도 당신이 가져간 거요?"

"자네가 나였다면 그걸 가만히 두었겠나?"

"그렇다면…… 동생이 보석 상자가 사라진 걸 보고 자살한 거였군요."

"그럴 수도 있겠지. 폰 리벤 장군과 주고받은 편지가 사라진 것도 한몫을 하지 않았겠나. 게다가 보석 상자까지 없어졌으니……. 이제 궁금증이 모두 풀렸나?"

"또 하나 있소. 당신은 대체 누구요?"

"하하! 왜? 나중에 복수라도 하려고 그러나?"

"아무도 모르는 거 아니오. 세상은 돌고 도는 거니까. 오늘은 당신이 이겼지만 내일은 그렇지 않을 수도 있소. 이름이나 말해 보시오."

"좋아, 난 아르센 뤼팽이라고 하네."

"뭐라고? 아르센 뤼팽?"

바랭은 망치로 얻어맞은 사람처럼 비틀거렸다. 이름을 듣는 것만으로도 투지가 사라지는 듯했다. 다스프리는 한참을 웃어댔다.

"그러면 별 것 아닌 좀도둑이 이런 일을 했을 거라고 생각했나? 적어도 아르센 뤼팽 정도는 되어야 이런 일을 처리할 수 있는 거라네. 어서 복수의 칼이나 열심히 갈게나. 난 기꺼이 기다려줄 테니 말이야. 하하!"

다스프리, 아니 아르센 뤼팽은 완전히 기운이 빠져버린 바랭을 가볍게 들더니 밖으로 내동댕이쳐버리고 다시 한 번 웃었다.

"다스프리, 다스프리! 앙데르마트 부인이 이상하네."

나는 뤼팽, 아니 나의 친구인 다스프리의 이름을 부르며 휘장을 뛰쳐나갔다.

"대체 어떻게 된 일인가?"

다스프리는 부인의 맥을 짚더니 나에게 물었다.

"편지 때문인 듯해. 자네가 남편에게 건네준 루이 라콩브의 편지 때문에 말일세."

"아, 진짜로 내가 편지를 건넨 줄 알았군."

다스프리는 안쪽 호주머니에서 앙데르마트에게 건네준 편지와 똑같은 꾸러미를 하나 꺼냈다.

"부인, 걱정하지 마세요. 여기 당신의 진짜 편지가 있습니다."

"그럼, 아까 그 편지 꾸러미는 뭔가요?"

세븐 하트

"간밤에 제가 직접 쓴 편지들이죠. 당신 남편은 그걸 읽고 기분이 좋아질 겁니다. 모든 일을 직접 봤으니 의심도 하지 않을 겁니다."

"하지만 필체가 다를 텐데요."

"이 세상에 흉내 낼 수 없는 필체란 없어요. 부인의 필체도 마찬가지고요."

그녀는 상류사회의 여성답게 정중하게 감사의 인사를 했다. 다스프리가 아르센 뤼팽이라는 사실을 밝히기 전에 기절하는 바람에 그 말을 못 들은 것이 분명했다. 나로 말하자면 이 옛 친구에게 무슨 말을 해야 할지 알 수 없었다. 뤼팽이라니, 세상을 주름잡는 뤼팽이 내 친구 다스프리라니! 나는 정신을 차릴 수 없을 정도였지만, 그는 차분한 눈빛으로 나를 바라보며 말했다.

"자네도 장 다스프리에게 작별 인사를 해주지 않겠나?"

"아…… 자네……."

"나는 이제 긴 여행을 할 거라네. 나는 다스프리를 모로코로 보낼 생각이야. 그곳에서 그에게 어울리는 최후를 맞을 테고 말이야. 솔직히 말하면 자진해서 맞이하는 최후일 거야."

"그, 그래도 아르센 뤼팽은 여전히 남아 있겠지?"

"물론이지. 아르센 뤼팽의 빛나는 활약은 이제부터 시작이라네."

나는 주체할 수 없는 호기심이 솟았고, 부인이 듣지 않도록 멀리 떨어져 그에게 말했다.

"궁금한 게 몇 가지 있네. 물어봐도 되겠지?"

"물어보게나. 대답해 주겠네."

"자네는 편지 꾸러미가 있었던 작은 금고를 미리 알고 있었던 건가?"

"물론이라네. 사실 꽤 애를 먹긴 했어. 자네가 지쳐 쓰러져 있을 때 알아내긴 했지만. 간단한 문제일수록 그 답은 가장 나중에 떠오르는 법이지."

그리고 나에게 세븐 하트 카드를 보여주면서 말했다.

"큰 금고를 열기 위해서는 모자이크 속 저 노인의 칼날 밑에 카드를 갖다 대야 한다는 걸 알아냈지."

"자넨 그걸 어찌 알았나?"

"어렵진 않았네. 난 정보망이 꽤 훌륭하거든. 6월 22일 밤에 여기 왔을 때……."

"나와 헤어지고 나서 말인가?"

"그렇다네. 자네의 예민한 성격을 곤두세우기 위한 이야기를 일부러 계속했지. 그렇게 해야 자네 같은 사람이 침대에서 꼼짝도 못 하지. 나도 내 일을 해야 했으니 말이야."

"역시 그랬군."

"나는 이곳으로 올 때 비밀금고에 보석 상자가 있다는 사실을 알고 있었어. 세븐 하트 카드가 금고의 비밀 열쇠라는 것도 알고 있었지. 문제는 카드가 정확하게 어디에 들어맞느냐를 찾아내는 거였네. 그것도 한 시간 정도 투자하니 알 수 있었지만."

세븐 하트

"겨우 한 시간 만에 말인가?"

"저 모자이크 속의 왕을 보게나."

"늙은 왕 말인가?"

"그래. 저 왕은 카드에서 하트 무늬의 왕으로 등장하는 샤를마뉴 대제라네."

"그렇군. 그런데 왜 카드 한 장으로 큰 금고와 작은 금고가 따로 열리는 거지? 처음에 자네는 큰 금고만 열지 않았나?"

"그거야 한 가지 방법으로만 시도했기 때문이지. 어제 오후에서야 카드의 방향을 거꾸로 돌려야 한다는 사실을 알았다네. 하트의 뾰족한 부위가 전혀 달리 배치되니까."

"오, 그렇군!"

"나도 처음 그 사실을 알고 자네처럼 소리를 질렀지. 역시 사람은 머리를 써야 하는 거라네."

"궁금한 게 또 있네. 자네는 앙데르마트 부인이 이야기를 꺼내기 전에 그 편지의 내용을 알고 있었나?"

"물론 몰랐지. 큰 금고 안에는 보석 상자와 두 형제의 편지 외에는 아무것도 없었으니까."

"그렇다면 두 형제의 사연과 잠수함의 설계도면, 보충서류 같은 것들을 모두 우연히 알게 되었다는 건가?"

"완전히 우연이었다네."

"그렇다면 왜 이렇게까지 끼어든 건가?"

"자네, 이런 일에 흥미가 많은 것 같군."

다스프리가 웃으면서 말했다.

"너무 재미있어서 궁금한 게 한두 가지가 아니라네."

"그럼 앙데르마트 부인을 집에 데려다주고, <에코 드 프랑스>지에 글을 보낸 다음 다시 이야기하자고. 그때 더 자세한 이야기를 해주겠네."

그는 책상 앞에서 간단한 기사 한 편을 썼다. 그 기사가 세간에 얼마나 큰 화제가 되었는지 지금까지도 그 사건과 기사에 대해 모르는 사람이 없을 정도였다.

살바토르가 제기한 의문을 해결한 사람은 바로 아르센 뤼팽이었다. 루이 라콩브가 만들어낸 모든 서류와 원본들을 갖고 있던 뤼팽은 프랑스 해군성에 그것들을 모두 기증했다. 이와 함께 국가가 이 설계도와 함께 최초로 잠수함을 설계할 수 있도록 기부금 모집을 제안했다. 그는 제일 먼저 2만 프랑을 선뜻 내놓았다.

"혹시 그 2만 프랑은 앙데르마트 씨가 준 것 아닌가?"

그가 읽어보라고 내민 기사를 보며 내가 물었다.

"당연하지. 그렇게 해야 바랭도 자신의 죄를 조금이라도 보상할 수 있을 거야."

세븐 하트

지금까지의 사건이 내가 아르센 뤼팽을 알게 된 경로이다. 나의 절친한 친구이자 사교계를 주름잡는 인물인 그가 어떻게 아르센 뤼팽으로 밝혀졌는지에 대해서도 이 이야기에 모두 담겨져 있다. 이후로 나는 그와 친밀한 우정을 나눌 수 있었고, 뤼팽 역시 나에게 과분하게 신의를 베풀어주었다. 나는 자청하여 그의 연대기 작가가 되기로 결심하였고, 앞으로 충실하고 진지하게 그의 이야기를 풀어나갈 것이다.

앵베르 부부 금고의 비밀

앵베르 부부 금고의 비밀

새벽 3시, 베르티에 거리 한쪽에는 화가들의 남루한 숙소가 줄지어 있었다. 그 숙소들 한 곳 앞에는 5~6대의 마차들이 대기하고 있었는데, 문이 열리자 한 무리의 남녀들이 쏟아져 나왔다. 이와 함께 여기저기서 마차 4대가 한 번에 빠져나갔고, 거리에는 한동안 두 신사만이 남아 있었다. 그들 중 한 명은 쿠르셀 거리로 이어지는 골목길에서 집으로 돌아갔고, 다른 한 명은 마이요 거리 입구까지 천천히 걸어갔다.

그는 빌리에 거리를 가로질러 성벽의 맞은편에 있는 보도 위를 걸었다. 맑고 상쾌한 공기를 마시며 산책하는 겨울밤은 그의 마음까지 청명하게 하는 듯했다. 깨끗한 공기와 경쾌한 발소리를 즐기며 걷던 중, 누군가가 그를 미행한다는 느낌이 들었다. 불쾌감을 느끼며 뒤를 갑자기 돌아보자 어떤 그림자가 가로수 뒤로 숨는 것이 보였다. 무섭지는 않았지만 불안했기 때문에 그는 테른에 있는 통행료 납부처가 보일 때까지 발걸음을 서둘렀다.

그러자 그를 미행하던 사람 역시 발걸음이 빨라졌고, 몹시 불안해진 그는 권총을 꺼냈다. 그러나 이미 늦었다. 상대는 어느새 가까이에서 그를 향해 몸을 던졌고, 사람 한 명 보이지 않는 큰길에서 몸싸움이 벌어진 것이다. 그는 살려달라고 소리를 치면서 몸부림을 쳤지만, 금세 자갈 바닥에 내동댕이쳐졌다. 곧이어 목이 졸리면서 입에는 재갈까지 물렸다. 눈이 감기기 시작했고 귓속이 먹먹해지면서 의식을 잃어가고 있는데, 갑자기 목을 누르던 손이 풀렸다. 그리고 자신을 공격하던 남자가 갑자기 일어섰다. 누군가가 그 남자를 공격했기 때문에 그는 자신을 방어해야만 했던 것이다.

손목에는 지팡이 세례를, 다리에는 구둣발 세례를 당하고 그는 고통스런 비명과 온갖 욕설을 퍼부으며 멀리 도망가 버렸다. 다리를 절면서 도망치는 놈을 쫓을 생각까지는 없었던 것인지 새로 나타난 사람은 그에게 몸을 숙이며 말을 걸었다.

"선생, 괜찮으십니까?"

그는 크게 다친 것 같지는 않았지만 너무 놀란 데다 기운이 빠져서 대답은커녕 제대로 일어날 수도 없었다. 다행히 통행료 납부처 직원 한 명이 비명을 듣고 달려왔고, 마차도 한 대 도착했다. 갑작스레 변을 당한 그와 그의 구세주가 합석하자 마차는 그랑타르메 거리에 있는 호화스런 저택으로 달렸다.

"선생, 저는 뤼도빅 앵베르라고 합니다. 제 목숨을 구해 주신 것에 대해 어떻게 감사의 인사를 드려야 할지 모르겠습니다. 아내와 함께 감사의 말씀을 드리고 오늘 점심을 함께해 주셨으면 좋겠습니다. 실례지만 성함이 어떻게 되시나요?"

문 앞에 이르자 겨우 기운을 차린 그는 구세주에게 감사의 인사

앵베르 부부 금고의 비밀

를 반복하며 물었다.

"저는 아르센 뤼팽이라고 합니다."

앵베르 씨와 만나기 전까지만 해도 아르센 뤼팽의 유명세는 크지 않았다. 카오른 사건, 상떼 감옥 탈옥 사건 등으로 그의 이름이 알려지기 전이었고, 아르센 뤼팽이라는 이름을 사용하는 경우도 많지 않았다. 아르센 뤼팽이라는 이름 역시 앵베르 씨와 만나면서 즉흥적으로 나온 이름이었다. 그는 언제나 결전을 치를 준비를 하고 있었고 각오 역시 대단했지만, 당시에는 수중에 돈도 없었고 어울리는 명성도 없었다.

이러한 상황이었기 때문에 백만장자로 이름이 널리 알려진 앵베르 씨의 점심 식사 초대는 그의 기분을 짜릿하게 했다. 자연스럽게 목표가 눈앞으로 다가왔으며, 그 목표는 자신이 가지고 있는 힘과 능력에 어울리는 상대였기 때문이다. 앵베르 가문의 백만장자보다 좋은 사냥감이 어디 또 있겠는가!

그는 평소와 달리 가난해 보이는 귀족의 모습으로 나타나기로 했다. 낡은 프록코트와 바지, 색이 바랜 실크 모자, 낡아서 너덜너덜해진 소맷부리와 칼라 등 매우 깨끗하지만 남루한 구석이 있는 모습으로 변신한 것이다. 다만 넥타이는 보기만 해도 감탄할 만한 커다란 다이아몬드 핀으로 장식한 검은색 리본을 맸다.

이렇게 괴상한 복장으로 그는 몽마르트의 숙소 계단을 내려가면서, 둥그스름한 지팡이 끝으로 4층의 닫혀 있는 방문을 두드렸다. 그리고 밖으로 나와 외곽 도로까지 걸은 후, 전차가 도착하자 그는 전차에 올라타서 자리에 앉았다. 그의 옆에는 뤼팽과 같은 층에서 하숙하고 있는 남자 한 명도 자연스럽게 앉았다.

"이젠 어떻게 합니까?"

잠시 후 그 하숙생이 작은 목소리로 물었다.

"잘 되고 있어."

"오, 다행이군요."

"점심 식사를 앵베르 부부와 함께하기로 했지."

"함께 점심을요?"

"내가 소중한 시간을 허투루 낭비하는 것을 본 적이 있나? 앵베르 씨가 자네 손에 죽을 뻔했을 때에 내가 그를 구하자 그는 나에게 곧바로 감사의 뜻을 표했다네. 그래서 오늘 점심 식사에 초대를 받은 것이지."

잠시 침묵이 흐른 뒤에 다시 하숙생이 물었다.

"그럼 사양하지 않았다는 겁니까?"

"이런……. 내가 계획을 세우고 새벽 3시에 한적한 밤길을 걸어서 하나밖에 없는 내 친구의 손목과 발목을 패주었는데, 이제 와서 포기할 리가 있나?"

"하지만 그 부부에 대한 소문은 매우 좋지 않아요."

"그런 소문은 믿을 필요 없어. 난 지난 6개월 동안 이 일을 준비

했어. 꼼꼼하게 조사하고 연구했으며 촘촘한 그물까지 쳐놓았지. 이렇게 저 부부의 그림자 속에서 기회만을 노려왔고 이제야 어디서부터 시작해야 하는지 알게 되었는데 그만두다니! 재산의 출처가 어디가 되었든 그것은 내 것이나 다름없다네."

"제기랄, 1억 프랑이나 가지고 있다니!"

"천만 프랑, 아니 500만 프랑이라도 상관없어. 그 금고에는 현금과 비교할 수 없는 증권 뭉치가 있어. 내 손에 금고 열쇠가 곧 들어오지 않는다면 내 손에 장을 지지겠네."

어느새 전차는 에투알 광장에 도착했다.

"그럼 이제 어떻게 해야 하나요?"

하숙생이 중얼거렸다.

"지금은 할 일이 없어. 때가 되면 내가 연락하지. 아직은 여유가 있으니까 말이야."

약 5분 후, 아르센 뤼팽은 앵베르 저택의 화려한 계단을 오르고 있었다. 뤼도빅은 마중을 나와서 자신의 아내 제르베즈를 소개시켜주었다. 제르베즈는 작은 체구에 말이 많은 예쁘고 통통한 여자였다. 그녀의 인사는 매우 따뜻했고 뤼팽을 환영하는 듯했다.

"우리 남편을 구해 주신 분과 함께할 수 있어 영광이에요."

그녀는 활짝 웃으면서 이렇게 말했다. 처음부터 이 부부는 뤼팽을 '우리 구세주'라고 부르면서 가까운 친구를 대하듯이 허물없이 대했다. 식사를 마치고 디저트가 나오자 서로의 신상에 대한 이야기들이 무르익고 있었다. 뤼팽 역시 청렴결백한 아버지와 불행했던 어린 시절, 현재 생활의 어려움에 대해 이야기했고, 제르베즈 역시 자신의 어린 시절 이야기를 털어놓으며 재산에 대한 이야기를 꺼내기 시작했다.

제르베즈는 1억 프랑의 재산을 상속받았지만, 그것을 받기 위해서는 몇 가지 거쳐야 할 복잡한 과정이 있었다. 엄청난 이자율을 감소해야 할 차용계약과 브로포드 씨 조카들과의 끊임없는 분쟁과 그와 관련된 지불정지 조치 등 복잡한 문제를 솔직히 모두 이야기했다.

"뤼팽 씨, 생각해 봐요. 남편의 서재 안에는 증권 다발이 들어 있고, 그 중 하나라도 배당권을 사용하면 우리는 모든 것을 잃게 돼요. 모든 게 우리의 금고 안에 있는데, 그 중 하나도 사용할 수 없다는 답답함을 알겠어요?"

뤼팽은 목표물이 어디 있는지 정확히 알았다는 기쁨으로 온몸에 전율이 흘렀다. 이렇게 마음씨 좋은 부인이 아무 거리낌 없이 그에게 모든 정보를 제공한 것에 대해 약간의 미안함은 가지고 있었다. 하지만 원하는 일을 하기 위해서는 어쩔 수 없이 그녀의 믿음을 배신해야만 했다.

"아, 증권이 그곳에 있었군요."

그는 목이 잠긴 듯한 목소리로 말했다.

"네, 저기 있지요."

앵베르 부부 금고의 비밀

어려운 상황에서 한 사람을 구해 주는 것과 같은 특별한 계기로 사람을 만나게 되면 평범한 관계보다 더욱 밀접하게 진전되곤 한다. 부인의 섬세한 질문에 유도되어 아르센 뤼팽은 자신이 경제적으로 처한 비참함을 마지못해 고백했다.

그가 일자리를 찾고 있다는 것을 안 앵베르 부부는 그에게 비서직을 제안했다. 한 달에 150프랑을 받는다는 조건으로 부부의 개인 비서가 되기로 한 것이다. 뤼팽의 주거지는 현재 그대로 두고, 부부의 저택에 매일 출근하면서 편의를 도모하기로 하였다.

부부는 특별히 3층에 있는 작은 방 하나를 뤼팽에게 작업실로 내주는 배려까지 잊지 않았다. 사실 3층은 뤼팽이 직접 선택한 곳으로, 그 방은 금고가 있는 앵베르 씨의 서재 바로 윗방이었다.

개인 비서가 된 뤼팽은 할 일이 거의 없다는 것을 곧 알게 되었다. 약 두 달 동안 그가 한 일은 네 통의 별 볼 일 없는 편지를 쓴 것과 앵베르 씨의 부름으로 딱 한 번 서재에 들어간 것이 전부였다. 목표의 금고를 본 것 역시 단 한 번이었으며, 개인 비서라는 하찮은 직위로는 앵베르 씨를 방문하는 하원의원 앙케티 씨, 변호사회 회장 그루벨 씨 같은 인사는 구경조차 하기 어려웠다. 그의 위치에서 사교계에 화려하게 데뷔한다는 것은 불가능해 보였다.

하지만 뤼팽은 그런 점에 대해 전혀 불평하지 않았다. 자신을 어두운 그늘 속에 가려둔 채, 자유롭게 지내는 편이 여러 모로 좋앉기 때문이다. 일도 없고 만날 사람도 없다는 것은 그만큼 시간을 낭비하지 않아도 된다는 의미였기 때문이다. 그는 한가한 시간을 틈타 앵베르 씨의 서재에 몇 번 잠입을 시도하였으나 금고는 늘 철저하게 잠겨 있었다. 금고는 주철과 강철로 만든 묵직한 쇳덩이 자체였으며 줄, 드릴, 지렛대 등 그 어떤 것도 용납하지 않았다. 하지만 뤼팽은 전혀 조급하게 생각하지 않고 기다리고 또 기다렸다.

"힘으로 되지 않을 때는 머리를 써야 해. 중요한 것은 이 장소에서 일어나는 모든 일을 파악해 두는 거야."

이렇게 중얼거리면서 그는 늘 무언가를 하고 있었다. 필요한 모든 수치를 측정하고, 자신이 사용하는 방바닥에 작은 구멍을 내서 가느다란 납 파이프를 끼워 넣고 아래층 서재와 연결시켰다. 소리를 전달하고 망원경 역할을 하는 그 파이프를 통해서 서재의 모든 것을 파악하기 위해서였다.

그때부터 뤼팽은 방바닥에 배를 깔고 엎드린 채로 거의 모든 시간을 보냈다. 앵베르 부부는 시시때때로 금고 앞에서 여러 장부들을 보고 서류를 검토하였다. 네 개나 되는 금고의 다이얼을 돌릴 때면 뤼팽의 눈에 핏발이 설 정도였지만, 번호는 쉽게 알아낼 수 없었다. 그는 부부의 모든 행동을 꼼꼼하게 체크했고, 그들이 나누는 대화를 분명하게 기억해 두었다.

앵베르 부부가 외출하던 어느 날, 금고의 문을 잠그지 않고 나

앵베르 부부 금고의 비밀

서는 것을 본 뤼팽은 부리나케 아래층 서재로 내려갔다. 그리고 과감하게 서재로 들어갔는데 앵베르 부부는 이미 서재로 돌아와 있었다.

"아, 죄송합니다. 방을 착각했네요."

이렇게 둘러대고 뤼팽이 나가려고 하자, 제르베즈가 뤼팽의 팔을 잡았다.

"뤼팽 씨, 들어오세요. 우리는 한 가족이나 다름없으니 서재에 들어오는 것도 괜찮아요. 그런데 우리에게 조언을 좀 해줄 수 있을까요? 이 중에서 증권을 팔아야 하는데, 국채를 팔아야 할지, 외채를 팔아야 할지 잘 모르겠거든요."

"하지만 지불정치 조치는……."

"모든 증권에 해당되는 이야기는 아니라서요."

이렇게 말하면서 그녀는 금고 문을 활짝 열었다. 선반들마다 가죽 띠로 동여맨 유가증권 다발들이 가득했다. 그 중에서 앵베르 부인이 한 뭉치를 꺼내들자 앵베르 씨가 말렸다.

"제르베즈, 안 돼요, 안 돼! 외채를 파는 건 정말 미친 짓이라고. 국채는 지금이 상한가지만. 뤼팽 당신은 어떻게 생각하시오?"

뤼팽은 어떤 생각도 가지고 있지 않았지만, 앵베르 씨의 의견에 동의하며 국채를 파는 것이 낫다고 조언했다. 결국 제르베즈는 다른 묶음을 꺼내 그 중에서 아무거나 한 장을 뽑아들었다. 그것은 1천374프랑의 3퍼센트짜리 유가증권이었다. 앵베르 씨는 그것을 호주머니에 넣었고, 오후에 비서와 함께 증권거래소에 가서 이 증서를 4만 6천 프랑에 팔았다.

이 일이 있은 이후, 뤼팽은 마음이 불편했다. 사실 앵베르 저택 안에서 그의 위치는 그리 대단한 것이 아니었다. 다른 하인들은 그의 이름조차 몰라 그저 선생님이라고 불렀으며, 앵베르 씨까지도 그를 가리킬 때 항상 이렇게 말했다.

'그분에게 가서 전하게⋯⋯. 그분은 도착하셨나?'

왜 이렇게 애매하게 부르는 걸까? 게다가 처음과는 달리 앵베르 부부는 그에게 거의 말조차 걸지 않았다. 은혜를 입은 척 가끔 감사의 말을 전했지만 평소에는 전혀 관심을 보이지 않았다.

이렇게 앵베르 저택의 모든 사람들은 뤼팽을 사람들과 어울리기 싫어하는 사람으로 대했고, 고독을 즐길 수 있도록 배려해 주겠다는 듯이 은근히 따돌렸다. 따돌림 역시 그가 원했던 것처럼 몰아갔고, 우연히 현관을 지나치던 중 제르베즈가 두 명의 신사에게 말하는 것을 들었다.

"저분은 사람들과 어울리는 것을 정말로 싫어하세요."

뤼팽은 이 말을 듣고 더 이상 앵베르 저택 사람들의 태도에는 신경 쓰지 않고 자신의 일을 하기로 결심했다. 금고를 방치하는 등의 실수를 기다리는 대신, 좀 더 적극적으로 대처하기로 한 것이다. 그러던 중 상황을 바꿀 수 있는 사건이 하나 일어났다. 일부 신문들이 앵베르 부부의 사기행각을 신랄하게 공격하기 시작한

앵베르 부부 금고의 비밀

것이다. 뤼팽은 파문이 점차 커지는 것을 보면서 집안이 뿌리째 흔들리는 모습을 바로 옆에서 지켜볼 수 있었다. 이대로 지체하다가는 앵베르 부부의 파산으로 뤼팽 역시 지금까지 노력해 온 것이 모두 물거품이 될 것 같다는 판단이 들었다.

 그로부터 5일 동안, 뤼팽은 오후 5시에 퇴근하는 대신 3층의 사무실에서 죽은 듯이 가만히 있었다. 사람들은 그가 퇴근했다고 생각했지만 사실 그는 서재의 움직임에 온 신경을 집중하고 있었다.

 그렇게 5일이 지났어도 좋은 기회는 좀처럼 오지 않았다. 견디다 못해 그는 한밤중에 정원으로 연결되어 있는 작은 쪽문을 통해 몰래 빠져나왔다. 그 문 열쇠를 가지고 있었던 것이다. 그런데 그 다음날, 뤼팽은 앵베르 부부가 공격성 기사에 견딜 수 없어 금고 안을 공개하고 유가증권의 목록을 작성할 거라는 소식을 들었다.

 '그래, 오늘 저녁에 일을 처리하면 되겠군.'

 저녁 식사가 끝나자 앵베르 씨는 서재에 들어가서 나오지 않았고, 제르베즈 역시 서재에서 나오지 않았다. 그들은 금고 안의 장부를 모두 뒤지면서 몇 시간을 보냈고, 뤼팽은 다른 하인들이 잠든 것을 확인하고 준비했던 계획을 실행하기 시작했다.

 2층에는 앵베르 부부 외에는 아무도 없었고, 자정이 넘었는데도 부부는 계속 일을 하고 있었다. 그는 정원 쪽으로 난 창문을 조심스럽게 열고, 장롱 구석에서 찾은 옷감으로 매듭을 지은 끈을 발코니 난간에 단단하게 묶었다. 그리고는 빗물받이 홈통을 따라 천천히 내려간 뤼팽은 바로 아래층 서재의 창문까지 문제없이 도착했다. 플란넬 천으로 덧댄 두꺼운 커튼은 방안을 완벽하게 차단해 주었다. 뤼팽은 발코니에 서서 눈과 귀를 있는 대로 열어놓고 상황을 파악했다.

특별한 문제가 없다고 생각되자 뤼팽은 낮에 미리 풀어놓은 걸쇠를 풀고 소리 없이 움직였다. 발소리조차 나지 않도록 조심스럽게 행동하면서 조명이 약하게 비추고 있는 사이로 앵베르 씨 부부의 모습을 볼 수 있었다. 둘은 작업에 몰두한 채 나지막한 목소리로 가끔 몇 마디를 주고받을 뿐이었다. 뤼팽은 그들과 자신이 떨어져 있는 거리를 계산하고, 둘을 무력화시키기 위해 자신이 해야 할 동작의 순서를 머릿속으로 그렸다. 소리를 지르거나 도망갈 수 없도록 순식간에 둘을 제압해야 했기 때문이다. 마침내 계획이 완벽해지고 목표물을 향해 서재로 들어가려는 순간, 제르베즈가 말했다.

"여보, 아까부터 방이 추워진 것 같지 않아요? 난 이만 침실로 가서 잠을 잘래요. 당신은 어떻게 하시겠어요?"

"당신 먼저 자. 난 마저 일을 끝내야겠어."

"끝낸다고요? 이 일은 밤을 새도 다 할 수 없어요."

"아니야. 한 시간 정도면 끝날 거야."

몇 마디의 말을 더 주고받은 후에 제르베즈가 방을 나갔고, 다시 30분이 흘렀다. 뤼팽이 창문을 조금 더 열자 커튼이 펄럭였다. 문

앵베르 부부 금고의 비밀

을 좀 더 열자 앵베르 씨가 창문 쪽을 돌아보았고 문을 닫기 위해 몸을 일으켰다. 그 순간 비명도 몸싸움도 없이 앵베르 씨는 뤼팽에 의해 완벽하게 제압당했다. 앵베르 씨는 습격자의 얼굴조차 제대로 볼 수 없었고, 고통도 느끼지 전에 기절한 채로 결박당했다.

뤼팽은 주저 없이 금고에 가까이 가서 서류 묶음을 겨드랑이에 끼고 서재를 뛰어나왔다. 계단을 내려가 하인 전용 출구로 빠져나온 뒤, 미리 대기시켜두었던 마차에 올라탔다.

"일단 이거 먼저 받고 날 따라오게."

뤼팽은 마부에게 말하고 다시 서재로 발길을 돌렸다. 이렇게 두 사람이 두 번 왕복하고 나서야 금고는 텅 비었다. 마지막으로 뤼팽은 3층에 있는 자신의 방으로 올라가 그곳에 남아 있는 모든 흔적을 없애고 일을 깔끔하게 마무리했다. 이제 다 끝이 났다.

몇 시간 후, 뤼팽은 믿음직한 동료와 함께 증권 뭉치들의 가치를 살펴보고 있었다. 앵베르 부부의 재산이 생각만큼 많지 않았지만 이미 어느 정도 예상을 하고 있었기 때문에 크게 실망하지 않았다. 여기에 국채, 철도, 파리 시청, 수에즈 운하, 북부 지방의 광산 등의 채권을 합친다면 실로 대단한 금액이었다.

그는 흡족해했다.

"거래를 협상할 때가 되면 값이 크게 떨어질 것이 분명해. 곧 지불정지에 걸릴 것이고……. 헐값을 받더라도 여러 번에 걸쳐 처분하도록 하자고. 이렇게라도 한몫을 챙겨두고 나면 당분간 여유 있게 살 수 있을 테고, 마음속에 있던 꿈도 조금은 이룰 수 있을 테니까."

"다른 것들은 어떻게 할까요?"

"태워버려. 이 종이 뭉치들이 금고 안에 있을 때는 가치가 있었겠지만, 우리에게는 그냥 종이만도 못 해. 채권은 벽장에 잘 모셔 두라고. 적당한 시기가 오면 값이 높아질 테니까."

다음날 아르센 뤼팽은 앵베르 저택에 가지 못할 이유가 없다고 판단했다. 자신이 의심을 받을 일은 아무것도 없었기 때문이다. 그런데 조간신문에서 뜻밖의 소식을 접했다. 앵베르 부부가 사라져버렸다는 것이다. 사람들이 잔뜩 몰려든 앵베르 저택의 금고문이 열렸으나 이미 그 안에는 대수롭지 않은 서류만 남아 있었다는 내용도 함께 실려 있었다.

여기까지가 뤼팽이 내게 알려준 사건에 대한 전모이다. 이야기를 끝낸 그는 내 서재를 왔다 갔다 하면서 불안한 눈빛을 보였다. 그 눈빛에는 내가 처음 보는 이상한 열기가 가득했다.

"역시 자네의 작전은 멋지게 성공한 것이군."

"그 사건에는 사실 몇 가지 복잡한 수수께끼가 있어. 내가 자네에게 말해 준 것 이면에 상상도 못할 비밀들이 있지. 대체 왜 앵베르 부부는 도망을 쳤을까? 왜 주변의 도움을 요청하지 않았을까? 알려진 대로 '금고 안에는 1억 프랑이 있었는데 모두 도둑맞았

앵베르 부부 금고의 비밀

다!' 라고 말하면 될 텐데."

"정신이 하나도 없었던 것 아닐까?"

"그럴 수도 있겠지. 하지만 다르게 볼 수도 있다네."

"다르게 보다니? 어떻게 말인가?"

"……아니야, 그냥 해본 말이라네."

뭐가 그렇게 고민할 것이 많은지 나로서는 알 수 없었다. 모든 것을 털어놓은 것이 아니라는 것은 확실히 알 수 있었기 때문에 나는 궁금해서 견딜 수가 없었다. 뤼팽의 마음을 불편하게 할 정도라면 매우 심각한 일이 분명할 터였다. 나는 용기를 내서 사건에 대해 더 물어보기로 했다.

"앵베르 부부를 다시 본 적은 없나?"

"전혀 없다네."

"그렇다면 자네가 그렇게 불편해 하는 이유는 뭔가? 그 부부에게 미안한 마음이 들어서인가?"

"내가 그럴 리가 있겠나?"

그는 갑자기 언성을 높이며 말했다. 그의 태도는 의외였지만 무언가 더 말해 줄 것이라는 기대를 품게 했다.

"자네만 아니었다면 그 부부는 역경을 이겨내지 않았을까? 적어도 돈이라도 챙겨서 도망갈 수도 있었을 테고."

"그렇다면 내가 뉘우쳐야 한다는 건가?"

"당연하지 않은가!"

그는 탁자를 손바닥으로 내리치면서 말했다.

"이런, 뉘우쳐야 한다니!"

"뉘우칠 수도 있고 후회를 할 수도 있겠지. 어쨌든 석연찮은 기분이 들어야 하는 게 정상이지 않은가?"

"그런 인간들 때문에 내 마음이 불편한 건 용납할 수 없다네."

"남의 재산을 갈취했다면 당연한 것 아닌가?"

"무슨 재산을 이야기하는 건가?"

"자네가 서재에서 훔쳐낸 그 채권 뭉치들 말이야."

"아, 그 채권들! 그것을 훔쳐낸 것이 나의 죄라는 건가? 그들의 상속재산이라던 그 채권은 모두 가짜였네."

"가, 가짜라고? 수백만 프랑의 채권들이 모두?"

나는 눈이 동그래진 채로 그를 바라보며 물었다.

"그래 가짜였어. 국채, 철도, 파리 시청, 수에즈 운하, 북부 지방의 광산 등의 채권들이 전부 가짜였다네. 나는 그토록 수고를 들여서 단 한 푼도 건지지 못했지. 그런데 나보고 뉘우치라니! 저들은 나를 바보 취급했던 거야. 좀도둑만도 못한 대우를 받았던 거라네."

그는 자존심에 깊은 상처를 받아 매우 화가 난 채로 말을 계속했다.

"처음부터 끝까지 전부 당한 거라네. 처음부터 지게 되어 있는 싸움이었어. 이 사건에서 내가 맡았던 역할은, 아니 그들이 내게

앵베르 부부 금고의 비밀

맡긴 역할은 브로포드 역이었다네. 그런데 나는 뭐가 뭔지 전혀 모르고 있었던 거야. 정말이지 어이가 없고 창피해서 견딜 수가 없군. 나중에 신문과 이런저런 정황들을 살펴본 뒤에야 나도 그 사실을 알 수 있었지. 내가 은혜를 베푸는 사람처럼 앵베르를 구했을 때, 그는 나를 브로포드 가문의 한 사람으로 둔갑시킨 거야. 정말 대단하지 않은가? 자기 집 3층에 살고 있는 괴팍하고 무식한 데다가 거친 브로포드는 바로 나였던 거지. 앵베르 부부는 재산가인 브로포드와 한 집에 살고 있으니 당연히 은행가들이 돈을 빌려주었고, 공증인들도 고객의 돈을 마구 끌어다 쓴 것이지. 정말 내가 그 부부에게 한 수 배울 줄이야."

 정신없이 말을 하던 그는 내 팔을 잡더니 더 기막힌 말을 했다.
 "사실 내가 정말 견딜 수 없는 건 제르베즈가 나에게 1천500프랑을 빌려갔다는 거야."

 난 웃음을 참을 수 없어 유쾌하게 웃었다. 뤼팽 역시 더욱 큰 소리로 웃었다.

 "앵베르의 집에 있으면서 한 번도 급료를 받아본 적이 없는데다가 그 여자가 나한테 1천500프랑을 꿔간 거지. 가난한 젊은이의 전 재산이나 다름없는 돈을. 그 핑계도 가관이었다네. 불쌍한 사람들을 돕기 위해서라고 말했지. 남편 몰래 빈민을 돕기 위해서 돈이 필요하다고. 난 바보같이 그 말도 믿고 말았네. 아르센 뤼팽이 마음씨 좋게 생긴 여자한테 1천500프랑을 사기 당하다니. 수

백만 프랑이 넘는 위조 증권의 값어치로는 좀 비싼 듯하군. 게다가 이런 어처구니없는 결과를 얻기 위해 그동안 들인 시간과 노력은 정말 어떻게 해야 할지……. 내 인생에서 정말 딱 한 번의 실수였던 셈이지. 게다가 엄청난 비용까지 지불하면서 말이야."

앵베르 부부 금고의 비밀

되찾은 흑진주

되찾은 흑진주

갑자기 시끄럽게 울리는 초인종 소리 때문에 오슈 거리 9번지의 여자 관리인은 잠을 깨고 말았다. 그녀는 문을 열면서 혼잣말로 투덜거렸다.

"아직도 집에 안 들어온 사람이 있었나? 지금이 대체 몇 시야, 아니 새벽 3시인데 이제 들어오다니!"

"아마 의사 때문이겠지……."

그녀의 남편 역시 불평을 늘어놓았다.

"죄송합니다만 아렐 선생님이 몇 층에 살고 계시나요?"

밖에서는 당황한 남자의 목소리가 들렸다.

"4층 왼쪽 복도예요. 하지만 의사 선생님은 밤에는 아무 데도 안 가실 텐데요."

"너무 급한 일이라서 왔습니다."

남자는 현관을 지나쳐 2층, 3층으로 올라갔는데, 아렐 박사가 있는 4층을 지나쳐 곧장 6층으로 갔다. 그리고 자물쇠와 빗장을 푸는 열쇠 두 개를 한 번에 돌리면서 중얼거렸다.

"놀랄 만큼 일이 간단하게 풀리는데? 하지만 행동하기 전에 돌아갈 길부터 확실히 확보해 놓아야지. 자, 지금쯤이면 의사 집 초인종을 누르고 그에게 쫓겨날 만한 시간이 되었을까? 아직 아니군. 좀 더 참아야겠어."

그렇게 10여 분이 흐른 뒤, 그는 계단을 내려와서 발을 쿵쿵 내딛으며 의사에 대한 불평을 한참 동안 늘어놓았다. 여자 관리인은 짜증이 난다는 표정으로 문을 열어주었고, 남자가 밖으로 나가자 바로 문을 닫았다. 그러나 사실 문은 잠기지 않았다. 남자가 밖으로 나가면서 작은 쇳조각 하나를 자물쇠 사이에 끼워 놓았고, 그래서 빗장이 완전히 닫히지 않도록 했기 때문이다.

관리인 부부가 다시 깊은 잠에 빠졌을 무렵, 그 남자는 닫히지 않은 문을 통해 다시 안으로 들어왔다. 혹시라도 예상치 못한 일이 생기면 도망갈 수 있는 퇴로까지 마련해 두었다. 여유 있는 마음으로 6층까지 올라간 뒤, 한 집의 현관 대기실에 도착했다. 그는 손전등을 비춰가면서 외투와 모자를 의자 위에 올려놓고 다른 의자에 앉은 뒤, 신고 온 장화 위에 두꺼운 펠트 실내화를 덧신었다.

"자, 이제 완벽하군. 도둑질이란 정말 쉬운 일이야. 왜 세상 사람들이 이런 일을 마다하는 건지 알 수가 없어. 약간의 기술과 머리만 있으면 이렇게 매력적인 직업도 없을 텐데. 도둑질보다 편하고 건실한 일은 없을 거야."

그는 혼잣말로 중얼거리면서 가지고 온 아파트의 설계도면을 활짝 펼쳤다.

"자, 방향부터 파악해 볼까? 여기는 내가 있는 직사각형 모양의 현관이고, 거리 쪽으로는 거실, 안방, 식당이 있고. 여기서는 뭐 시간을 보낼 이유도 없을 것 같군. 백작부인의 취향이 형편없는 것 같아. 값나가는 그럴듯한 물건 하나 없다니 참 안타까운 일이야. 그렇다면 곧장 본론으로 넘어가야겠군. 아! 여기가 침실로 이어지는 복도를 가리키는 선이고, 여기 복도에서 3미터를 가면 드레스룸 문이 있고 바로 그 건너편이 백작부인의 방이군.”

그는 지도를 다시 집어넣고 전등을 끈 채 거리를 재면서 앞으로 걸어갔다.

“1미터, 2미터, 3미터. 여기가 그 문이군. 아주 정확한 거리라 모든 게 척척 진행되는군. 방문에 작은 빗장이 걸려 있을 텐데, 그 위치는 바닥에서 1미터 43센티미터 높이니까 여기쯤 되겠군. 약간만 홈을 파내면 간단하게 제거할 수 있겠어……”

그는 주머니에서 작업에 필요한 도구들을 꺼내다가 갑자기 동작을 멈췄다.

“혹시 빗장이 열려 있다면 더 좋을 텐데. 어디 한 번 열어볼까?”

이렇게 말하고 손잡이를 돌리자 문이 딸깍 소리를 내면서 열렸다.

“오, 오늘 일진이 좋군! 목표 지점을 완벽하게 파악해 두었으니 흑진주를 찾으러 가자고. 백작부인이 흑진주를 어디에 두었을지는 안 봐도 뻔하단 말이야. 보물을 얻기 위해서는 침묵보다 더 조용하고, 어둠보다 더 캄캄하게 움직여야 하니까 조심해야지.”

뤼팽은 그렇게 중얼거리며 두 번째 문, 즉 방과 연결된 유리문을 열기 위해 30분이나 문과 씨름하고 있었다. 놀라운 집중력으로 조심스럽게 문을 따고 있었기 때문에 백작부인이 잠이 들지 않았다 하더라도 아무 기척도 느끼지 못했을 것이다.

그의 머릿속에 있는 도면에 의하면, 이제 긴 의자의 뒤편으로 돌아가면 모든 게 끝나는 것이었다. 그러면 안락의자에, 그러고 나서는 침대 옆에 놓인 작은 탁자에 이른다. 탁자 위에는 편지함이 놓여 있고, 바로 이 상자 안에 흑진주가 들어 있었다.

그는 양탄자 위에 엎드려서 기다란 의자의 윤곽을 따라갔다. 그런데 의자 끝을 지나갈 무렵, 그는 자신의 심장 박동 소리마저 크게 들릴 정도로 몸을 움츠리는 일이 벌어졌다. 그 어떤 두려움도 망설임도 없는 강심장 뤼팽이 놀랄 일은 무엇이었을까? 깊은 적막 속에서 일어나는 갑작스런 불안함은 좀처럼 무시하고 지나칠 수 없었다. 이렇게 심장이 떨리고 신경을 예민하게 하는 것은 대체 무엇이란 말인가?

귀를 바짝 기울이던 그는 아무런 기척이 없는 방 안의 공기를 느끼면서 마음을 겨우 진정시킬 수 있었다. 그는 커다란 안락의자를 더듬었고, 신속하면서도 미세한 동작으로 탁자까지 기어갔다. 팔을 뻗어 여기저기를 계속 더듬던 중, 오른손이 탁자의 다리 하나와 부딪쳤다. 이제 남은 일은 몸을 일으켜 흑진주를 가지고 나가면 되는 것이었다.

되찾은 흑진주

뤼팽의 심장은 마치 미친 짐승처럼 뛰고 있었고, 뤼팽은 백작부인을 깨우지 않아도 된다는 안도감을 느낄 수 있었다.

뤼팽이 두근거리는 가슴을 달래며 몸을 일으키자 왼손이 양탄자에 있는 무언가와 부딪쳤다. 재빨리 보니 촛대 하나가 쓰러져 있는 것이 아닌가! 게다가 가죽 케이스가 씌워진 여행용 시계 하나가 손길 닿는 곳에 놓여 있었다.

대체 무슨 일이 일어난 것일까? 이해할 수 없는 상황이었다. 이 촛대와 시계는 어떻게 된 거지? 앞이 전혀 보이지 않는 어둠 속에서 무슨 일이 벌어지고 있는 것인지 알 수 없었다.

바로 그 순간, 그의 입에서 짧은 비명이 터져 나왔다. 그의 손이 정체를 알 수 없는 뭔가를 스쳤기 때문이다. 아니야, 아니야……이건 아니야……. 뤼팽은 두려움으로 인해 갈피를 잡지 못하고 있었다. 온몸에서 식은땀이 흐르고, 아직도 손가락에는 스치듯 만진 물체의 여운이 남아 있었다.

그는 애써 태연한 척하며 다시 한 번 손을 뻗었다. 그의 손이 온몸을 섬뜩하게 만드는 그 물체를 다시 살짝 만지면서 그것이 무엇인지 알아보기 위해 모든 정신을 집중했다. 그것은 다름 아닌 머리카락, 그리고 차갑게 식어버린 사람의 얼굴이었다.

뤼팽은 아무리 끔찍하고 무서운 상황이라고 해도 실체를 파악한 뒤에는 다시 냉정함을 되찾곤 했다. 실체를 파악하자 그의 심장은 거짓말처럼 조용해졌으며, 그는 재빨리 손전등을 켰다.

그의 눈앞에는 한 여자가 피투성이가 된 채 죽어 있었으며, 목과 어깨에는 차마 눈뜨고 보기 어려울 정도로 끔찍한 상처가 나 있었다. 뤼팽은 고개를 숙여 자세히 살펴보았다.

"이런, 죽었군. 죽었어."

그는 너무 놀라 계속해서 중얼거렸다.

똑바로 뜬 채 허공을 응시하는 눈, 일그러진 입가, 납빛으로 변한 피부색, 이제는 말라버려서 끈적끈적한 상태로 카펫에 묻어 있는 피 등을 찬찬히 살펴보았다.

한참 동안 시체를 살펴본 뒤 일어난 그는 방의 전등 스위치를 켰다. 방 곳곳에는 몸싸움을 벌인 흔적이 남아 있었으며, 침대는 거의 분해되어 있었고 시트와 휘장은 찢어져 있었다. 바닥에는 아까 발견했던 촛대와 시계가 있었고, 바늘은 11시 20분을 가리킨 채 멈춰 있었다. 좀 더 멀리에는 내동댕이쳐진 의자가 거꾸로 나뒹굴고 바닥 여기저기에는 핏자국이 묻어 있었다.

"앗, 흑진주는 어디 있지?"

갑자기 든 생각에 그는 다급해졌다. 다행히 편지함은 제자리에 있었지만 그 안에 있는 보석 상자의 뚜껑을 열자 안은 텅 비어 있었다.

"이런, 아르센 뤼팽, 성급하게 혼자 좋아했군. 백작부인은 죽어 있고 흑진주는 사라졌고……. 꼴좋게 된 것 같군. 빨리 사라지지 않으면 내가 모든 죄를 덮어쓰게 생겼군."

되찾은 흑진주

하지만 그는 무언가 생각에 잠긴 듯 움직이지 않았고 혼잣말을 계속했다.

"하지만 이대로 사라질 순 없겠지. 더 좋은 방법을 생각해 보자. 내가 경찰이라고 생각하고 수사를 진행해 보는 거야. 하지만 그러기 위해서는 일단 머릿속부터 정리를 해야겠지."

그는 안락의자 속에 파묻혀 뜨거워진 이마를 두 주먹으로 받쳤다.

오슈 거리에서 벌어진 살인사건은 사람들의 호기심을 매우 자극했다. 게다가 뤼팽이 특별한 방법으로 개입하여 사건을 더욱 복잡하고 흥미진진하게 만들어버린 것이다. 아마도 그 사건에 뤼팽이 개입했으리라고 생각하는 사람은 거의 없었다. 그러므로 이 사건에 대해 진실을 정확하게 파악하고 있는 사람은 아무도 없다고 해야 할 것이다.

불로뉴 숲에서 전직 가수이자 앙디요 백작의 미망인인 레옹틴 잘티와 마주친다면 그녀를 알아보지 못할 사람은 없을 것이다. 약 20년 전, 눈부신 미모와 아름다움으로 파리 시민을 사로잡았던 그녀는 다이아몬드와 진주로 치장한 화려함 때문에 유럽 전역에서 높은 명성을 얻었다. 사람들은 그녀가 오스트레일리아의 황금 광산과 여러 은행들의 금고를 그녀 어깨에 걸치고 다닌다고 할 정도였다. 훌륭한 보석 세공사들은 그녀를 왕비처럼 떠받들며 그녀를 위해 모든 정성을 바치고 있었다.

그러나 이러한 화려함은 한순간의 파산으로 완전히 무너졌다. 은행과 금광 모두 깊은 심연으로 사라져버렸으며, 경매에 의해서 엄청난 소장품들은 뿔뿔이 흩어지고 말았다. 결국 그녀 손에는 한 밑천이 되기에 충분한 그 유명한 흑진주만이 남았다.

젊은 시절 화려함을 잊고 싶지 않았던 것인지, 그녀는 어려운 생활을 하면서도 흑진주를 소유하고 있었다. 값을 매길 수 없는 보석을 파는 것보다 단출한 아파트에서 절제하는 삶을 택한 것이다. 그 흑진주를 팔지 않았던 것은 그녀가 젊은 시절에 어느 나라의 황제에게서 받았다는 이유도 있었다. 결국 그녀는 좋았던 시절에 대한 추억으로 흑진주를 충실히 가지고 있었으며, 항상 목에 걸고 다녔다.

"내가 살아 있는 한 흑진주와는 절대 떨어질 수 없어."

그녀는 이렇게 말하면서 아침부터 저녁까지 하루 종일 목에 걸고, 밤이 되면 자신만이 아는 장소에 몰래 숨겨 놓았다.

이러한 사실은 모두 신문을 통해 일반인에게 알려졌는데, 더욱 신기한 것은 그 다음이었다. 그녀를 살해한 범인이 체포되자 사건이 더욱 복잡해지고 대중의 흥분 역시 높아진 것이다. 사건이 일어나고 이틀 후, 신문에 다음과 같은 기사가 실렸다.

앙디요 백작부인 살해사건의 범인으로 하인인 빅토르 다네그르가 체포되었다. 그에게 결정적으로 불리한 증거들이 발견되었다. 경찰청장

뒤두이 씨가 그의 방 침대 매트리스 사이에서 찾은 겉옷 소매 안감에서 혈흔이 확인되었다. 또한 그 옷에는 헝겊으로 싼 단추 하나가 떨어져 있었는데, 그와 동일한 단추가 백작부인의 침대 밑에서 발견되기도 했다.

다네그르는 저녁 식사가 끝난 다음 집으로 돌아가지 않고 드레스룸에 숨어 있다가 유리문을 통해 백작부인의 흑진주 목걸이 보관 장소를 알아냈을 것으로 추측된다. 하지만 이와 같은 추측을 뒷받침해 주는 결정적인 증거는 아직 나오지 않았다.

또한 아직 밝혀지지 않은 의문점이 남아 있는데, 아침 7시에 다네그르가 쿠르셀 거리에 있는 담뱃가게에 있었다는 사실이다. 이는 아파트 관리인과 담뱃가게 주인이 증언한 사실이기도 하다. 또 같은 층 복도 끝에서 자던 백작부인의 요리사와 하녀가 아침 8시에 일어나 확인한 내용으로는, 현관과 부엌의 문이 이중으로 잠겨 있었다는 것이다. 요리사와 하녀는 20년 동안 백작부인의 곁에 있었기 때문에 혐의의 대상으로 볼 수도 없다. 이러한 정황으로 볼 때, 다네그르가 어떻게 집 밖으로 나가 문을 잠글 수 있었던 것인지를 설명하기 어렵다. 제2의 열쇠를 가지고 있다는 추측이 가장 유력하며, 해결되지 않았던 의문들은 예심에서 밝혀질 것으로 예상된다.

신문에서 기대한 것과는 달리, 예심에서 밝혀진 것은 아무것도 없었다. 조사 결과, 빅토르 다네그르는 이미 전과가 있으며, 알코올 중독자에 탕아 기질이 있어 웬만큼 험한 일에는 눈 하나 깜짝 하지 않는다는 것이 밝혀졌다. 사건을 파고들수록 의문은 점점 더 깊어가며 해결점은 멀어지기만 했다.

 백작부인의 유일한 상속녀이자 사촌동생인 생클레브 양은 백작부인이 죽기 한 달 전, 자신에게 흑진주를 숨겨놓는 장소를 편지로 알려주었다고 말했다. 그런데 편지를 받은 다음날 그 편지는 사라졌고, 누군가 훔쳐간 것임에 틀림이 없다고 덧붙였다.

 또한 관리인 부부의 증언에 따르면, 이른 새벽 아렐 박사 집으로 올라가는 사람에게 문을 열어준 적이 있다고 말했다. 의사를 급히 찾는 사람이었기 때문에 열어주었는데 실제로 아렐 박사 집에는 초인종이 울린 적이 없다고 말했다. 그자는 혹시 다네그르의 공범은 아니었을까?

 공범의 존재를 떠올리게 하는 가설은 신문이나 대중들에게 무난하게 받아들여졌다. 특히 뤼팽의 호적수이기도 한 가니마르 형사는 이러한 가설을 굳게 믿고 있었다.

 "아무래도 뤼팽과 관련이 있는 것 같습니다."

 가니마르는 예심판사에게 이렇게 말했다.

 "저런, 당신은 모든 사건에 뤼팽이 관여한 것으로 보이는군요."

 예심판사는 퉁명스러운 말투로 대꾸했다.

 "네, 그렇습니다. 그는 어디에나 존재하거든요."

 "차라리 사건이 풀리지 않을 때마다 뤼팽이 보인다고 하는 게 낫겠어요. 이번 경우에는 시간과 관련된 점을 무시할 수가 없군요. 망가진 시계가 말해주는 것처럼 범행이 일어난 시간은 11시 20분이고, 관리인 부부가 문을 열어준 시간은 새벽 3시였으니……."

수사의 방향은 종종 어떤 증거에 이끌려 최초에 부여한 설명에 따라 끼워 맞추는 경우가 있다. 그렇기 때문에 전과가 있는데다가 술꾼이었고 방탕한 기질까지 있는 빅토르 다네그르의 친구들은 판사의 견해에 매우 큰 영향을 미쳤다. 이렇게 사건 조사는 일단락되었고, 몇 주 후에 본격적인 심리가 시작되었다.

어지럽고 지루한 분위기에서 공판이 진행되었고, 재판장은 무성의하게 심리를 진행했다. 검사 역시 두서가 맞지 않는 논거로 일관했기 때문에, 다네그르의 변호사는 꽤 많은 활약을 할 수 있었다. 일단 결정적인 증거가 없었고, 집안을 나서려면 문을 이중으로 닫았어야 했다는 것에 착안하여 피고를 변호했다. 또 살인에 동원되었던 칼 역시 끝까지 발견되지 않았다.

"변호인의 의뢰인이 범인이라면 반드시 결정적인 증거가 있어야 합니다. 또한 새벽 3시에 아파트로 들어왔다는 남자 역시 범인이 아니라는 증거 역시 제출해야 합니다. 사건 현장에 있던 시계가 실제로 11시 20분을 가리켰던 것은 추후에 조작할 수도 있다는 것을 모두 잊지 말아주시기 바랍니다."

빅토르 다네그르는 무죄를 선고받았다.

다네그르는 어느 금요일, 해가 저물 무렵 감옥에서 석방되었다. 6개월 동안의 감옥 생활로 인해 그는 꽤 야위고 의기소침한 상태였다. 예심, 감옥 생활, 지루한 법정, 판결까지 이르는 과정들이 그를 매우 피곤하게 했기 때문이다. 그는 밤마다 여러 가지 악몽과 환상에 시달렸으며, 미열과 두려움으로 인해 온몸을 떨면서 감옥 생활을 견뎌야만 했던 것이다.

그는 아나톨 뒤푸르라는 이름으로 몽마르트 언덕 꼭대기에 방을 하나 빌렸다. 그리고 일용직으로 닥치는 대로 일하면서 힘겹게 가련한 삶을 이어나갔다. 세 번이나 다른 주인에게 고용되었으나 신분이 들통 나면 어김없이 해고당했다.

그는 종종 경찰들이 자신을 미행하는 것을 느꼈다. 아니, 그렇다고 단정했다. 그들은 자신을 옭아매 함정에 빠뜨리려고 한다는 망상에 사로잡혀 있었다. 그런 생각이 들 때면 어떤 손이 자신의 멱살을 잡고 숨통을 조이는 듯한 느낌에 시달리기도 했다.

그러던 어느 날, 그가 동네 음식점에서 저녁을 먹고 있는데 누군가 그의 앞에 앉았다. 40대로 보이는 그 남자는 결코 말끔하다고는 할 수 없는 검은 프록코트를 입고 있었다. 그 남자는 수프와 야채, 포도주 한 병을 주문하곤 아무 말도 하지 않았다. 그러다가 수프를 한 스푼 뜨더니 다네그르를 한참 동안 바라보았고, 다네그르의 얼굴은 점점 창백해졌다. 다네그르는 그가 지난 몇 주간 자신의 뒤를 밟았던 자라는 걸 확신했지만 무엇을 원하는지 알 수

되찾은 흑진주

없었다. 자리에서 일어나 도망치고 싶었지만 다리가 후들거려서 움직일 수도 없었다.

"건배할까요?"

"'네…… 네……. 거, 건강을 위해서."

"당신 건강을 위해서! 빅토르 다네그르!"

그 남자가 이렇게 말하자 다네그르는 어쩔 줄 몰라 했다.

"제 건강을요? 맹세하건대 저는…… 절대 아니에요."

"무엇을 맹세한다는 건가? 자네가 다네그르가 아니라는 건가? 백작부인의 하인이 아니라는 건가?"

"백작부인의 하인이라니요? 저, 저는 뒤푸르라고 합니다. 제 주인에게 물어보세요."

"물론 주인에게는 아나톨 뒤푸르라고 했겠지. 하지만 경찰도 그렇게 생각할까? 빅토르 다네그르. 그럼 같이 확인하러 가자고."

"사실이 아닙니다, 사실이 아니에요! 누군가 거짓말한 겁니다."

순간 남자는 호주머니에서 명함 한 장을 꺼냈다. 다네그르는 그 명함을 한참 동안 바라보았다.

그리모당
전직 형사, 흥신소 운영

"겨, 경찰이신가요? 저를 잡아가기 위해 오신 건가요?"

그는 벌벌 떨면서 남자에게 물었다.

"예전엔 경찰이었지만 지금은 아니라네. 하지만 이 일을 좋아하기 때문에 돈이 되는 쪽으로 소일거리 삼아 하고 있는 셈이지. 어쩌다 보면 이렇게 황금알 같은 사건을 맡을 수도 있으니까. 예를 들면 자네 사건처럼 말이야."

"내 사건?"

"그렇다네, 자네 사건. 조금만 협조해 준다면 아주 괜찮은 사건이 될 거야."

"협조하지 않겠다면 어떻게 할 건데요?"

"아마 해야 할걸. 내 제안을 거부할 만한 상황이 아닐 테니까."

그 말은 어떤 압력처럼 다네그르의 마음속을 콕콕 찔렀다.

"무슨 일인지 일단 말이나 해보세요."

"자, 그럼 바로 본론으로 들어가지. 첫 번째, 나는 셍클레브 양이 보낸 사람이지."

"셍클레브 양? 그게 누구죠?"

"앙디요 백작부인의 유일한 상속녀라네."

"그런데 왜 저를 찾아왔죠?"

"셍클레브 양은 나에게 흑진주를 찾아오라고 하셨다네."

"흑진주라니요?"

"자네가 훔친 보석 말이네."

"난 훔치지 않았어요."

되찾은 흑진주

"훔쳤다네."

"내가 만약 흑진주를 훔쳤다면 내가 살인자겠네요."

"그렇지, 자네가 살인자지."

"이보시오, 안됐지만 난 이미 법원에서 배심원들에게 무죄를 인정받아 풀려난 사람이오. 내 양심도 양심이지만 고결한 배심원들의 판단까지 무시하려고 하는 겁니까?"

다네그르는 억지로 웃음을 지으면서 말했다.

"허허, 이 친구 말이 많군. 이제부터 내 말을 똑바로 듣게. 그럴 만한 이유가 있을 테니까 말이야. 범행이 일어나기 3주 전, 자네는 부엌에 있던 하인 전용문 열쇠를 훔쳐다가 오베르캄프 거리 244번지의 열쇠공 우타르에게 복사를 부탁했지."

"사, 사실이 아니오. 아무도 그런 열쇠를 본 적이 없다고 했지 않습니까?"

다네그르는 그르렁 소리를 내면서 말했다.

"이 열쇠를 말하는 건가?"

전직 형사 그리모당은 열쇠를 하나 보여주면서 말을 계속했다.

"자네는 열쇠를 위조한 날, 자선 시장에서 산 칼로 백작부인을 살해했지. 삼각형 날에 홈이 세로로 파인 칼 말이야."

"함부로 말하지 마시오! 그 칼을 본 사람은 아무도 없었습니다."

"이 칼 말인가?"

다네그르는 움찔 물러섰다.

"여기 보면 약간 녹이 슨 부분이 있는데 더 설명해 줄까?"

"그래서 어쩌겠다는 겁니까? 열쇠와 칼이 내 것이라고 증명할 수 있나요?"

"그거야 열쇠공과 칼을 판 점원이 증언해 주겠지. 내가 그들의 기억을 잘 살려 놓았으니 큰 도움이 될 거야. 지금이라도 자네를 직접 보면 바로 알 수 있겠지."

 전직 형사가 하는 말은 모두 냉정하고 정확하여 다네그르를 두려움에 떨게 했다. 예심판사도, 재판장도, 변호사도 자신을 이렇게 코너로 몰아가지는 못했다. 이제는 스스로도 기억이 잘 나지 않는 부분까지 명확하게 알아낸 사람이 있다니 믿을 수 없었다. 하지만 그는 마지막까지 포기할 수 없어 다시 한 번 발뺌하기 위해 시도했다.

"그게 당신이 주장하는 증거 전부인가요? 아니면 더 있나요?"

"또 하나가 있지. 자네는 범행을 저지르고 침입한 경로를 통해 빠져나갔어. 그런데 드레스룸 한가운데 벽을 손으로 짚고 말았지. 사람을 죽이고 겁에 질려 몸이 떨렸던 모양이더군."

"대체 그런 걸 당신이 어떻게 아는 거죠? 옆에 있지 않고서는 도저히 알 수가 없는 것들인데……."

 다네그르는 눈이 동그래져서 물었다.

"경찰이야 알 리가 없지. 그 얌전하신 분들은 촛불까지 밝혀가면서 벽을 살필 생각은 없을 테니까 말이야. 약간의 수고만 한다면 하얀 회반죽으로 깔끔한 그 벽에 희미한 붉은 얼룩이 있다는 것을 알 수 있을 텐데. 그리고 희미하긴 해도 그것이 백작부인의 피가 묻은 당신의 엄지손가락 자국이라는 것은 분명히 알 수 있을 거야. 설마 인체 감식법을 이용하면 신원 파악을 할 수 있다는 사실을 모르는 건 아닐 테지?"

빅토르 다네그르의 얼굴은 이미 하얗게 질렸고 이마의 땀방울은 탁자 위로 떨어지고 있었다. 마치 현장에서 그의 범행을 본 것처럼 모든 사실을 꿰뚫고 있는 남자가 너무나 무서웠다.

지난 몇 달 동안 다네그르는 세상 모두와 싸워왔다. 그러나 이 남자 앞에서는 그 어떤 투지도 결의도 가질 수 없었고, 결국 그의 고개가 떨궈지고 말았다.

"만약 진주를 돌려준다면 내게 무엇을 줄 겁니까?"

그는 기운 빠진 목소리로 더듬거렸다.

"아무것도 주지 않을 생각이라네."

"너무하군요. 그건 수십만 프랑의 값어치는 될 텐데 나에게 아무것도 주지 않겠다니요."

"하나 주어지는 건 있지. 바로 자네 목숨이라네."

몸서리를 쳐대면서 괴로워하는 다네그르를 바라보며 그리모당이 부드럽게 말했다.

"이보게, 다네그르. 지금 그 진주는 자네에게 아무런 쓸모가 없을 텐데. 그걸 내다 팔 수 있을 것 같은가? 그러지 못할 바에야 갖고 있는 의미가 없지 않은가?"

"장물아비들이 있으니까…… 언젠가는 팔 수 있을 거라고요."

"그 언젠가는 이미 늦을 텐데?"

"그게 무슨 뜻입니까?"

"왜라니? 이미 경찰에 잡혀갔을 테니까 말이야. 게다가 이번에는 내가 증거로 칼과 열쇠, 벽의 흔적을 제공할 테니 자네는 틀림없이 유죄 판결을 받을 거야."

다네그르는 두 손으로 머리를 잡고 생각에 잠겼다. 더 이상 방법이 없다는 생각에 엄청난 피로감이 몰려들면서 모든 것을 버리고 편하게 쉬고 싶어졌다.

"언제까지 주면 되겠소?"

"오늘 밤 한 시 전까지."

"그때까지 안 된다면 어떻게 할 겁니까?"

"자네를 고발하는 생클레브 양의 편지를 직접 경찰에 가져가야겠지."

다네그르는 포도주 두 잔을 연거푸 마시고 자리에서 일어났다.

"계산이나 해주시오. 나도 이제 모든 게 지긋지긋합니다."

밖은 이미 어두워졌다. 두 사람은 레픽 거리를 걸어 내려가다가 에투알 광장으로 향하는 외곽도로 쪽으로 방향을 바꾸었다. 그들은 말없이 걷고 있었지만, 다네그르는 매우 지친 듯했으며 등이

되찾은 흑진주

굽어 구부정해 보였다.

"그 집 쪽이에요……."

몽소 공원에 도착하자 다네그르가 입을 열었다.

"그렇군. 체포되기 전까지는 담뱃가게 외에는 이 주변을 벗어난 적이 없을 테니까."

"이제 다 왔어요."

두 사람은 공원의 철책을 따라 걷다가 길을 건넜다. 길모퉁이에 담뱃가게가 있었다. 다네그르는 거기서 몇 걸음 더 간 뒤 다리가 후들거려서 길가의 벤치에 주저앉았다.

"아니, 왜 여기서 멈추는 거지?"

"여깁니다."

"여기라니? 설마 장난하는 것은 아니겠지?"

"그럴 리가요. 바로 이 앞에 있습니다."

"바로 앞? 그렇다면……."

"포석 두 개 사이에 있소."

"어느 포석을 말하는 건가?"

"직접 찾아보세요."

"어느 거냐고 다시 물어야 하는 건가?"

그리모당이 신경질적인 목소리로 다시 물었지만, 다네그르는 대답하지 않았다.

"좋아, 잠깐 쉬자는 게로군. 그러자고."

"그게 아닙니다. 사실 난 정말 굶어죽을 것 같아요."

"아니 이제 와서 그러면 어쩌겠다는 건가? 좋아. 내가 져주지. 얼마면 되겠나?"

"미국으로 건너갈 여비는 받고 싶어요. 그리고 우선 쓸 비용으로 100프랑 정도만 주세요."

"좋아, 200프랑을 주겠네. 이제 말하게."

"하수구 오른쪽으로 포석을 파보세요. 열두 번째와 열세 번째 포석 사이예요."

"아니, 그럼 이 도랑 속에 흑진주를 묻어놓았다는 건가?"

"네, 인도 밑에."

그리모당은 전차가 지나가고 사람들도 오가는 주변을 둘러보았다. 하지만 별일은 없을 듯했다. 누가 이곳에서 흑진주를 꺼낸다고 생각하겠는가? 그는 주머니칼을 꺼내서 다네그르가 말한 곳을 팠다.

"만약 없으면 각오하게."

"내가 거기서 흑진주를 묻는 걸 본 사람이 없는 한 그럴 리는 없어요."

정말 아찔한 일이었다. 흑진주 같은 엄청난 보물을 이렇게 함부로 보관해서 손만 집어넣으면 가져갈 수 있게 방치해 두다니.

"얼마나 깊이 두었지?"

"한 10센티미터 정도 될 거예요."

되찾은 흑진주

그리모당은 축축한 흙을 되짚으며 흑진주를 찾았다. 그때 주머니칼 끝에 무언가 딱딱한 것이 닿았고 그는 손가락을 동원해서 구멍을 넓혔다. 마침내 검은 진주가 눈에 들어왔다.
"자, 여기 200프랑 받게. 미국행 배표는 따로 보내주겠네."

다음날, <에코 드 프랑스> 지에는 다음과 같은 짧은 기사가 실렸고, 그 내용은 전 세계의 신문사로 보내졌다.

앙디요 백작부인이 소장하던 흑진주는 어제부터 아르센 뤼팽의 수중에 있는 것으로 밝혀졌다. 그의 말에 따르면 백작부인의 살해범에게 흑진주를 돌려받았으며, 이 소중한 보석의 모조품은 런던, 상트페테르부르크, 캘커타, 부에노스아이레스, 뉴욕 등 전 세계를 돌아다니면서 전시될 것이라고 한다. 현재 아르센 뤼팽은 진품에 어울리는 진지한 흥정이 들어오기를 기다리고 있다.

"이렇게 범죄 행위는 늘 대가를 치르게 마련이지. 미덕은 보상을 받고 말이야."
뤼팽은 사건의 내막을 말해 주면서 이렇게 덧붙였다.
"결국 자네가 전직 형사 그리모당으로 나서서 범인이 챙긴 이득을 빼앗은 거로군."
"바로 그렇지! 이 사건만큼 자부심을 느끼는 사건도 없다네. 백작부인의 시체를 발견하고 아파트 안에서 보낸 40분은 정말 곤혹스럽고 당황스러운 시간이었다네. 그런 상황에서도 나는 몇 가지 단서로 범행을 재구성했지. 그 결과 범인은 백작부인의 하인이라고 결론을 얻을 수 있었고. 하지만 문제의 흑진주를 손에 넣기 위해서는 하인이 붙잡히되 결정적인 증거는 발견되지 않아야 했어. 그래서 나는 옷 단추를 떨어뜨려 놓고 칼, 열쇠, 손자국 등을 모두 챙겨갔던 거지. 현관에서 백작부인의 방으로 가는 문은 이중으로 잠가놓고 말이야.”

“정말 천재적인 발상이군.”

“그렇다고도 할 수 있겠지. 아무한테나 떠오르는 아이디어는 아니니 말이야. 그 짧은 순간에 두 가지 고리를 연결 지을 수 있는 순발력은 아무나 가지는 게 아니라네. 체포를 당하면서도 무죄 방면할 수 있도록 하는 것 말이야. 나는 법이라는 수단을 빌려 내 사냥감을 바보가 되도록 만들었고, 힘들게 풀려나게 함으로써 내가 쳐놓은 덫에 걸릴 수 있도록 했지.”

“가혹하다기보다 잔인한 것 같군. 어차피 그는 자유의 몸이었는데 말이야.”

“좀 심했나? 사실 한 번 결정된 무죄 방면에는 일사부재리의 원칙이 적용될 텐데.”

“가엾은 다네그르……”

“다네그르가 가엾다고? 그는 살인자라네. 그가 흑진주를 계속 가지고 있었다면 그의 영혼은 절대 구원받을 수 없었을 거야. 그

되찾은 흑진주

나마 내 덕분에 맘 편히 살게 된 것이지."

"그리고 그 흑진주는 자네의 보물이 되었고?"

그는 옷에 숨겨진 비밀 주머니 중 하나에서 그 흑진주를 꺼냈다. 눈빛을 반짝이면서 한참을 만져보더니 한숨을 내쉬었다.

"흑진주의 운명은 아무도 모를 거야. 이 보물이 앞으로 바보 같은 귀족이나 왕의 손에 들어가게 될지도 모르지. 앙디요 백작부인의 하얀 목을 수놓았던 이 허영 덩어리가 미국 졸부의 목에 걸릴지도 모르고 말이야."

한 발 늦은
셜록 홈즈

한 발 늦은 셜록 홈즈

"**정말 이상해요.** 벨몽 당신은 뤼팽과 정말 많이 닮았어요."

"당신은 뤼팽의 얼굴을 알고 있나요?"

"누구나 사진을 통해서 그의 얼굴을 잘 알고 있죠. 하지만 그 사진들은 모두 다르면서도 동일한 이미지를 나타내고 있어요. 그게 바로 당신에게서 느껴지는 이미지와 매우 비슷해요."

"그래요? 사실 나에게 그런 말을 한 사람이 드반 씨 당신만은 아니에요."

오라스 벨몽은 기분이 나쁜 듯이 한숨을 내쉬며 말했다.

"만약 내 사촌인 에스테반이 당신을 추천하지 않았다면, 그리고 당신이 최고의 해양화가가 아니라면 난 당신을 뤼팽이라고 경찰에 신고했을지도 몰라요."

드반은 한술 더 떠서 벨몽을 놀렸고, 이 무례하기 짝이 없는 말에 사람들이 모두 웃었다. 티베르메닐 성의 넓은 식당에는 벨몽 외에도 교구 주임사제인 젤리스 신부와 근처에서 훈련을 받는 부대의 장교 십여 명이 은행가 조르주 드반과 그 어머니의 초대를 받아 모여 있었다.

"하지만 파리 발 르아브르 특급열차 사건 이후로 해안 지방에서 뤼팽을 봤다는 사람은 없지 않나요?"

한 사람이 웃음을 멈추고 물었다.

"맞아요. 사건이 있고 약 석 달 뒤에 나는 우연히 카지노에서 여기 있는 벨몽을 알게 되었죠. 그는 이후에도 우리 집을 여러 번 방문해 주었는데, 그건 아마도 다른 날 밤에 좀 더 심각한 가정방문을 하기 위한 준비였을지도 몰라요."

드반의 말에 사람들은 다시 한 번 웃음을 터뜨렸다. 그러고 나서 사람들은 예전에 경호원 대기실로 사용하곤 했던 넓은 방으로 자리를 옮겼다. 천장이 높은 이곳은 기욤 탑의 하부를 차지하는 곳으로, 수세기를 거치면서 티베르메닐 가문의 사치품을 모아놓은 장소이기도 했다. 벽장형 가구, 화려한 찬장, 특이한 모양의 장식용 촛대 등이 방 구석구석을 빛나게 했다.

각각의 돌벽에는 장식 융단이 모두 걸려 있었으며, 벽체 속에 깊숙이 들어가 있는 네 개의 대형 창틀에는 고딕식으로 꼭대기가 마무리되어 웅장한 느낌을 주고 있었다. 문과 왼쪽 창문 사이에는 르네상스풍으로 만들어진 서재가 마련되어 있었으며, 앞면 위에는 황금색 글씨로 '티베르메닐'이라는 가문의 이름이, 바로 아래에는 대를 이어 내걸고 있는 가훈 '원하는 것을 행하라'가 쓰여 있었다.

"벨몽, 서둘러요. 당신한테는 오늘밤밖에 없잖아요."

모두가 시가를 한 대씩 물자 드반이 벨몽에게 말했다.

"오늘밤밖에 없다니요?"

드반의 말을 농담으로 넘기는 벨몽이 웃으면서 되물었다. 드반이 대답하려고 했지만 어머니가 손짓으로 그를 말렸다. 하지만 아직 남아 있는 저녁 식사의 흥취와 손님들을 즐겁게 해주고 싶었던 드반은 말을 이었다.

"그래요. 뭐 솔직하게 다 말할게요. 어차피 큰일이 될 것도 아니니까요."

사람들이 그의 이야기에 솔깃하여 주위로 몰려들었다. 그는 엄청난 뉴스를 발표하는 사람처럼 들뜬 표정으로 이렇게 말했다.

"내일 오후 4시, 현존하는 가장 위대한 영국 탐정이자 수수께끼 해결사인 셜록 홈즈께서 우리의 손님으로 오실 예정입니다."

순간 엄청난 환호성이 터졌다. 티베르메닐에 셜록 홈즈가 오다니, 무슨 일이 있어났다는 것인가? 혹시 아르센 뤼팽이라도 나타난 건가?

"아마 뤼팽과 그 일당은 이 근처에 있을 거예요. 굳이 카오른 남작 사건이 아니더라도 몽티니 도난사건, 그뤼세 사건, 크라스빌 사건은 그가 아니면 할 수 없는 일이죠. 이제는 제 차례가 된 것 같아요."

"당신도 카오른 남작처럼 무슨 통보를 받은 건가요?"

"뤼팽이 같은 수법을 사용할 리 없죠."

"그렇다면 다른 게 있나요?"

"말씀드리죠."

드반은 자리에서 일어나 서가에 꽂혀 있는 무거운 2절판 책들 사이의 빈 공간을 손가락으로 가리키면서 말했다.

"바로 이겁니다. 이곳에 책이 한 권 꽂혀 있었어요. 16세기 때 책으로 《티베르메닐 가의 연대기》라는 제목이죠. 롤롱 공작이 국왕에게 받은 영토에 이 성을 세웠을 때부터 가문의 역사를 기록한 책이에요. 그 안에는 세 개의 판화가 포함되어 있었어요. 첫 번째는 영지 전체의 조감도였고, 두 번째는 각 건물들의 배치도, 그리고 세 번째는 지하통로의 도면이었습니다. 이 대목에서 여러분들의 관심을 모아주시기 바랍니다. 그 지하통로의 출구 중 하나는 성의 제일 바깥쪽 성벽으로 나 있고 또 하나는 여기, 우리가 있는 바로 이곳으로 통해 있어요. 그런데 그 책이 지난 달 갑자기 사라져버렸습니다."

"이런, 불길하군요. 그렇다고 해서 셜록 홈즈까지 부르는 건 좀 지나치지 않나요?"

벨몽이 어두운 목소리로 말했다.

"물론 지금 한 얘기가 전부가 아닙니다. 국립도서관에는 이 연대기의 또 다른 판본이 소장되어 있어요. 그런데 두 권의 책에서 지하통로에 대한 도면만은 약간의 차이가 있어요. 즉, 단면도 일부와 거리, 후대에 펜으로 달았던 주석이 이곳의 책과 다른 겁니다. 그런데 그 책마저 누군지 알 수 없는 사람에게 대출된 이후 사라졌다고 하더군요."

드반의 말을 듣고 사람들은 불안한 표정을 얼굴에 드러내기 시작했다.

"그렇다면 사태가 정말 심각하군요."

"국립도서관에서 도난신고가 들어가자 경찰도 긴장하지 않을 수 없었습니다. 쌍둥이 같은 도난사건에 대해 수사를 했지만 아무런 단서도 찾지 못했습니다."

"뭐 아르센 뤼팽을 표적으로 한 수사는 늘 그렇지요."

"맞아요. 그래서 저는 셜록 홈즈에게 도움을 청하기로 결심했어요. 그분도 상황을 듣자 기꺼이 프랑스로 와주겠다고 한 거죠. 뤼팽과 대결을 벌이기 위해서요."

"오, 아르센 뤼팽으로서는 정말 영광이겠는데요? 하지만 뤼팽이 티베르메닐에 대해 아무런 계획이 없다면 셜록 홈즈 씨는 그냥 돌아가야 할 텐데요."

벨몽은 흥미진진하다는 얼굴로 말했다.

"사실 그의 흥미를 끌 만한 부분이 또 있어요. 바로 이곳 지하통로를 찾아내는 일입니다."

"뭐라고요? 그 두 개의 입구 중 하나는 성 바깥에 있고 나머지 하나는 바로 이 방에 있다고 조금 전에 말씀하셨잖아요."

"네, 그런데 그 출입구는 이 방 어디에 있을까요? 지도에 표시된

바에 의하면 지하통로를 나타내는 선의 한쪽 끝은 'T.G'라는 글자가 표시된 동그라미에 닿아 있어요. 물론 이것은 기욤 탑(Tour Guillaume)을 의미할 거예요. 하지만 탑의 벽체는 둥글기 때문에 출입구가 어디에 있는지 찾는 건 쉬운 일이 아니거든요."

 드반은 말을 마친 뒤, 두 번째 시가를 입에 물고 베네딕틴 술을 한 잔 더 마셨다. 사람들은 서로 궁금한 점에 대해 이야기를 나누었고, 드반은 자신이 꺼낸 화제가 가져온 관심을 즐기고 있었다.

 "하지만 지하통로에 관한 비밀은 미궁 속으로 빠져버렸어요. 세상 누구도 모르죠. 전해지는 말에 따르면 막강한 세도가들이 임종의 자리에서 자신의 아들에게만 그 비밀을 전했다고 하는데, 마지막 계승자인 조프루아가 19살에 단두대의 이슬로 사라졌기 때문에 현재로서는 그 누구도 알지 못하게 된 거죠."

 "그러면 그때부터 100년 가까이 사람들이 비밀을 캐내기 위해 노력했을 텐데요."

 "노력했지요. 하지만 아무 소용이 없었어요. 나 역시 혁명 당시 국민의회 의원이었던 르리부르의 조카 손자에게 이 성을 샀을 때, 대대적으로 발굴 작업을 시도하기도 했어요. 지하통로를 찾기 위해서였지만 아무것도 찾지 못했어요. 사방이 물로 둘러싸인 망루는 한 곳으로만 성채와 연결되어 있기 때문에 지하통로는 바깥 호수를 통해 이곳에 연결되어야 하겠죠. 국립도서관에 있던 지도에 따르면 지하로 내려가기 위해서는 모두 48개의 계단으로 된 네 개의 연속적 층계를 지나가야 한다더군요. 그것만 해도 10미터는 훌쩍 넘겠죠. 지도에 적혀 있는 거리만 해도 통로 하나의 길이가 200미터가 넘어요. 그러니 모든 문제는 이곳, 이 천장과 바닥, 그리고 벽들 사이에 숨어 있는 거죠. 마음 같아서는 이 성을 허물어 버리고 지하통로를 찾고 싶어요."

"그 정도로 아무런 단서가 없는 건가요?"

"전혀 없습니다."

"드반 씨, 두 개의 인용문을 재고해 보는 건 어떤가요?"

갑자기 젤리스 신부가 드반의 의견에 이의를 제기했다.

"오, 신부님은 대단한 학구파시군요. 티베르메닐에 대한 문헌은 모두 알고 계시는 듯해요. 하지만 그 인용문은 머리만 아프게 하더군요."

"그건 또 뭔가요?"

벨몽이 어리둥절해 하며 물었다.

"정말 관심이 있나요?"

드반이 눈을 반짝이면서 되물었다.

"네, 정말 흥미진진한 이야기예요."

"사실 프랑스의 옛 국왕 두 분도 지하통로에 대한 수수께끼의 답을 알고 있었다고 해요."

"프랑스의 두 왕이 누구죠?"

"바로 앙리 4세와 루이 16세요."

"두 사람 다 보통 왕은 아니군요. 그런데 드반 씨는 이런 걸 다 어떻게 알고 있는 건가요?"

드반은 신이 났는지 계속 말을 이었다.

"그거야 간단해요. 아르크에서 전투를 하기 이틀 전에 앙리 4세가 이 성에 들러 하루를 묵었다고 합니다. 그런데 밤 11시쯤에 노르망디의 절세 미녀 루이즈 드 탕카르빌이 에드가르 공작의 주선으로 지하통로를 통해 들어와서 왕에게 소개되었다더군요. 그때 지하통로의 비밀을 털어놓았고 앙리 4세는 그 비밀을 재상인 쉴리에게, 쉴리는 자신의 저서 《왕실재정회상록》에 수수께끼 같은 문장 하나로 적어놓았지요. '도끼가 빙글빙글 돌고 허공이 떨리면서 날갯죽지가 열리면 신에게로 이른다.' 라고요."

"명확한 표현은 아닌 것 같군요."

잠시 침묵을 지키던 중 벨몽이 말을 꺼냈다.

"역시 그렇죠? 신부님이 말씀하신 두 개의 인용문 중 하나예요. 아마 재상 쉴리는 비밀이 새지 않도록 이렇게 암호 같은 문장을 사용한 거겠죠."

"그럴듯하군요."

"내 생각도 그래요. 대체 빙글빙글 도는 도끼는 뭐고 날개가 열리는 건 또 뭔가요?"

"게다가 신에게 이른다는 건 더욱 알 수가 없죠."

"그런데 그 순진한 루이 16세도 지하통로를 통해서 여자를 데려온 건가요?"

벨몽은 갑자기 생각난 듯이 말했다.

"그건 잘 몰라요. 다만 1784년에 루이 16세가 이곳에 머문 적이 있다는 사실은 확실해요. 그리고 루브르 궁전에서 발견된 그 유명한 철제 장롱에도 왕의 친필로 '티베르메닐 : 2-6-12'라고 기록된 종이가 들어 있었다는 겁니다. 신부님이 말한 또 다른 인용문이 그 종이예요."

"오, 슬슬 진실이 보이는데요? 2 곱하기 6은 12 아닌가요?"

벨몽이 웃음을 터뜨리면서 말했다.

"벨몽 씨, 맘대로 비웃으세요. 하지만 두 인용문 속에 해답이 있는 건 확실합니다. 언젠가는 그 해답이 풀릴 거라고 생각해요."

신부가 벨몽의 조롱에 아랑곳하지 않고 대답했다.

"일단 셜록 홈즈가 뭔가 해줄 수 있지 않을까 기대해 봅시다. 아르센 뤼팽이 먼저 해결할지도 모르지만요. 안 그래요, 벨몽?"

"그렇지 않아도 당신이 갖고 있던 책과 국립도서관의 책만으로는 중요한 정보가 빠져 있다고 생각했어요. 당신이 그걸 직접 말해줘서 고마워요."

"그래서요?"

"회전하는 도끼와 날아오르는 새, 2 곱하기 6은 12라는 것을 알았으니 이제는 성 외곽에 있는 지하통로의 입구로 가는 일만 남았네요."

"오, 수수께끼가 풀렸으니 지체할 필요가 없다는 건가요?"

"그럼요. 1초도 아깝죠. 원래 오늘 밤, 셜록 홈즈가 오기 전에 제가 이 성을 털어야 하잖아요."

"하하! 남아도는 시간을 주체하지 못하는 분이 이런 말을 하다니. 그럼 차로 데려다 드릴까요?"

"디에프까지 가야 하는데 괜찮나요?"

"네, 디에프까지 가는 것도 괜찮을 것 같군요. 마침 오늘 자정 열차로 도착하는 앙드롤 부부와 그들의 친구인 아가씨 한 명을 마중 나가는 길입니다."

그리고는 장교들을 향해 말했다.

"자, 여러분! 내일 다시 이곳에 모여 점심식사를 하는 게 어떻겠습니까? 이 성은 여러분과 같은 군인들의 보호가 필요하거든요. 내일 오전 11시 정각에 여러분들의 부내가 이 성을 포위해서 보호해 주기를 기다리고 있겠습니다."

사람들은 그의 초대에 응하겠다는 의사를 표현하고 각자 갈 길로 흩어졌다.

잠시 후, 드반과 벨몽은 차를 타고 디에프로 가서 벨몽을 카지노 앞에 내려주고 마중을 위해 역으로 갔다.

자정이 되자 드반의 친구들은 기차에서 내렸고, 그들을 실은 자동차는 30분 후 티베르메닐 성문을 지나갔다. 새벽 1시가 되자 간단하게 간식을 먹고 모두들 각자의 숙소로 돌아갔다. 각각의 방에서 하나둘씩 불이 꺼지고 얼마 지나지 않아 성 전체는 적막과 어둠에 싸였다.

　가끔씩 구름을 헤친 달빛이 창문을 통해 망루 안에 있는 큰 방을 하얗게 비추었다. 하지만 그것도 잠시, 다시 방에는 어둠만이 가득했고 어둠과 함께 고요함의 무게도 더해졌다. 가끔씩 오래된 가구에서 삐걱거리는 소리가 들렸고, 유서 깊은 외벽을 스치는 갈대 소리만이 침묵을 잠깐씩 깨뜨리곤 했다.
　괘종시계에서 반복적으로 울리는 초침 소리는 마치 묵주 기도를 하는 것처럼 들렸다. 그러던 중 시계는 두 시를 알렸고 또다시 밤의 무거운 정적 속으로 가라앉았다. 그렇게 또 얼마의 시간이 지나고 다시 괘종시계는 새벽 세 시를 알렸다.
　그때 갑자기 철컥 하는 소리가 들렸다. 마치 열차 건널목에서 신호판이 열리거나 닫힐 때 나는 소리 같았다. 그 소리와 함께 환한 한 줄기 빛이 객실을 가로질렀고, 그 빛은 오른쪽 서가의 상단이 있는 벽 기둥 가운데 틈에서 새어나왔다. 그 빛은 처음에는 맞은편의 둥근 벽면에서 밝은 원으로 머물다가 어둠 속을 살피는 불안한 눈처럼 사방 이리저리 옮겨 다녔고 자취를 감추었다가 다시 나타나곤 했다. 그러는 동안 서가 일부가 그 자체를 축으로 통째로 회전하며 천장이 둥근 넓은 통로가 드러났다.
　그 속에서 한 남자가 손전등을 들고 들어왔다. 이어서 다른 한 남자와 세 번째 남자가 밧줄 꾸러미와 여러 도구를 들고 나타났다. 첫 번째 남자가 방을 조심스레 살펴보고 촉각을 곤두세운 후에 말했다.

"동료들을 불러."

통로를 통해 여덟 명의 건장한 남자들이 방으로 들어왔고, 신속하게 물건을 옮기는 작업이 시작되었다. 그 중 우두머리인 뤼팽은 이 물건 저 물건으로 옮겨다니면서 감정을 한 다음 그 가치에 따라 절도 대상에 포함시킬지 뺄지를 결정했다.

"밖으로 옮겨라."

지하통로가 커다랗게 입을 벌리고 있는 사이로 선별된 물건들을 신속하게 옮겼다.

이렇게 해서 그 방 안에 있던 루이 15세 시대의 의자 6개, 호화스러운 안락의자 6개, 오뷔송(15세기부터 성행했던 태피스트리 공방이 있던 프랑스 도시 - 옮긴이)의 태피스트리들, 구티에르(루이 16세 스타일의 황동가구 세공의 거장 - 옮긴이)의 서명이 새겨진 장식용 촛대들, 프라고나르(18세기 프랑스의 풍속화가 - 옮긴이)의 그림, 나티에(루이 15세의 로코코풍 초상화 전문 궁정화가 - 옮긴이)의 그림, 우동(18~19세기에 활동한 프랑스 조각가 - 옮긴이)의 흉상과 작은 조각상들이 모두 땅 밑으로 연결된 구멍 속으로 사라졌다. 뤼팽은 가끔씩 웅장한 장롱이나 엄청난 크기의 그림을 보면서 한숨을 내쉬기도 했다.

한 발 늦은 셜록 홈즈

"아, 저 가구는 너무 무거워. 아, 아깝지만 저 그림은 너무 크단 말이야."

그리고 물품 감정을 계속하면서 이동을 지시했고, 약 40분 정도가 흐르자 그 큰 방은 말끔하게 정리가 되었다. 물건 하나하나가 두툼한 천으로 싸인 것처럼 소음 하나 없이 완벽하게 일이 진행된 것이다. 그는 불르(17~18세기 프랑스의 전통가구 제작자 – 옮긴이)의 서명이 새겨진 벽시계를 들고 그곳을 빠져나가려던 마지막 남자에게 말했다.

"이제 다시 올 필요 없네. 트럭은 준비해 두었지? 곧장 로크포르의 창고로 직행해야만 해."

"당신은 어떻게 하시려고요?"

"오토바이 한 대만 남겨두고 가게."

마지막 남자가 떠나자 그는 몸으로 서가의 이동판을 밀어서 닫았다. 발자국과 모든 흔적을 깨끗하게 지우고 쪽문을 밀고 나가 망루와 성의 안채를 연결하는 전시실 안으로 들어갔다. 그 중간에는 유리 진열장이 하나 있었는데 그동안 뤼팽은 이를 위해 그토록 철저하게 조사를 벌였던 것이다.

그 안에는 절로 감탄을 자아내게 하는 솜씨로 만든 축소 모형, 시계, 코담뱃갑, 반지, 부인용 벨트 등 귀한 수집품들이 가득했다. 귀하고 값비싼 보물들을 손에 쥐는 짜릿한 쾌감을 느낀 뤼팽은 미리 준비한 헝겊 자루에 여유 있게 보물들을 가득 채웠다. 자루뿐만 아니라 웃옷, 조끼, 바지 등 주머니가 있는 곳에는 모두 보물을 쓸어담았다.

예나 지금이나 유행을 타지 않고 인기가 좋은 진주 핸드백들을 왼팔로 그러모으고 있을 때, 갑자기 희미한 소리가 들렸다. 그는 꼼짝도 하지 않고 소리가 난 쪽으로 귀를 기울였다. 잘못 들은 것이 아니었다. 소리는 점점 뚜렷해졌다. 순간, 이 전시실 끝에 있는 계단 윗방에 오늘 밤 디에프에서 앙드롤 부부와 함께 온 아가씨가 머물 것이라고 드반이 했던 말이 생각났다.

뤼팽은 재빨리 전등 스위치를 끄고 창틀 뒤로 나는 듯이 뛰었다. 그때 계단 끝의 문이 열리면서 희미한 불빛이 전시실로 들어왔다. 커튼 때문에 잘 보이지 않았지만, 조심조심 계단을 내려오는 소리가 들렸다. 뤼팽은 속으로 여자가 더 이상 내려오지 않기를 바랐으나 이미 계단을 다 내려와 전시실 안으로 들어섰다. 그리고 텅 빈 진열장을 발견한 듯 크게 비명을 질렀다.

뤼팽은 풍기는 향수 냄새로 그녀의 위치를 어림짐작할 수 있었다. 그가 몸을 숨기고 있는 커튼에 그녀의 옷자락이 스칠 정도로 가까이 있었다. 그는 그녀의 심장 뛰는 소리가 들리는 것 같았고, 그녀 역시 커튼 뒤에 누군가가 있는 것을 아는 듯했다.

뤼팽은 그녀가 두려워하면서 도망가길 바랐지만, 그녀는 잠시 가만히 서 있더니 몸을 홱 돌려 뤼팽이 숨어 있는 커튼을 젖혔다.

"다, 당신은……."

한 발 늦은 셜록 홈즈

뤼팽은 너무 놀라서 말을 더듬거렸다. 그녀는 바로 대서양 횡단선을 함께 탔던 넬리 언더다운 양이었던 것이다. 그녀는 여행길 내내 그의 마음을 설레게 했고, 또 그가 체포되는 모습을 직접 보았다. 그러나 그를 배신하지 않고 돈과 보석이 든 카메라를 바다에 던지지 않았던가! 감옥에서 보낸 시간 내내 잠시도 잊을 수 없었던 그녀의 매혹적이고 다정다감했던 모습이 얼마나 그리웠던가!

조금도 예상하지 못했던 일이었기 때문에 두 사람은 아무 말도 못 하고 그 자리에 한참 동안 그대로 서 있었다. 그러다가 감정이 복받치고 다리가 떨렸는지 넬리 양은 옆의 의자에 주저앉았다. 그러나 뤼팽은 그대로 서 있었다.

시간이 아주 천천히 가고 있음을 느끼는 동안에 조금씩 안정을 되찾자 그의 머릿속에는 자신의 모습이 그려졌다. 불룩한 호주머니, 팽팽한 자루를 둘러맨 자신의 모습이 어떻게 보일지 깨닫게 되었고, 엄청난 혼란이 그의 내부에 가득 찼다. 현장에서 잡힌 도둑의 모습이라는 현재 상황은 뤼팽의 얼굴을 부끄러움으로 빨갛게 물들였다. 남의 주머니에 손을 넣고 문을 살짝 따고 들어가 물건을 훔치는 모습으로 그녀 앞에 나타나다니.

주머니에 있던 시계 하나가 떨어졌고, 이어 다른 시계도 떨어졌다. 그와 함께 보물들이 팔 사이로 떨어졌지만 뤼팽은 어떻게 할 수가 없었다. 뤼팽은 어떤 결심을 했는지 들고 있던 물건과 자루를 의자 위에 올려놓고 호주머니를 비웠다. 이제 겨우 넬리 양 앞에서 여유를 찾을 수 있게 된 듯했다.

뤼팽이 그녀 앞으로 다가가자 그녀는 두려운 듯이 의자에서 일어나 거실을 향해 뛰어갔다. 그는 커튼 뒤로 사라진 그녀를 따라 들어갔다. 그녀는 텅텅 비어 있는 그 커다란 방을 둘러보고, 놀라움과 두려움이 가득한 표정으로 그를 바라보았다.

"오늘 오후 3시까지 모든 것을 돌려놓도록 하겠습니다."

뤼팽이 틈을 두지 않고 말을 꺼냈지만 넬리 양은 아무 말도 하지 않았다.

"정확히 3시까지 처리하겠습니다. 세상이 뒤집어진다고 해도 약속은 반드시 지킬 겁니다."

긴 침묵이 두 사람을 짓눌렀고, 뤼팽은 어떻게 해야 할지 알 수가 없었다. 넬리 양이 느끼고 있을 당혹감을 생각하니 마음 깊은 곳에서 고통이 밀려들었다. 그는 말없이 걸음을 옮겼고 그녀에게서 조금씩 멀어졌다.

"넬리 양, 나를 두려워하지 말고 방으로 돌아가도록 해요. 어서 돌아가요."

그렇게 혼잣말을 하고 있는데 갑자기 그녀가 깜짝 놀라며 말을 더듬었다.

"저, 저 소리 들려요? 발, 발자국 소리가 들려요."

그는 깜짝 놀라며 그녀를 바라보았다. 그녀는 다가오는 위험에 당황한 표정이었다.

한 발 늦은 셜록 홈즈

"아무런 소리도 들리지 않는데요."
"사람들이 오고 있어요. 어서 도망가세요. 빨리요!"
"도망……이라니요?"
"당연히 도망가야죠. 제발 여기 있지 말고 어서 가세요!"
그녀는 단숨에 전시실로 달려가 귀를 기울였으나 아무런 소리도 들리지 않았다. 바깥에서 나는 소리를 착각한 것이라는 생각에 안심하고 고개를 돌렸지만 이미 뤼팽은 사라지고 없었다.

다음날, 성이 털린 것을 확인하자 드반은 속으로 끊임없이 한 마디만을 반복했다.
'이건 벨몽 짓이야. 그가 뤼팽임이 분명해.'
사건의 정황상 벨몽이 뤼팽이 아니라면 아무것도 설명이 되지 않았다. 그러나 이런 생각은 잠시 후에 사라졌다. 자신이 알고 있던 벨몽이 뤼팽이라는 가정은 전혀 타당성이 없어보였다. 왜냐하면 그의 사촌 에스테반과 같은 모임의 회원이자 유명한 해양화가였기 때문이다. 이러한 까닭에 의심을 하고 있었지만 드반은 누구에게도 자신의 생각을 말할 수 없었다.
아침 내내 티베르메닐 성은 발칵 뒤집혀 수없이 많은 사람들이 드나들었다. 헌병대, 시골 보안대, 디에프 경찰서장, 인근 마을 주민들까지 성으로 몰려들었다. 웅성거리는 사람들 소리, 총기가 부딪치는 소리들로 성 전체는 부산했다.

경찰이 와서 수사를 했지만 아무런 소득도 없었다. 깨진 유리창 문도 손상된 문고리도 없는 것으로 미루어 비밀통로를 이용해 물건들을 빼냈다는 것만 추측할 뿐이었다. 그러나 그렇다고 해도 카펫이나 벽에 의심스러운 부분은 전혀 남아 있지 않았다.

단, 뤼팽의 기발함이 드러나는 부분은 한 군데 있었다. 16세기에 출간되었다는 문제의 연대기가 제자리에 꽂혀 있었던 것이다. 그 옆에는 도난당했다던 국립도서관의 다른 판본도 조용히 자리 잡고 있었다.

지난밤에 약속했던 11시가 되자 장교들이 모여들었다. 드반은 그들을 반갑게 맞아들였고, 잠시 후에 그의 친구인 앙드롤 부부와 넬리 양도 모습을 보였다. 비록 엄청난 예술품들을 도난당했지만, 웃는 얼굴로 손님을 맞이할 수 있는 경제적 여유는 가지고 있었다.

이 자리에 처음 온 사람도 있었기 때문에 각자 소개하는 시간을 가지게 되었다. 그러나 벨몽의 얼굴은 보이지 않았다. 아직까지 모습을 나타내지 않자 드반의 의심은 더욱 커졌다. 그러나 12시가 되자 벨몽이 아무렇지도 않은 얼굴로 나타났다.

"오, 드디어 도착하셨군요."

드반이 반가워하면서 인사를 했다.

"좀 늦었습니다."

"아니오, 밤새도록 피곤하셨을 테니 이해합니다. 소식은 들어서 알고 있겠죠?"

한 발 늦은 셜록 홈즈

"무슨 소식이요?"

"당신이 이 성을 털었다는 소식 말입니다."

"저런, 드반 씨……."

"말이 그렇다는 겁니다. 여기 언더다운 양에게 인사부터 하고 테이블로 가죠. 언더다운 양, 이분은……."

드반은 소개를 하려다가 넬리 양의 당황하는 표정을 보고 말을 끊었다. 그러다 갑자기 생각났다는 듯이 말을 이었다.

"아, 그렇군요! 언더다운 양은 아르센 뤼팽과 여행을 한 적이 있죠? 너무 닮아서 아마 놀랐을 거예요."

넬리 양은 아무런 대답도 하지 않았고, 벨몽은 부드럽게 인사를 하며 고개를 숙였다. 그녀는 벨몽의 팔에 손을 얹었고, 벨몽은 테이블까지 그녀를 안내했다. 넬리 양의 맞은편에 자리를 잡은 벨몽은 말없이 식사만 하고 있었다.

식사 내내 화제는 뤼팽과 도난당한 가구들, 지하통로와 그리고 셜록 홈즈였다. 식사가 거의 끝나갈 무렵 누군가 화제를 바꾸자 그제야 벨몽은 대화에 끼어들었다. 그의 이야기는 유쾌했다가 진지해지고, 감동적이었다가 신랄해지기도 하면서 대화를 이끌어갔다. 그가 이야기하는 이유는 오직 맞은편 숙녀의 관심을 끌기 위한 것으로 보였지만, 그녀는 다른 생각에 잠겨 있느라 벨몽의 이야기를 거의 듣지 않고 있었다.

성 안뜰과 프랑스식 정원이 내려다보이는 테라스에서 커피 타임이 시작되었다. 잔디밭 한가운데에서는 군악이 연주되고 있었고 그 주변에는 농부와 군인들로 가득했다. 하지만 넬리 양의 머릿속에는 뤼팽이 했던 약속만이 맴돌았다.

'3시까지 모든 것을 되돌려놓겠다고 했는데…….'

커다란 괘종시계의 바늘은 2시 40분을 가리키고 있었다. 자기도 모르게 자꾸 시계에 눈이 가고 시간이 흐를수록 시계에서 눈을 뗄 수 없었다. 그녀는 느긋한 자세로 흔들의자에 앉아 있는 벨몽을 바라보았다.

어느덧 시간은 2시 50분, 2시 55분이 지나고 넬리 양은 불안과 초조함으로 숨이 막힐 듯했다. 과연 뤼팽이 약속을 지키는 기적이 일어날 것인가? 성 안과 정원, 들판까지 사람들로 가득하고, 판사와 예심판사가 수사를 벌이고 있는데 과연 그렇게 할 수 있을까?

그러나 그렇게 진지한 목소리로 약속을 해준 뤼팽을 생각한다면 반드시 약속을 지킬 것이라는 확신을 가질 수 있었다. 그의 신비스런 에너지와 권위, 진실성에 감동받았던 것을 생각한다면 그렇게 될 수밖에 없었던 것이다. 자신이 바라는 것은 기적이 아니라 당연히 이루어져야 할 일처럼 여겨지기도 했다. 그 순간, 넬리 양과 벨몽의 시선이 마주쳤고 그녀는 얼굴을 붉히며 눈을 돌렸다.

드디어 3시가 되었다. 괘종시계가 세 번 울렸다. 그와 동시에 벨몽은 회중시계를 꺼내보고 다시 호주머니에 넣었다. 그렇게 몇 초가 더 흘렀다. 그런데 갑자기 잔디밭에 몰려 있던 사람들이 사방

한 발 늦은 셜록 홈즈

으로 흩어지더니 각각 두 마리의 말이 끄는 두 대의 커다란 마차가 철문을 지나 들어섰다. 그 마차는 장교용 트렁크나 병사들의 짐을 싣고 부대를 따르는 수송대의 일부였는데, 현관 계단 앞에 마차를 세운 후 보급계 하사관은 마차에서 뛰어내리더니 드반 씨를 찾았다.

드반은 계단을 달려 내려가서 마차에 실려 있는 것들을 확인했다. 드반은 꼼꼼하게 방수포로 포장된 자신의 가구, 그림, 예술품 등을 확인했다. 대체 어떻게 된 일인지를 묻자, 하사관은 당직 특무상사가 보고한 내용이라며 서류를 보여주었다. 그 서류에는 제4대대 2중대는 아르크 숲속 알라 교차로에 있는 귀중품들을 오후 3시까지 티베르메닐 성의 조르주 드반 씨에게 전달하라는 내용이었다. 명령을 한 사람은 보벨 대령으로, 그의 서명이 날인되어 있었다.

"서류에 쓰인 대로 교차로에 이 물건들이 있었습니다. 오가는 사람들이 넘볼 수 없도록 철책까지 둘러쳐져서 정돈되어 있더군요. 정말 엉뚱했지만 명령은 수행해야 했으니까요."

하사관은 웃으면서 이렇게 덧붙였다. 명령서의 서명을 확인하기 위해 장교 한 명이 내려왔고, 그 서명은 거의 완벽해 보였지만 위조임이 밝혀졌다. 곧 연주는 중단되었고 모두 물건들을 제자리에 놓기 위해 한바탕 소란이 일어났다.

넬리 양은 북새통 중에서도 혼자 테라스 구석에 서 있었다. 정리하기 어려운 복잡한 감정이 그녀의 머리와 가슴속에 가득 차 있었다. 문득 멀리서 자신을 향해 다가오는 벨몽을 보았고, 그녀는 자리를 피하고 싶었지만 갈 곳이 없었다. 테라스의 난간이 막혀 있었고, 관목들과 오렌지 나무, 협죽도, 대나무 화분 상자들이 통로를 비좁게 해서 지나갈 수 없었기 때문이다.

"지난밤의 약속은 지켰습니다."

어쩔 수 없이 자리에 서 있는데, 작은 목소리 하나가 그녀의 귓가에 속삭였다. 주위를 다시 확인해 보니 어느새 벨몽, 아니 뤼팽이 옆에 서 있었다.

"약속은 분명히 지켰습니다."

주저하는 듯한 그의 목소리가 다시 들렸다. 그의 목소리는 감사하다는 말이나 어떤 반응을 기대하고 있었지만, 넬리 양은 아무런 대답도 하지 않았다. 뤼팽은 매우 당황했지만 그녀가 모든 사실을 알고 있다는, 숨길 수 없는 사실에 끝없는 고통을 느끼고 있었다. 자신의 행동에 대해 변명하고 싶었고, 자신이 살아온 당당하고 결백한 삶의 모습을 보여주고 싶었다. 그러나 그의 이성은 어떤 말도 지금은 어색하게 느껴질 것이라고 타이르고 있었다. 결국 추억을 그리워하는 듯한 목소리만이 슬프게 울렸다.

"매우 오래된 일처럼 여겨지는군요. 프로방스 호의 갑판 위에서 보냈던 그 시간은 참 길었지요. 당신은 오늘처럼 아주 연한 빛깔의 장미 한 송이를 들고 있었어요. 그것을 나에게 주지 않겠느냐고 부탁했었지요. 귀담아 듣는 것 같지 않았지만, 당신은 자리를 뜨면서 그 장미꽃을 두고 갔어요. 난 그것을 한동안 간직하고 있었답니다."

그녀는 여전히 아무런 말도 하지 않았지만, 뤼팽은 말을 계속했다.

"그때를 기억한다면 지금 당신이 알게 된 것은 잊어버려요. 현재를 떠나 과거를 생각해 봐요. 나를 지난밤 당신이 본 모습이 아닌 과거의 그 사람으로 생각해 주세요. 부탁이에요. 내가 그렇게도 변한 건가요? 다른 사람처럼 보이나요?"

그의 말이 끝나자 그녀는 뤼팽을 바라보았다. 그리고 아무 말 없이 그의 손가락에 끼어 있는 반지에 손을 갖다 댔다. 얼핏 보면 반지는 테밖에 보이지 않았지만, 손바닥에 감춰진 부분은 휘황찬란한 빛을 발산하는 루비가 박혀 있었다.

뤼팽의 얼굴이 붉어졌다. 그것은 조르주 드반의 반지였기 때문이다.

"당신이 맞아요. 과거가 어디 가진 않겠죠. 뤼팽은 뤼팽일 뿐이니까요. 당신과 나 사이에 추억이 있을 리가 없어요. 제가 무례했습니다. 당신 곁에 있다는 것만으로도 큰 결례라는 것을 알았어야 했는데……."

그는 모자를 손에 든 채 난간 쪽으로 비켜섰다. 넬리 양은 말없이 그의 앞을 지나쳤고, 뤼팽은 그녀를 잡고 다시 한 번 하소연하고 싶었다. 그러나 그 옛날 뉴욕에서 그녀의 뒷모습을 바라보았던 것처럼 그녀의 실루엣을 눈으로만 좇을 뿐이었다. 그녀는 문으로 이어지는 계단으로 올라갔다. 그 뒷모습이 더 이상 보이지 않게 되자 뤼팽은 그제서야 고개를 돌렸다.

하늘에 떠 있는 구름이 태양을 가렸다. 뤼팽은 모래 위에 찍힌 발자국들을 멍하니 바라보았다. 그러다가 그녀가 서 있던 자리를 눈으로 더듬던 중 가슴의 두근거림을 느꼈다. 넬리 양이 기대어 있던 그 자리에 차마 달라고 말하지 못했던 연한 빛의 장미 한 송이가 남겨져 있었기 때문이다. 일부러 놓은 것인지, 무심코 그냥 두고 간 것인지는 알 수 없었다. 그는 장미를 급하게 집어 들었고, 그 충격으로 꽃잎이 떨어졌다. 뤼팽은 꽃잎 하나하나를 조심스레 주워 모으면서 생각했다.

"이제 그만 돌아가자. 여기서는 더 이상 할 일이 없어……. 잠시 동안 조용히 살아야지. 셜록 홈즈까지 개입하면 상황은 더 나빠질 거야."

별채에서 입구를 통제하는 헌병 몇 명을 제외하면 정원은 텅 비어 있었다. 뤼팽은 잡목 숲속으로 들어가 성벽을 타고 내려온 다음, 구불구불한 오솔길을 통해 가까운 역으로 향했다. 약 10분쯤 걸어갔을 때 가파른 비탈인 비좁은 골목이 나왔고, 그 골목으로 접어들었을 때 맞은편에서 누군가가 이쪽을 향해 걸어오고 있었다.

한 발 늦은 셜록 홈즈

나이는 50대로 보였으며 깔끔하게 면도를 한 얼굴에 매우 까다로워 보이는 인상이었다. 외국인 티가 나는 옷차림에 가방을 맨 채로 묵직해 보이는 지팡이를 들고 있었다. 두 사람이 스치듯 마주칠 때, 그는 영국 억양으로 말을 걸었다.

"실례합니다. 성으로 가는 길이 맞나요?"

"곧장 가시면 성벽이 나옵니다. 그곳에서 왼쪽으로 돌아가면 성이 보일 겁니다. 모두가 기다리고 있으니 서두르시기 바랍니다."

"아! 제가 누군지 알고 있나요?"

"제 친구인 드반 씨가 어제 저녁부터 당신이 올 거라고 매우 기대하고 있었거든요."

"이런, 드반 씨가 그렇게 얘기를 했다면 낭패로군요."

"그렇지 않을 겁니다. 이렇게 제가 가장 먼저 인사를 드릴 수 있게 되다니 영광이네요. 셜록 홈즈 씨라면 제가 누구보다도 존경하는 분이랍니다."

뤼팽은 자신의 말투에 섞인 빈정거림이 눈치 채기 힘들 정도로 미미하긴 했으나 즉시 자신의 실수를 깨닫고 후회했다. 그 순간, 셜록 홈즈의 날카로운 시선이 그를 위아래를 훑었다. 뤼팽은 마치 사진기에 찍히는 것처럼 작은 부분 하나까지 모두 기록되는 느낌을 받았다.

'아, 사진이 찍힌 셈이로군. 앞으로는 홈즈를 만날 때 보통 변장으로는 안 되겠는걸. 나중에라도 나를 알아볼지 모르니.'

뤼팽은 이렇게 생각하면서 인사를 나누고 헤어졌다. 그때 발자국 소리와 말발굽 소리가 나면서 헌병들이 다가오고 있었다. 두 사람은 그들과 몸을 부딪치지 않으려고 길옆의 잡초더미가 우거진 비탈에 바짝 기대어 서 있었다. 요란스럽게 지나가는 헌병대의 규모가 작지 않았기 때문에 다 지나갈 때까지는 시간이 꽤 걸렸다.

그들이 모두 지나가기를 기다리면서 뤼팽은 계속 생각했다.

'그래, 저자가 나를 알아봤을까? 거기에 모든 게 달렸어. 만약 그랬다면 저자는 반드시 이 상황을 이용할 거야. 문제가 생각보다 꽤 심각한데……'

마지막 헌병이 지나가자 셜록 홈즈는 먼지로 뒤덮인 옷을 탁탁 털었다. 그런데 그의 가방 끈이 등 쪽에서 꼬여 있었고, 뤼팽은 그것을 풀어주며 또다시 서로를 관찰했다. 누군가 이 광경을 목격했다면 그 엄청난 의미에 놀라지 않을 수 없었을 것이다. 운명적으로 서로 부딪힐 수밖에 없는 사이였지만, 각자의 능력을 파악하고 대등하게 맞서는 두 사람의 첫 대면은 감동적이기까지 했다.

"고맙소, 선생."

셜록 홈즈가 먼저 말했다.

"천만에요, 그럼 이만."

그들은 서로 헤어져 뤼팽은 기차역으로 길을 재촉했고, 셜록 홈즈는 성을 향해 출발했다.

한 발 늦은 셜록 홈즈

예심판사도 검사도 아무런 소득을 얻지 못하고 떠난 자리에서 많은 사람들은 셜록 홈즈가 도착하기만을 기다렸다. 그러나 막상 그가 도착하자 사람들은 의외라고 생각하면서 실망하는 기색을 숨기지 못했다. 그의 명성에 어울리는 괴이하고 신비스러운 모습을 기대했으나, 실제로 그는 깔끔한 부르주아의 모습을 하고 있었기 때문이다. 셜록 홈즈의 소설 속에 나타나는 카리스마나 영웅적인 모습을 찾아볼 수는 없었지만, 드반은 그를 반갑게 맞이했다.

"드디어 오셨군요! 정말 영광입니다. 그동안 얼마나 뵙고 싶었는지 모릅니다. 이렇게 선생을 만나게 되니 제가 당한 일이 오히려 잘된 게 아닌가 싶기까지 하군요. 여기까지 어떻게 오셨나요?"

"기차역에 도착해서 걸어왔습니다."

"아니, 제가 플랫폼까지 자동차를 미리 보냈는데요."

"드반 씨, 제가 여기 온 것이 무슨 환영할 일은 아니지 않소. 일을 처리하러 왔을 뿐인데 그런 대접은 너무 과합니다."

홈즈는 시큰둥한 표정으로 말했다. 그의 표정과 말투로 드반은 기분이 나빠졌지만, 아무렇지 않다는 표정을 지었다.

"홈즈 씨, 제가 편지에 썼던 것보다 일이 더 쉬워졌습니다."

"아니, 왜죠?"

"제가 우려했던 사건이 지난밤에 발생했거든요."

"아마 드반 씨가 제가 온다는 것을 떠벌리지 않았다면 도난사건은 일어나지도 않았을 겁니다."

"그럼 언제 일어났을까요?"

"글쎄요, 내일 아니면 그 이후에 일어났겠죠. 뤼팽은 독 안에 든 쥐가 되었을 것이고요."

"내 가구들과 보물들은요?"

"물론 무사했을 겁니다."

"하지만 어제 도난당했던 가구와 보물들은 모두 여기 그대로 있습니다."

"뭐라고요? 그게 무슨 말인가요?"

"오늘 오후 3시에 뤼팽이 모두 되돌려줬어요. 두 대의 군용 짐마차에 실려 돌아왔습니다."

말이 끝나기도 전에 홈즈는 모자를 눌러쓰고 가방을 다시 등에 맸다.

"지금 뭐하시는 건가요?"

"영국으로 돌아가려고 합니다."

"이제 막 도착했는데요?"

"당신의 가구들은 제자리로 돌아왔고 뤼팽은 이곳을 떠났으니까요. 그렇다면 내가 할 일도 없고요."

"하지만 전 선생의 도움이 필요해요. 도난사건이 언제 또 일어날지도 모르고요. 게다가 뤼팽이 여기를 어떻게 드나들었는지, 왜 물건을 다시 돌려주었는지 우린 전혀 모르고 있습니다."

"아, 사건의 경위를 전혀 모른다고요?"

한 발 늦은 셜록 홈즈

풀어야 하는 비밀이 있다는 말에 홈즈의 깐깐한 태도가 금세 바뀌었다.

"좋아요, 살펴보죠. 되도록 우리끼리 신속하게 처리합시다."

드반은 홈즈를 거실 안으로 데리고 갔고, 홈즈는 냉정하고 간결한 어조로 지난밤에 일어난 일과 성에 거주하는 사람들을 조사했다. 그리고 두 권의 연대기에 있는 지하통로의 지도를 비교했고, 젤리스 신부가 찾아냈던 두 개의 인용문을 한동안 바라보았다.

"그 인용문을 처음 언급했던 게 어제였나요?"

"네, 그렇습니다."

"그 전까지는 벨몽 씨에게 그 이야기를 한 적이 없었나요?"

"전혀 없었어요."

"좋아요. 자동차를 준비해 주세요. 한 시간 안에 이곳을 떠나야 하니까요."

"한 시간 안에 떠난다고요?"

"뤼팽도 그 문제를 푸는데 그 이상의 시간을 쓰지는 않았을 테니까요."

"무, 문제라뇨? 무슨 문제를 말하는 거죠?"

"일단 아르센 뤼팽과 오라스 벨몽은 동일인물입니다."

"역시, 그렇군요."

"어젯밤 그 인용문을 이야기함으로써 뤼팽이 수주일 동안 찾았던 열쇠를 넘겨준 셈이죠. 그는 그 덕분에 문제를 해결했을 뿐만 아니라 성을 깨끗하게 털 수 있었던 거예요. 나 역시 뤼팽이 생각한 정도는 할 수 있고요."

홈즈는 말을 마치고 방을 왔다 갔다 하더니 의자에 앉아 긴 다리를 꼬고 눈을 감았다. 드반은 홈즈의 모습을 보면서 불안한 마음을 감출 수 없었다.

'지금 자는 건가, 생각하는 건가? 어떻게 해야 하는 거지?'

이런저런 생각을 하며 드반이 차를 부르기 위해 바깥으로 나갔다 다시 들어왔다. 그때 홈즈는 전시실의 계단에 무릎을 꿇은 채로 카펫을 유심히 관찰하고 있었다.

"카펫에 뭔가 있습니까?"

"여길 보세요. 촛농이 보이나요?"

"그러네요. 얼마 안 된 것같이 보이는군요."

"똑같은 촛농이 저쪽 계단에도 있어요. 뤼팽이 털었던 진열장 근처에도 촛농이 있고요."

"촛농이 어떻다는 거죠?"

"뭐 아직 결론이 나온 건 아닙니다. 다만 촛농과 관련된 사실을 파악하면 뤼팽이 왜 물건을 가져다 놓았는지 알 수 있을 거예요. 하지만 지금은 다른 문제가 더 급해요. 가장 중요한 건 지하통로로 들어가는 방법이니까요."

"역시 당신은……."

"난 지하통로를 단지 찾는 데에만 그치지 않아요. 이미 알고 있답니다. 성에서 약 300미터쯤 떨어진 곳에 성당이 하나 있지 않습니까?"

"네, 롤롱 공작의 무덤이 있는 작은 성당인데 거의 폐허가 다 된 곳이죠."

"당신 운전사한테 그 성당 앞에서 기다리라고 말해 주세요."

"제 운전사는 역에서 아직 돌아오지 않았어요. 오는 대로 연락하라고 말은 해두었습니다만. 그 지하통로가 성당까지 닿아 있는 건가요? 그런데 무슨 근거로 그런 말씀을 하시는 거죠?"

"선생, 사다리와 램프를 준비해 주시겠습니까?"

홈즈는 드반의 말에는 대꾸하지 않고 자신의 요구사항만 전달했다.

"그런 것들이 필요한 건가요?"

"필요하니까 달라고 하는 겁니다!"

드반은 퉁명스럽지만 논리적으로 행동하는 홈즈의 태도에 당황하면서 벨을 울렸다. 잠시 후 하인들이 사다리와 램프를 가져왔고, 그때부터 군대의 명령 같은 정확하고 냉정한 홈즈의 지시가 이어졌다.

"책꽂이에 새겨진 티베르메닐이라는 단어 왼쪽 끝에 사다리를 기대 놓으세요."

드반이 그가 시키는 대로 하자 다른 지시가 계속됐다.

"조금 더 왼쪽, 아니 조금 오른쪽으로 하시오. 됐소. 좀 더 올라

가시오. 모든 글자가 다 양각으로 되어 있죠?"

"네, 맞아요."

"그 중에서 H자(Thibermesnil, 티베르메닐)를 잡고 돌려보시오."

홈즈가 말한 대로 하자 드반의 입에서 놀라운 탄성이 터졌다.

"오, 정말로 돌아가는군요! 오른쪽으로 90도 정도 돌았습니다. 대체 이걸 어떻게 알았죠?"

"지금 거기서 R까지 손을 뻗어봐요. 손이 닿으면 빗장이 벗겨질 때까지 당겼다 뺐다 하면서 움직여 봐요."

홈즈는 드반의 질문에는 역시 대답하지 않고 계속 지시했다. 드반은 R자를 움직여 보았다. 그러자 놀랍게도 안쪽에서 걸쇠가 풀리는 소리가 들렸다.

"좋아요, 이제 다시 사다리를 반대쪽 맨 끝으로 옮겨요. 다시 말하면 티베르메닐의 맨 마지막 글자 쪽으로요. 좋아요, 내 예상이 틀리지 않는다면 저 L자가 문이 되어 열릴 겁니다."

드반이 엄숙한 표정으로 L자를 잡자, 과연 글자가 열리면서 드반이 사다리에서 떨어졌다. 티베르메닐이라는 단어의 첫 번째 글자부터 마지막 글자 사이의 책꽂이 전체가 그 자체를 축으로 해서 통째로 돌며 지하로 향하는 통로를 드러냈기 때문이다.

"괜찮소? 어디 다친 데는 없소?"

홈즈는 지하통로를 보면서 드반에게 물었다.

"괜찮습니다. 그런데 뭐가 뭔지 모르겠습니다. 글자가 움직이고

한 발 늦은 셜록 홈즈

지하통로가 뚫리다니……."

"뭐가 이상한가요? 이래야만 쉴리가 남긴 인용문과 들어맞는걸요."

"어떻게 그렇게 되는 거죠?"

"H가 돌고 R이 떨리니 L이 열린다고(불어로 '도끼hache'와 'H', '공기air'와 'R', '날개aile'와 'L'은 발음이 같다 – 옮긴이) 생각하면 간단한 겁니다. 이렇게 해서 앙리 4세가 탕카르빌 양을 남의 눈에 띄지 않고 성 안으로 맞아들일 수 있었을 테고요."

"그럼 루이 16세가 남긴 글은요?"

드반은 존경스런 눈빛으로 홈즈를 바라보며 물었다.

"루이 16세는 대단한 대장장이였고 자물쇠공으로 알려져 있어요. 그의 저작으로 알려진 《글자 맞추기식 자물쇠 개론》이라는 책도 읽은 적이 있지요. 아마 티베르메닐 가문도 왕의 그런 취향을 알고 있었기 때문에 이런 기발한 잠금 장치로 왕의 호의를 얻으려고 했겠지요. 왕이 남긴 쪽지에 적인 2-6-12는 알파벳의 순서예요. H, R, L은 티베르메닐이라는 글자의 두 번째, 여섯 번째, 열두 번째 글자니까요."

"오, 정말 대단하군요. 이제 알겠습니다. 하지만 이 방에서 이런 식으로 나갈 수 있다는 건 알겠지만, 뤼팽은 어떻게 들어온 거죠?"

홈즈는 대답하지 않고 램프를 들고 지하로 들어갔다.

"역시 그렇군. 이곳을 보면 모든 게 어떻게 돌아가는지 알 수 있어요. 서가에 새겨진 글자가 여기에도 그대로 있으니까요. 물론 방향은 정반대지만. 뤼팽은 우리가 추리한 과정을 이쪽에서도 그대로 적용했을 거예요."

"하지만 증거가 있어야 하는데요."

"증거요? 여기 기름 찌꺼기를 보시오. 뤼팽은 오래된 기계장치를 돌리기 위해 기름칠을 해야 하는 것까지 고려한 사람이오."

홈즈는 이렇게 말하면서 뤼팽의 주도면밀함에 감탄하는 것처럼 보였다.

"하지만 이 지하통로가 어디까지 이어져 있는지는 어떻게 알았을까요?"

"내가 알아낸 방법과 같았겠죠. 지하통로로 따라와요."

"여기 지하통로를 걸어간다고요?"

"왜요? 가는 것이 무서운가요?"

"그건 아니지만……. 정말 자신이 있는 건가요?"

"눈을 감고도 갈 수 있을 것 같소만."

두 사람은 일단 12계단을 내려갔고, 다시 같은 형식의 12계단을 두 차례 더 내려갔다. 드디어 그들은 한없이 이어진 컴컴한 통로로 들어섰으며 그곳에서 벽돌로 쌓은 벽에 보수공사를 한 흔적을 볼 수 있었다. 아직도 여기저기 물기가 배어 나왔으며, 바닥은 매우 축축했다.

"우리가 지금 연못 아래를 지나가고 있는 건가요?"

드반은 불안해하며 중얼거렸다. 한참을 걷자 통로의 끝에는 다시 12개의 계단이 이어졌고, 힘들게 그 층계를 모두 걸어 올라가자 마침내 암반으로 만든 작은 동굴 밖으로 나올 수 있었다. 길은 그곳에서 끝났다.

"이런, 전부 바위밖에 없네요. 생각보다 골치 아픈 문제로군."

홈즈가 투덜거리자 드반이 조심스럽게 말을 꺼냈다.

"이제 그만 돌아가죠. 이 정도만 해도 저는 충분합니다."

그때 고개를 든 홈즈에게서 작은 감탄사가 터져 나왔다. 바로 머리 위에 입구와 같은 기계장치가 보인 것이었다. 아까처럼 세 개의 글자를 조작하자 돌덩어리가 움직였다. 나중에 확인해 보니 그 바위는 롤롱 공작의 묘석이었고, 그것에도 12개의 글자인 티베르메닐이 새겨져 있었다. 묘석이 있는 곳은 처음 홈즈가 말했던 낡고 작은 성당이었다.

"이게 바로 '신에게로 이른다.'라는 문장이었어요. 비록 폐허가 되었지만 성당이니까요."

홈즈의 천재적인 능력 앞에서 드반은 다시 한 번 감탄을 금할 수 없었다.

"그렇게 간단한 문장만으로 여기까지 알아낼 수 있다니 정말 대단하군요!"

"사실 그 문장은 필요하지도 않았어요. 국립도서관에서 도난당한 책의 지도를 살펴보면 더 쉽게 알 수 있거든요. 지하통로를 나타내는 선의 왼쪽 끝을 잘 보면 동그라미에 닿아 있죠. 반면 다른

쪽 끝은 십자가에 닿아 있어요. 물론 돋보기로 봐야만 보일 정도였지만요. 이 십자가가 결정적인 힌트였죠. 그것은 바로 지금 우리가 있는 이 성당을 의미합니다."

"정말 엄청난 추리력이에요. 그러면서도 이렇게 단순하고 명료할 수 있다니! 여태 왜 아무도 그런 사실을 몰랐던 걸까요?"

드반은 자신의 눈과 귀를 믿을 수 없을 정도로 놀라워하며 말했다.

"세 개의 단서를 한 번에 모아서 비교하고 검토할 수 없었을 테니까요. 두 권의 책과 그 인용문들 말입니다. 그래서 뤼팽과 나만 할 수 있었던 거죠."

"젤리스 신부와 나는 당신과 뤼팽에게 제공되었던 그 단서들을 모두 알고 있었잖아요. 그런데도 아무것도 몰랐다니……."

"드반 씨, 모두가 비밀을 풀 수 있다면 비밀이 아니겠죠."

홈즈가 웃으면서 말했다.

"하지만 난 10년 동안 항상 이 문제를 생각해 왔어요. 그런데 당신은 10분 만에 이 사실을 모두 알아낸 거죠."

"그냥 습관이죠. 매일 하는 일이 이런 것이니까요."

두 사람이 성당을 빠져나왔을 때, 둘 앞에는 자동차가 대기하고 있었다.

"오, 자동차가 대기하고 있군요."

"아니, 저건 내 차인데요?"

한 발 늦은 셜록 홈즈

"당신 차라고요? 아까 운전사가 아직 돌아오지 않았다고 하지 않았나요?"

"맞아요. 대체 어떻게 된 일인지 모르겠군요."

두 사람은 서둘러 차 앞으로 갔고 드반은 운전석을 살펴보았다.

"에두아르, 자네에게 누가 여기로 가라고 하던가? 여기 어떻게 왔지?"

"벨몽 씨가 이리로 가라고 했습니다."

"벨몽이? 그를 어디서 봤나?"

"역 근처에서 만났습니다. 저를 보더니 작은 성당 앞으로 가라고 말씀하시더군요."

"성당 앞에 가 있으라고 했다고? 다른 말은 없던가?"

"선생님과 친구 분을 기다리라고 말씀하셨습니다."

드반과 홈즈는 서로를 한참 동안 말없이 바라보았다.

"벨몽, 아니 뤼팽은 이 수수께끼를 당신이 금방 풀 거라는 걸 알고 있었군요. 하여간 예의는 바른 친구입니다."

홈즈의 예리한 입가에도 작은 미소가 번졌고, 그는 드반을 향해 고개를 끄덕였다.

"정말 대단한 인물이군요. 처음 보았을 때 짐작은 했지만 생각보다 대단해요."

"그를 보았다고요?"

"성으로 오는 길에서 만났소. 서로 마주친 건 잠깐이었지만."

"그렇다면 그가 뤼팽이라는 것을 한 번에 알아보았나요?"

"아뇨. 하지만 금세 알아챌 수 있었죠. 그가 나에 대해 빈정대는 투로 말했으니까요."

"그런데 왜 그가 그냥 도망가도록 내버려두었나요?"

"내 입장이 유리하긴 했어요. 마침 그때 헌병이 다섯 명이나 지나가고 있었으니까요."

"저런, 그를 잡을 수 있는 정말 좋은 기회였는데 안타깝군요."

드반은 호들갑을 떨면서 말했고, 홈즈는 도도한 얼굴로 말했다.

"바로 그거예요. 나는 뤼팽 같은 적수를 상대할 때는 주어진 기회를 이용하지 않습니다. 스스로 직접 기회를 만들어서 잡는다면 몰라도."

이제 돌아가기로 한 시간이 다 되었다. 뤼팽이 특별한 배려까지 해주었기 때문에 시간을 낭비할 이유도 없었다. 드반과 홈즈는 안락한 의자에 앉았고, 에두아르는 능숙한 솜씨로 차를 출발시켰다. 들판의 숲을 보던 드반은 차 안에서 작은 소포를 발견했다.

"아니 이건 뭐죠? 홈즈 씨한테 보내는 물건 같군요."

"나한테 온 거라고요?"

"여기 보세요. '셜록 홈즈 선생에게 아르센 뤼팽이 드림'이라고 적혀 있어요."

"이런, 젠장!"

홈즈가 소포를 푸는 순간 욕설이 튀어나왔다.

한 발 늦은 셜록 홈즈

"그건 시계 아닌가요? 왜 시계가 들어 있을까요? 혹시…… 아, 이 시계는 선생 것이 아닌가요? 정말 그렇군요. 뤼팽이 홈즈 선생의 시계를 훔치다니 정말 어이없는 일이군요. 세상에! 정말 뜻밖이에요. 역시 홈즈 선생의 말처럼 뤼팽은 대단한 인물이에요."

드반은 당황한 얼굴로 홈즈를 보면서 말했다. 그러고는 참고 참았던 웃음을 마침내 터뜨렸다. 한참을 웃던 드반이 목소리에 힘을 주고 말했다.

"아! 정말 대단한 사람이야!"

홈즈는 소포 속에서 꺼낸 자신의 시계를 본 이후로 더 이상 말을 하지 않고 있었다. 디에프에 도착할 때까지 한 마디도 하지 않는 그의 모습은 화를 내거나 분노한 모습보다 더 무서워 보였다. 플랫폼에 도착한 뒤에야 입을 연 그는 이렇게 말했다.

"맞아요. 그는 정말 대단한 인물이에요. 그 대단한 사람을 내 손으로 붙잡을 날이 반드시 있을 겁니다. 아마 머지않아 나와 뤼팽이 다시 맞붙게 되지 않을까 하는 생각이 드는군요. 이 세상은 우리 같은 두 사람이 함께하기에는 너무 좁으니까 말이오."

결혼반지

결혼반지

이본 도리니는 할머니 댁에 가는 아들을 꼭 껴안으면서 얌전히 지내야 한다고 거듭 말했다.

"도리니 할머니는 아이들을 좋아하는 편이 아니라는 건 너도 알고 있지? 그런데도 일부러 널 부르셨으니 할머니 말씀 잘 듣고 착한 아이답게 행동하렴."

그리고 가정교사에게 말했다.

"프롤라인, 저녁 식사가 끝나면 바로 데리고 오세요. 백작님은 들어오셨나요?"

"네, 부인. 지금 서재에 계세요."

가정교사와 아들이 방을 나가자 이본은 아들을 보기 위해 창가로 갔다. 아이는 집 밖으로 나가자마자 평소와 마찬가지로 키스를 보냈다. 그런데 가정교사가 갑자기 아이의 팔을 거칠게 낚아챘다. 당황한 이본이 좀 더 자세히 보기 위해 창 밖으로 몸을 내밀었을 때, 아이는 큰길의 모퉁이에 이르렀다. 그때 근처에 있던 자동차에서 한 남자가 내리더니 아이에게 다가갔다. 그는 이본도 잘 아는 사람으로, 남편의 신임을 받는 하인 베르나르였다. 그는 아이의 팔을 붙들고 자동차에 태웠다. 가정교사도 마저 태운 뒤 운전

기사에게 지시를 내리고는 떠났다. 불과 10초도 걸리지 않은 사이에 일어난 일에 이본은 매우 당황했다. 그녀는 자기 방으로 뛰어가 외투를 움켜쥐고 급히 문으로 달려갔다. 그런데 문은 잠겨 있었고, 그녀는 열쇠도 가지고 있지 않았다.

이본은 서둘러 다시 침실로 달려갔지만 역시 잠겨 있었다. 순간 그녀의 머릿속에는 남편이 떠올랐다. 지난 몇 년 동안 단 한 번도 웃은 적이 없던 어두운 얼굴, 오직 증오만이 가득했던 그 냉정한 눈빛이 그녀를 향하곤 했다.

'그 사람 짓이 분명해, 그 사람 짓이라고! 아이를 데려가다니, 이런 일이!'

그녀는 문을 쾅쾅 두드리고 발길질을 하다가 벽난로 쪽에 있는 호출 벨을 미친 듯이 눌러댔다. 누군가 그녀를 도와주기를 바라는 마음에 호출 벨을 누르고 또 눌렀고 잠시 후 자물쇠 돌아가는 소리가 들리면서 문이 활짝 열렸다. 밖에는 백작이 무시무시한 표정으로 서 있었고, 그녀는 그의 표정을 보고 몸서리를 쳤다. 백작은 그녀에게 다가왔고, 대여섯 걸음의 거리를 두고 멈췄다. 그녀는 도망가야겠다고 생각했지만 두려움으로 도저히 몸을 움직일 수 없었다. 무언가 말을 하려고 했지만 입술에서는 알아듣기 어려운 앓는 소리만이 새어 나왔다. 무기력한 그녀에게는 죽음에 대한 생각만이 떠올랐고, 정신이 혼미해지기 시작했다. 순간 무릎이 후들거리더니 그녀는 힘없이 쓰러져버리고 말았다.

결혼반지

백작은 재빨리 그녀 곁으로 다가와 목을 졸랐다.

"조용히 해! 사람 부를 생각은 하지 않는 게 좋아. 아무 말 말고 시키는 대로 하는 게 당신한테도 좋을 거야."

백작이 목소리를 깔고 낮게 말했다. 그녀가 저항하지 않자 백작은 행동을 개시했다. 움켜쥐고 있던 손에서 길이가 각각 다른 헝겊 끈을 꺼내더니 순식간에 그것으로 이본의 손목을 결박하고 양팔 역시 몸에 꽁꽁 묶은 뒤 긴 의자에 내동댕이쳤다.

방이 어두워지자 백작은 전등불을 켜고, 이본이 평소 편지를 정리해 두는 소형 책상 앞으로 갔다. 책상의 뚜껑을 무쇠 꼬챙이로 억지로 연 뒤, 서랍 전부를 비워냈다.

"시간낭비였나? 별 볼 일 없는 편지들만 있군. 당신한테 불리한 증거가 하나도 없으니 말이야. 하지만 내 아들은 반드시 내가 데리고 있을 거야. 절대로 놔주지 않을 거라고."

백작은 심술궂은 표정을 짓고 방을 나섰다. 방을 나서던 중 문턱에서 하인 베르나르와 마주쳤고 둘은 한참 동안 무언가를 속삭였다. 그 중 하인이 말하는 몇 마디가 이본에게 들렸다.

"보석 세공인한테 답장을 받았습니다. 그는 언제라도 도와줄 수 있다고 했습니다."

"일은 내일 정오까지 연기되었어. 어머니한테 전화가 왔는데, 몸이 좋지 않아서 그 이전에는 오시기 힘들다고 하시더군."

백작이 말을 마치자 둘은 방을 나갔다. 이본은 자물쇠가 철컥

하며 돌아가는 소리와 함께 멀어지는 남편의 발소리를 듣고 다시 정신을 잃었다.

 이본은 한참 동안 꼼짝도 못 하고 무기력하게 쓰러져 있었다. 불처럼 뜨겁게 그녀를 태우고 빠르게 지나쳐가는 갖가지 생각들로 머릿속은 혼란스러웠다. 도리니 백작이 자신을 대하는 파렴치한 태도, 갖은 협박과 위협, 이혼하기 위한 여러 가지 비겁한 술수 등이 그녀의 머릿속을 맴돌고 있었다.
 곰곰이 생각해 보니 최근 그녀를 음해하려는 음모가 진행 중이었다는 생각이 들었다. 백작의 지시에 따라 하인들이 다음날 밤까지 모두 휴가를 떠났고, 가정교사는 백작과 베르나르와 함께 아이를 납치했다. 이렇게 일이 진행된다면 그녀가 다시는 아들을 볼 수 없을지도 몰랐다.
 "내 아들, 사랑스런 내 아들!"
 그녀는 고통이 복받쳐 오르며 필사적으로 소리를 질러댔다. 모든 신경과 근육을 동원해서 온몸을 움직이자 오른쪽 손이 조금 자유로워졌다. 순간 희망이 온몸을 전율시켰고, 그때부터 탈출하기 위한 몸부림을 계속했다.
 그녀가 자유롭게 되기까지는 오랜 시간이 흘렀다. 손목을 묶고 있던 매듭을 느슨하게 만드는데 엄청난 시간이 흘렀고, 손이 풀린 다음에도 양팔과 가슴을 묶은 매듭을 해체하는 데는 적지 않은 시간이 필요했다. 정강이를 옭아맨 끈을 푸는 데도 많은 시간이 걸렸다. 하지만 이본은 아들을 생각하며 모든 시간을 이겨냈고, 괘종시계가 8시를 알릴 때 마지막 매듭까지 풀어낼 수 있었다. 그녀는 자유를 되찾았다.

이본은 벌떡 자리에서 일어나 창가로 달려갔다. 길을 지나가는 사람이 있으면 바로 구조를 요청할 생각이었다. 때마침 보도에는 경찰관 한 명이 순찰을 돌고 있었고, 그녀는 상체를 내밀고 소리를 지르려고 했다. 하지만 차가운 밤공기가 얼굴에 닿는 순간, 그녀는 정신이 번쩍 들었다. 소리를 지른 후에 벌어질 모든 상황이 스쳐 지나갔기 때문이다. 매우 큰 소란이 일어날 것이고, 경찰과의 힘들고 긴 수사와 심문 절차가 계속될 것이었다. 게다가 아들도 매우 걱정이 되었다. 아이를 되찾기 위해서는 소리를 질러 구조를 요청하는 것보다 더 좋은 방법을 찾아야만 했다. 일단 이곳을 벗어나야 한다는 생각을 갖고 그녀는 나지막하게 말했다.

"도와주세요! 도와주세요!"

이 말은 마치 주문처럼 그녀에게 어떤 생각을 일깨우기 시작했고, 구원의 손길이 불가능하지만은 않다는 느낌을 들게 해주었다. 잠시 깊은 생각에 잠겼던 그녀는 소형 책꽂이로 달려갔다. 그곳에서 차례대로 책을 집어 들고 무언가를 찾았다. 다섯 번째 책을 펼쳤을 때, 그 사이에서는 다음과 같은 문구가 쓰인 명함이 한 장 떨어졌다.

Arsène Lupin

오라스 벨몽
루아얄 거리 사교 클럽

그 순간, 이본의 머릿속에는 몇 년 전 사교 모임에서 만났던 한 남자가 생각났다. 그 남자는 그녀에게 매우 묘한 뉘앙스로 다음과 같은 말을 속삭였던 것이다.

'만약 조금이라도 위험해지거든, 이 책 사이에 끼워둔 명함을 우편으로 부쳐주세요. 언제 어느 때라도 당신을 돕기 위해 달려가겠습니다.'

그는 매우 강한 확신에 가득 차 있었고, 패기와 박력이 가득하여 시간이 지난 후에도 한동안 잊히지 않았다. 그녀는 기계적인 동작으로 속달우편용 봉투를 꺼내 명함을 집어넣었다. 봉투를 봉인한 다음, 겉에 '오라스 벨몽, 루아얄 거리 사교 클럽'이라고 적은 뒤 다시 창가로 다가갔다. 밖에는 경찰관이 왔다 갔다 하고 있었고, 이본은 운에 맡긴다는 마음으로 봉투를 최대한 멀리 던졌다. 운 좋게 봉투가 경찰이나 다른 사람의 눈에 띈다면 알아서 부쳐줄 것이라는 막연한 희망뿐이었다.

그 행동이 매우 무모한 것이라는 사실은 그녀 역시 잘 알고 있었다. 제대로 주소를 찾아 배달된다는 것 역시 확신할 수 없었으며, 남자가 '언제 어느 때라도' 그녀를 돕기 위해 달려와 준다는 것은 더더욱 불가능하게 생각되었기 때문이다.

너무 정신을 혹사시켰던 탓인지 갑작스러운 피로감이 몰려왔다. 이본은 안락의자까지 겨우 걸어갔고, 그대로 쓰러지고 말았다. 그렇게 한동안 시간이 흘러갔고, 어두운 겨울 저녁의 음산한 기운이 방을 둘러싸고 있었다. 그녀는 정신이 몽롱하면서도 시계의 종소리를 꼼꼼하게 세면서 시간을 체크했고, 건물에서 나오는 소음에 집중했다.

이윽고 남편이 저녁 식사를 마치고 이 방문 앞까지 왔다가 서재로 내려갔다는 사실을 알 수 있었다. 그러나 의식이 매우 희미했기 때문에 그녀는 남편의 의심을 사지 않기 위해서 원래 묶여 있던 긴 의자 위에 앉아야 한다는 생각조차 하지 못하고 있었다.

자정을 알리는 12번의 괘종시계 종소리가 울렸고, 곧이어 30분, 새벽 1시를 알리는 종소리가 계속되었다. 이본은 그저 자신에게 다가올 사태를 기다릴 수밖에 없었다. 그녀의 머릿속에는 아들과 자기 자신이 서로 껴안고 있는, 모자상처럼 다정한 모습이 떠올랐다. 그러나 곧 그를 방해하는 어떤 악몽이 모든 것을 망가뜨렸다. 누군가 두 사람을 거칠게 떼어놓았고 그녀는 울면서 헐떡거리고 있었다.

애써 몸을 일으키려고 하는데 문의 열쇠구멍에서 열쇠 돌아가는 소리가 그녀의 귀에 들렸다. 그녀의 비명을 듣고 백작이 온 것임이 분명했다. 그녀는 무기를 찾기 위해 노력했지만, 방으로 들어오는 사람을 보는 순간 자신의 눈을 의심하지 않을 수 없었다.

"이럴 수가! 다, 당신은……."

그녀를 향해 걸어오는 한 남자는 눈부시게 우아했다. 망토와 실크 모자를 옆에 끼고 다가오는 그를 이본은 한 눈에 알아볼 수 있었다. 그는 오라스 벨몽이었던 것이다.

"정말 당신이군요!"

이본은 확인하듯이 반복해서 말했다.

"죄송합니다, 부인. 당신의 편지가 늦게 도착한 탓에 이제야 올 수 있었습니다."

벨몽은 공손하게 인사를 하면서 그녀에게 말했다.

"정말 당신인가요? 어떻게 이럴 수가 있는지 난……."

"당신이 부르면 무조건 달려오겠다고 약속하지 않았던가요?"

그는 당황스러워하는 이본 앞에서 의외라는 듯이 말했다.

"하지만……. 그래도……."

"그래서 이렇게 온 겁니다. 걱정하지 마세요."

남자는 웃으면서 말했다. 그는 이본이 오랜 시간을 걸려 풀어놓은 헝겊 끈들을 바라보고 있었다.

"누군지는 몰라도 매우 예의 없는 행동을 했군요. 당신을 묶고 가둔 것은 모두 도리니 백작의 짓이죠? 그런데 어떻게 속달우편을 보낸 거죠? 아, 저 창문을 통해서…… 그렇다면 다시 제대로 닫아 놓았어야죠."

벨몽은 창문을 닫았고 이본은 창문 닫히는 소리에 깜짝 놀랐다.

결혼반지

"그러다가 사람들이 들고 오면 어쩌려고요?"

"두려워하지 말아요. 이 집에는 아무도 없어요."

"남편이 있을 텐데요."

"도리니 백작은 10분 전에 외출했어요. 도리니 백작부인 댁으로 말입니다."

"남편이 어디로 외출했는지 당신이 어떻게 알죠?"

"그에게 전화를 한 통 했으니까요. 나는 길모퉁이에서 결과를 기다리면 되는 거였고요. 예상했던 것처럼 백작은 하인을 데리고 집을 나섰고, 나는 특수열쇠를 사용해서 집 안으로 들어왔지요."

그는 별 얘기 아니라는 듯이 말하면서 이본에게 상황을 설명해 주었다. 그러나 이본은 다시 갑작스런 불안감에 사로잡혔다.

"하지만 거짓말이니 곧 들통이 나지 않을까요? 백작부인이 아픈 게 아니니까요."

"물론 백작은 곧 돌아올 겁니다. 속았다는 것을 알고 돌아오기까지는 최대 45분 정도 걸리겠지요."

"어서 가요……. 여길 벗어나고 싶어요. 다시는 이렇게 붙잡힐 수 없어요. 아들도 만나야 하고요."

"잠깐 기다려 봐요."

"잠깐이라뇨? 남편이 내 아이를 납치했다고요. 그 애한테 무슨 일이라도 생기면 난……."

이본은 무서운 표정을 지으면서 벨몽이 만류하는 손길을 뿌리

쳤다. 벨몽은 부드럽고 공손하게 그녀를 부축해 의자에 앉혔다. 그리고 그녀를 향해 진지하게 말했다.

"부인, 지금은 한시가 급해요. 무엇보다 이 점을 명심해야 해요. 우리는 6년 전에 모두 4번을 만났죠. 바로 이 저택에서 만났던 네 번째 만남에서 당신이 나를 달갑게 여기지 않는다는 사실을 알고 난 더 이상 당신을 찾지 않았어요. 하지만 당신은 나를 믿었던 거지요. 그래서 내가 이 책 사이에 끼워두었던 명함도 간직하고 있었던 거고요. 그리고 결국 6년 만에 당신은 나를 다시 곁으로 불러들이고 말았죠. 나는 당신에게 나에게 보여준 신뢰를 다시 한 번 요구하고 싶어요. 무조건 내가 시키는 대로 해야 해요. 지금 여기에 내가 온 것처럼, 앞으로도 나는 당신을 도울 테니까요."

그의 친절하고 부드러운 목소리에는 믿음직스러운 권위마저 느껴졌다. 타이르는 듯한 벨몽의 얘기에 이본은 마음을 진정시켰다. 아직은 심리가 매우 불안정했지만 그와 함께 있다는 것만으로도 차츰 안정되는 느낌을 받았다.

"두려워하지 마세요, 부인. 도리니 백작부인은 뱅센 숲 가장자리에 살고 있으니 가까운 거리가 아니에요. 남편이 자동차를 타고 온다 해도 3시 15분 전에는 이곳에 돌아오기 힘들 거예요. 지금은 2시 35분입니다. 정확히 3시에는 이곳을 벗어나 아들이 있는 곳으로 모셔다 드릴게요. 하지만 모든 것을 파악하기 전에는 나 역시 이곳을 떠날 수가 없어요."

결혼반지

"제가 어떻게 해야 할까요?"

"제가 묻는 질문에 대답하세요. 정확한 사실만을 말해 주시고요. 여유는 딱 20분이고, 문제를 해결하기에는 충분한 시간이에요."

"어서 물어보세요."

"백작이…… 그러니까 어떤 범죄를 계획하고 있는 걸까요?"

"아니오, 그렇지 않을 거예요."

"그렇다면 단지 당신 아들 때문에 이런 일을 벌인 걸까요?"

"그래요."

"백작은 당신과 이혼하고 나서 당신이 집에서 쫓아낸 당신의 옛 친구와 결혼하기 위해 아들을 납치한 거로군요. 부인, 돌리지 말고 솔직히 대답해 주세요. 이것은 세상이 다 아는 사실이니까요. 무엇보다 중요한 아들이 걸린 문제니까 부끄러움이나 민망함은 모두 버리세요. 남편에게 다른 여자가 있죠?"

"네…… 그래요."

"그 여자는 돈이 없고 도리니 백작 역시 파산한 상태라 돈이 없죠. 그의 어머니인 도리니 백작부인에게 지불되는 연금과 당신의 두 삼촌이 당신 아들에게 물려준 막대한 유산밖에는 돈 나올 데가 없습니다. 그래서 당신 남편은 이 재산을 독차지하기 위해 당신 아들을 맡고자 하는군요. 그러기 위한 유일한 방법은 당신과의 이혼이고요. 내 말이 맞나요?"

"정확해요."

"그런데 당신이 이혼을 해주지 않고 있는 거죠?"

"네, 시어머니 역시 독실한 신자이기 때문에 이혼에는 반대하세요. 시어머니가 이혼을 허락하는 경우는 오직 한 가지뿐이에요."

"그게 뭐죠?"

"제 행실에 문제가 있다는 걸 증명할 수 있는 경우예요."

"그렇다면 백작이 당신이나 아들에게 해를 끼치지는 않겠군요. 법적으로도 이해관계로도 정숙한 여인이라는 벽에 부딪쳤을 테니까요. 그러나 이렇게 느닷없는 행동을 하는 걸로 봐서는 싸움을 걸고 있는 게 분명해요."

"그 말이 무슨 뜻이죠?"

"백작 같은 인간이 이런 가능성 없는 일을 벌이는 건 다 이유가 있다는 거죠. 무기가 될 수 있는 어떤 증거가 있는 게 분명해요.

"무기가 될 수 있는 증거라니요?"

"그건 나도 모르죠. 어쨌든 그런 게 있을 테니까 이런 무모한 짓을 하겠죠. 그렇지 않다면 아들을 납치하지는 않았을 거예요."

"어머, 끔찍해요. 그이가 대체 무슨 속셈을 가지고 있을까요?"

"잘 생각해 봐요. 그가 책상을 뒤진 것 같은데 그 안에 당신에게 불리한 편지나 서류가 있나요?"

"전혀 없어요."

"그것도 아니라면 당신을 위협할 때 했던 말 중에 혹시 단서가 될 만한 것은 없었나요?"

결혼반지

"그런 건 없었는데요."

"그래도 분명히 뭔가가 있을 거예요."

벨몽은 안타까운 표정으로 중얼거렸다.

"백작에게 마음을 터놓는 가까운 친구는 없나요?"

"제가 알기로는 없어요."

"혹시 어제 그를 보러 집에 누군가 오지 않았나요?"

"전혀 없었어요."

"그럼 당신을 묶고 감금했을 때 그 사람 혼자였나요?"

"네, 그때는 혼자였어요."

"그리고 나서는 어떻게 했는지 기억하나요?"

"그 다음에는 하인과 문간에서 무슨 이야기를 했어요. 듣기로는 보석 세공인 이야기를 하는 것 같았어요."

"그 얘기가 전부였어요? 다른 얘기는요?"

"아, 다음날, 그러니까 오늘이네요. 시어머니가 오늘 정오가 되기 이전에는 오실 수 없다고 말했어요. 그래서 정오까지 어떤 일을 미뤄야 한다고 말했어요."

"지금 대화 내용 중에 어떤 거라도 괜찮으니 계획을 암시할 만한 것은 없었나요?"

"아, 모르겠어요. 정신이 없던 때라서……."

"그런데 당신의 보석들은 모두 어디 있나요?"

"남편이 전부 팔아버렸어요."

"그럼 하나도 없나요?"

"네."

"반지 하나, 목걸이 하나도?"

"남아 있는 건 이거 하나뿐인걸요."

이본은 손가락을 보이면서 벨몽에게 말했다.

"결혼반지인가요?"

"사실…… 이 반지는…….."

그녀는 말을 잇지 못하고 한껏 상기된 얼굴로 머뭇거렸다.

"아…… 아니에요. 그, 그럴 리가 없어요. 그 사실을 알 리가 없어요."

벨몽은 그녀를 다그쳤고 한동안 입을 닫고 있던 그녀는 마침내 입을 열었다.

"사실 이건 결혼반지가 아니에요. 아주 오래 전 일인데 방 벽난로 위에 결혼반지를 잠깐 뒀다가 떨어뜨린 적이 있어요. 그런데 도저히 찾을 수가 없었어요. 그래서 남편 몰래 똑같은 걸로 주문을 하고 그때부터 지금까지 끼고 있었어요."

"진짜 결혼반지에는 날짜가 새겨져 있겠죠?"

"네, 10월 23일이라고 새겨져 있어요."

"지금 끼고 있는 반지에도 날짜가 있나요?"

"이 반지에는…… 날짜가 없어요."

벨몽은 그녀가 매우 거북해 하면서 주저하고 있는 것을 보고 다시 부탁했다.

"제발 나에게는 아무것도 숨기지 말아요. 지금까지 이야기를 잘 했잖아요. 앞으로도 나에게 모든 것을 믿고 말해줘요."

"정말 그렇게까지 해야 할까요?"

이본은 여전히 불안한 눈빛으로 그에게 물었다.

"분명히 말할게요. 아주 자그마한 정보라고 해도 굉장히 중요한 단서가 될 수 있어요. 모든 사실을 알게 되면 해결 방법도 쉽게 찾을 수 있을 겁니다. 자, 어서 말해요. 시간이 얼마 없어요."

"사실 숨길 것도 없죠. 그때는 인생에서 가장 힘들고 비참했던 시절이에요. 남편에게 버림받은 여자가 그렇듯이 집에서는 굴욕을 당하지만, 사교계에서는 화려한 생활을 하곤 하죠. 이제 와서 말하지만, 결혼 전에 저를 좋아하던 남자가 있었어요. 그 사람과 이루어진다는 것이 불가능하다는 것을 알고 있었는데, 얼마 뒤 그는 저세상 사람이 되고 말았어요. 나는 새 반지에 그 사람의 이름을 새겼고, 부적처럼 가지고 다니곤 했어요. 이미 저는 다른 남자의 아내였기 때문에 사랑 같은 감정은 아니었습니다. 그저 상처를 어루만져줄 수 있는 작은 위안이 필요했을 뿐이에요."

그녀는 침착하게 자신의 마음을 털어놓았고, 벨몽은 그것이 사실임을 그녀의 눈빛으로 알 수 있었다. 침묵이 계속되자 그녀는 다시 불안한 기색을 보였다.

"혹시…… 남편이…… 설마……."

"문제는 바로 이 반지예요. 어떻게 알았는지 모르겠지만, 당신 남편은 반지가 바뀐 사실을 알고 있는 거죠. 이제 정오가 되어 그의 어머니가 오면, 당신 남편은 반지를 빼보라고 하겠죠. 반지에 새겨진 이름으로 불륜의 증거를 포착한 셈이니까요."

벨몽은 그녀의 손을 잡고 금반지를 자세히 살펴보면서 말했다.

"아, 다 틀렸어요. 이제 난 끝났어요."

그녀가 신음하며 말했다.

"아니에요, 오히려 그 반대죠. 일단 그 반지를 나에게 주세요. 그럼 정오 전까지 10월 23일이라고 날짜가 새겨진 같은 반지를 가져올게요."

벨몽은 갑자기 말을 멈추었다. 그가 말하는 동안 그가 잡고 있던 그녀의 손이 차갑게 얼어붙었다. 그는 눈을 들어 백짓장처럼 얼굴이 창백해진 그녀의 얼굴을 바라보며 물었다.

"무슨 일이죠? 왜 그래요?"

그녀는 거의 제정신이 아니었다.

"저는 정말 어떻게도 할 수가 없어요. 이젠 끝났어요. 반지가 너무 꽉 끼어서 절대로 빼낼 수가 없어요. 처음에는 그러려니 했는데 이렇게 중요한 상황이 되니 정말……. 반지는 이제 손가락의 일부가 되어서 살갗에 박혀 있는 거 같아요. 어떻게 할 수도 없어요."

그녀는 힘을 쓰면서 반지를 당겨보았지만 반지는 움직이지 않았다. 오히려 그 부위만 빨갛게 부어올라 더욱 빼기 어려워졌다.

결혼반지

그러더니 갑자기 어떤 끔찍한 기억이 생각났는지 더듬거렸다.

"맞아요, 기억이 나요. 악몽을 꾸던 밤이었는데, 누군가 방에 들어오는 것 같았어요. 그러더니 그가 내게 약을 먹여서 잠들게 하더군요. 그리고 내 반지를 한참 들여다보았어요. 이제 알겠군요. 그는 자신의 어머니 앞에서 반지를 빼 보이려고 할 게 분명해요. 보석 세공인은 내 옆에서 반지를 잘라낼 거구요. 난 이제 어떻게 해야 하죠?"

이본은 두 손에 얼굴을 파묻고 하염없이 울기 시작했다. 마침내 괘종시계의 종소리가 세 번 울렸고, 이본은 자리에서 일어나서 크게 소리쳤다.

"드디어 때가 됐어요. 곧 그이가 올 테니 우리 어서 도망쳐요."

그녀는 서둘러 외투를 걸치더니 문을 향해 달려갔다. 하지만 벨몽은 문 앞을 가로막으며 강한 어조로 말했다.

"당신은 여기를 떠나면 안 됩니다."

"하지만 내 아들은……. 아들이 보고 싶어요. 데려오고 싶어요!"

"아들이 어디 있는지는 알고 있나요?"

"아뇨, 그냥 여기서 나가고 싶어요."

"그래서는 안 됩니다. 모든 것을 망치게 될 거예요."

벨몽이 이본의 팔목을 잡았다. 그녀가 몸부림을 쳤기 때문에 벨몽은 더욱 강하게 그녀를 잡았다. 그리고 그녀를 긴 의자로 다시 데려와 눕히고 이전처럼 헝겊 띠로 팔과 다리를 묶었다.

"부인, 당신이 사라지면 누가 당신을 구했을까요? 누가 문을 열고 방으로 들어왔을까요? 그렇지 않아도 백작부인은 당신의 부정을 의심하는 상황인데 그렇게 되면 당신 남편은 신이 나서 백작부인에게 모든 사실을 말하겠죠. 스캔들은 또 어떻고요! 이대로 도망친다는 것은 이혼하겠다는 것과 다름없어요. 여기 이대로 있어야 해요."

"무서워요, 무섭단 말이에요. 이 반지는 날 괴롭히고 있고요. 제발 빼주세요. 아무도 찾지 못하도록 빼주세요. 부탁이에요."

"반지를 빼는 것도 마찬가지예요. 갑자기 반지가 사라진다면 누가 한 짓으로 생각할까요? 역시 남자가 있다고 생각할 겁니다. 용기를 가지고 정면 대응할 수 있도록 하세요. 모든 걸 다 알아서 할 테니 날 믿으면 됩니다. 어떤 방법을 써서라도 당신 남편이 당신 손가락에서 문제가 없는 결혼반지를 빼낼 수 있도록 할 테니 걱정 말아요. 당신 아들도 곧 다시 안아볼 수 있을 겁니다."

벨몽이 반복해서 그녀에게 확신을 주자 이본은 비로소 다소곳해졌고, 벨몽이 자신을 묶는 대로 놔두었다. 벨몽은 자신이 다녀간 흔적이 있을까 봐 방 안을 꼼꼼하게 검토했다. 그리고 이본에게 공손하게 인사를 하면서 말했다.

"아들을 생각해요. 어떤 일이 있어도 두려워하지 말고요. 내가 당신을 지킬 테니까요."

곧 벨몽이 문을 닫는 소리가 들렸고, 바깥문이 닫히는 소리까지 들렸다. 3시 반이 되자 자동차 한 대가 집 앞에 멈췄고, 화가 잔뜩 난 백작이 방 안으로 거칠게 들어왔다. 그는 이본에게 달려들어 잘 묶여 있는지를 확인하고 반지를 살펴보았다. 그녀는 다시 기절하고 말았다.

정신이 들자 그녀는 얼마 동안 자신이 그 상태로 있었는지 알 수가 없었다. 대낮의 눈부신 햇살이 방 안에까지 들어오고 있다는 것을 알 수 있었고, 몸을 뒤척여보니 그녀를 묶었던 끈이 풀려 있다는 것도 알 수 있었다. 천천히 고개를 돌리자 그녀를 바라보고 있는 남편이 보였다.
"내 아들, 내 아들을 데려와요. 보고 싶어요."
그녀의 입에서 기운이 없는 목소리가 흘러나왔다.
"우리 아들은 안전한 곳에 있소. 그리고 지금 문제는 아들이 아니라 당신이오. 이제 이게 마지막 대면이 되겠지만, 당신은 중대한 해명을 해야 할 거요. 바로 어머니 앞에서 말이오. 당신이 불편할 것은 없겠지만."
"전혀 없어요."
이본은 아무렇지 않은 듯이 말했다.
"자, 그럼 어머니를 모셔오겠소."
"그러세요. 그리고 그때까지 날 혼자 내버려둬요. 어머니가 오실 때까지 마음의 준비를 해둘 테니까요."

"안됐지만 어머니는 이미 이곳에 도착하셨소."
"뭐라고요? 이곳에 오셨다고요?"
당황한 이본은 벨몽이 한 약속이 떠올랐다.
"뭘 그리 놀라는 거요?"
"그럼, 지금 당장 시작하자는 건가요?"
"그렇소."
"도대체 왜 지금이죠? 오늘 저녁이나 내일도 있잖아요."
"지금 당장 해야겠소. 사실 어제 도저히 이해가 안 가는 일이 있었소. 누군가 나를 이곳에서 벗어나도록 하려고 한 건지 어머니 집까지 가게 만들었지. 그래서 무슨 일이 일어나기 전에 증명할 수 있는 시간을 앞당긴 거요. 혹시 간단하게 식사라도 하겠소?"
"아뇨, 됐어요."
"그럼 어머니를 모셔오겠소."

그는 밖으로 나갔고 이본은 시계가 10시 35분을 가리키는 것을 보았다. 자신도 모르게 몸서리가 쳐졌고 신음이 새나왔다. 벌써 10시 35분이라니! 벨몽이 구해 주겠다던 약속은 이미 틀린 것인가! 지금 손가락에 끼고 있는 반지를 사라지게 하는 것은 기적 외에는 불가능할 것이었다.

백작은 어머니를 모시고 와 의자를 권했다. 그녀는 키가 크고 매우 말랐으며 이본에게 늘 적대적이었다. 지금도 눈인사 한 번 건네지 않으면서 마치 법원에 불려온 것과 같은 태도를 보였다.

결혼반지

"길게 얘기할 필요는 없을 것 같구나. 간단히 말해 내 아들이 주장하는 내용을 확인하면 되겠지."

백작부인은 말을 자르듯이 간단하게 이야기했다.

"어머니, 주장하는 게 아니라니까요. 전 사실을 그대로 이야기하고 있습니다. 약 석 달 전, 카펫을 바꾸려고 하던 차에 카펫 상인이 바닥 홈에 끼여 있는 반지를 발견했어요. 제가 아내에게 준 결혼반지였죠. 그 반지가 바로 이겁니다. 여기 10월 23일이라고 날짜가 새겨져 있어요."

"그럼 네 부인이 끼고 있는 반지는 무엇이란 말이냐?"

백작부인이 깜짝 놀라면서 말했다.

"진짜 결혼반지 대신 새로 주문한 거죠. 베르나르가 제 지시를 받아서 그 반지의 출처를 끈질기게 조사했습니다. 그 결과, 파리 근교에서 아내가 반지를 산 곳을 찾아냈죠. 보석상 주인은 한 여자 손님이 반지 안쪽에 날짜 대신 남자 이름을 새겨달라고 했던 사실을 똑똑히 기억하고 있고, 증언할 수도 있다고 했어요. 이름까지는 기억 못 하지만 직접 반지를 만든 기술자는 기억할 거라고 했고, 저는 그 기술자에게 연락을 했어요. 오늘 아침 9시에 베르나르가 그자를 데리러 갔다 왔고 두 사람 다 아래층 서재에서 기다리고 있어요."

그리고 이본 쪽으로 몸을 돌리며 말했다.

"당신이 끼고 있는 그 반지를 좀 보여줘요."

"간밤에 나 몰래 반지를 빼내려고 했을 때 안 빠진다는 걸 알고 있을 텐데요."

"그렇다면 그 반지 기술자를 올라오게 하지. 이럴 때 필요한 반지를 자르는 도구를 가지고 있으니까."

"맘대로 해요."

이본은 체념한 듯이 한숨을 쉬면서 말했다. 그녀는 이미 모든 것을 포기하고 있었다. 사교계를 시끄럽게 할 추문과 이혼, 법에 의해 아이를 빼앗기는 장면까지 떠올랐지만, 결국에는 아들과 함께 둘이 행복하게 살 수 있으리라 다짐했다.

"참으로 경솔하구나, 이본!"

시어머니의 날카로운 목소리가 마음을 찌르는 것처럼 들렸다. 이본은 모든 것을 사실대로 털어놓을까 잠시 생각했지만 아무 소용이 없을 터였다. 백작부인이 가엾은 며느리의 결백함을 믿어줄 것 같지 않았기 때문이다. 그녀는 가만히 운명의 순간을 기다렸다. 곧 남편이 하인과 연장통을 든 남자와 함께 들어왔다.

"무슨 일인지는 알고 있죠?"

백작이 연장통을 든 남자에게 물었다.

"네, 손가락에서 안 빠지는 반지를 절단하는 일이죠. 간단한 일입니다. 집게로 한 번 누르기만 하면 되니까요."

"당신이 그 반지 안쪽에 새긴 글자가 무엇인지 정말 궁금하군. 어서 확인해 보자고!"

결혼반지

백작이 거칠게 말을 내뱉었다. 시계는 11시 10분 전을 가리키고 있었고, 저택 어디선가 사람들이 다투는 소리가 들렸다. 혹시 벨몽일지도 모른다는 실낱같은 희망이 스치고 지나갔지만, 그것은 잡상인이 지나가면서 소란을 부리는 소리에 불과했다.

이제 모든 것은 끝났다. 벨몽은 그녀를 구해줄 수 없을 것이 분명했다. 이본은 앞으로 다른 사람의 말을 믿는 것보다 자신의 힘으로 살아야겠다는 결심을 하면서 다시 아들의 모습을 떠올렸다.

기술자가 이본의 반지를 절단하기 위해 손을 올리자, 그 지저분한 손에 놀란 이본은 뒤로 물러났다. 기술자 역시 당황하여 어쩔 줄 몰라 했다.

"어차피 해야만 할 일이야."

백작은 그녀를 나무랐다. 그녀는 가녀린 손을 떨면서 기술자에게 내밀었고, 기술자는 손을 잡아 손바닥이 위로 향하도록 뒤집어 탁자에 올려놓았다. 절단기의 차가운 금속이 손가락에 느껴졌고, 그녀는 앞으로 닥칠 일이 떠올라 죽고만 싶었다. 이곳을 나가면 독약을 구해서 영원히 깨지 않는 잠을 자겠다고 다짐하고 있었다.

반지를 자르는 작업은 빠르고 신속했다. 날카롭고 단단한 집게가 손가락 사이를 비집고 들어와 공간을 만든 다음, 반지를 놓치지 않게 단단히 물었다. 기술자가 한 번 힘을 크게 쓰자 반지는 툭 끊어졌다. 이제 그 양끝을 벌려 확인하기만 하면 되었고, 기술자는 능숙한 솜씨로 반지를 빼냈다.

"아, 드디어 진실이 밝혀지겠군. 우리 모두의 눈앞에서 증거가 드러날 테지."

백작은 의기양양해서 환호성을 질렀다. 그러고는 반지를 재빨리 빼앗아 안쪽에 새겨진 글씨를 살폈고, 외마디 비명을 질렀다. 반지의 안쪽에는 이본과 백작이 결혼한 10월 23일이라는 날짜가 분명하게 새겨져 있던 것이다.

뤼팽과 나는 몬테카를로의 테라스에 나란히 앉아 휴식을 취하고 있었다. 이야기를 마치고 뤼팽은 담배를 한 대 물고는 하늘을 향해 천천히 연기를 내뿜었다.

"그래서 어떻게 되었나?"

내가 뤼팽에게 물었다.

"그래서라니?"

"이야기가 어떻게 끝났는지 물어보는 거라네."

"아니 지금까지 얘기했지 않은가. 그게 전부라네."

"이보게 뤼팽, 나한테 장난치는 건가?"

"장난이라니. 난 모든 이야기를 다 했는데 부족하다는 건가? 뭐 간단한 결말이지. 부인은 위기를 모면할 수 있었고 백작은 그의 어머니에게 심한 질책을 들었지. 물론 이혼도 허락되지 않았으며 아이는 다시 돌아왔네. 얼마 뒤, 백작은 스스로 집을 나갔고 이본은 아들과 함께 행복하게 살 수 있게 되었지."

결혼반지

"그거야 알겠지만, 부인이 어떻게 위기를 모면했는지에 대해서 좀 더 알려주게."

"아, 친애하는 벗이여."

뤼팽은 웃음을 터뜨리면서 나를 이렇게 불렀다.

"내 모험담을 풀어내는 것을 보면서 자네를 대단한 수완가라고 생각했는데 아닌가 보군. 솔직히 백작의 아내에게는 설명하지 않았는데도 충분히 이해하고 있었거든."

"난 잘 모르겠네. 어서 이야기해 주게나."

뤼팽은 갑자기 5프랑짜리 동전을 꺼내서 손에 쥐었다.

"자, 여기 무엇이 있는가?"

"물론 5프랑짜리 동전이 있지."

그는 다시 손바닥을 폈고 그 안에는 아무것도 없었다.

"얼마나 쉬운 일인지 알겠지? 남자 이름이 새겨진 반지를 끊어낸 다음 기술자가 백작에게 보여준 것은 10월 23일이라는 날짜가 새겨진 다른 반지였다네. 아주 간단한 마술이지만 나에게는 가끔씩 이렇게 중요한 역할을 한다네. 난 피크망(프랑스의 유명한 마술사로 모리스 르블랑은 어린 시절 그의 공연을 보고 매료된 적이 있음 - 옮긴이)과 함께 6개월이나 일한 적도 있고 말이야."

"그렇다면 그 반지 기술자는 자네였단 말인가?"

"당연히 오라스 벨몽, 나였지. 벨몽은 역시 용감한 뤼팽이었고 말이야. 3시에 그녀와 헤어지면서 나는 짧은 시간을 이용해 남편의 서재를 둘러보았는데, 책상 위에 기술자가 보낸 편지가 있어 그의 주소를 알아낼 수 있었지. 그래서 금화 몇 닢을 쥐어주고 그의 자리를 대신하기로 했던 걸세. 당연히 미리 글씨를 새기고 절단까지 한 금반지를 챙겨서 돌아온 거였지. 내가 마술을 부렸으나 그걸 몰랐던 백작이야 당할 수밖에 없었지."

"정말 기가 막힌 일이군."

나는 감탄을 금치 못했고, 농담하듯이 말을 이었다.

"그런데 뤼팽, 자네야말로 이 사건에서 속아 넘어간 사람이지 않을까?"

"누구한테 속았다는 건가?"

"백작의 아내에게 말이야."

"그게 무슨 뜻이지?"

"부적처럼 반지에 새겼다던 그 이름 말이야. 그녀를 짝사랑했다던 그 남자…… 내게는 그 얘기가 어딘가 모르게 어색하게 들리는데. 난 아무래도 자네가 떳떳하지 못한 연애 사건에 휘말린 것처럼 느껴지는데……."

"이 사람, 그럴 리가 있나."

뤼팽은 나를 흘겨보면서 말했다.

"그걸 어떻게 장담할 수 있지?"

"그녀가 그 남자를 결혼 전에 알았고, 그 남자가 죽었다는 말은 사실은 거짓말이네. 하지만 그녀도 그를 마음 깊은 곳에서는 사랑하고 있었지. 난 그 사랑이 순수했고 적어도 그 남자도 그 점을 의심하지 않았다는 증거를 가지고 있지."

"증거라니? 어떤 것 말인가?"

"내가 직접 끊고 지금까지 간직하고 있는 반지라네. 여기 반지 안쪽을 보게나. 그녀가 누구의 이름을 새겼는지 말이야."

그는 나에게 반지를 내밀었고 나는 그 안을 조심스레 살폈다.

오라스 벨몽

뤼팽과 나 사이에는 잠시 정적이 감돌았다. 나는 그의 얼굴 한쪽에서 로맨틱한 감정이 어른거리는 것을 알 수 있었다.

"사실 이 얘기는 자네가 전부터 나에게 암시를 했던 이야기 같군. 이제 와서 털어놓는 특별한 이유라도 있나?"

"특별한 이유라니?"

이렇게 말하면서 뤼팽은 한 소년의 팔짱을 끼고 우리 앞을 지나가는 아리따운 부인에게 눈인사를 했다. 그런데 그녀 역시 뤼팽을 알아보고 눈인사를 하는 것이 아닌가!

"바로 저 여자라네. 아들과 함께 외출하나보군."

뤼팽이 조용한 목소리로 말했다.

"아니, 자네를 알아본 건가?"

"물론! 내가 아무리 뛰어난 변장을 해도 항상 날 알아본다네."

"티베르메닐 사건 이후, 경찰이 뤼팽과 벨몽이 같은 인물이라는 것을 신문에 발표하지 않았는가?"

"물론 그렇지."

"그렇다면 그녀 역시 자네의 존재를 알고 있다는 건가?"

"물론이라네."

"자네가 뤼팽이라는 것을 알고도 인사를 한다고?"

"내가 그녀 앞에서도 뤼팽일 거라고 생각하나? 그녀의 눈에도 내가 도둑이며 협박이나 하는 사기꾼에다가 불한당일 것이라고 생각하는가? 아마 내가 살인을 했다 해도 그녀는 내게 늘 이렇게 따뜻한 인사를 할 거라고 생각하네."

"한때지만 자네를 사랑했기 때문인가?"

"저런, 그런 이유라면 오히려 날 경멸할 걸세. 그 이유는 내가 자신에게 아들을 돌려준 사람이기 때문이야."

해시계의
그림자

해시계의 그림자

"**무슨 일이 있나?** 자네 전보를 받고 오는 길이라네."

회색빛 콧수염과 챙 넓은 모자, 갈색 프록코트를 입은 늙은 군인이 현관에 들어서며 말했다. 만약 뤼팽을 기다리는 것이 아니었다면, 난 아마 그가 뤼팽이라고 상상조차 할 수 없었을 것이다.

"별 일은 아니라네. 그냥 좀 묘한 우연의 일치가 있어서 말이야. 자네는 수수께끼 같은 일을 꾸미는 것도, 해결하는 것도 좋아하니까 이번 일에 흥미를 느낄 수 있으리라 생각해서 불렀다네."

"그 일이 뭔가? 나를 이렇게 급히 오게 했으니 그만한 가치가 있어야 하지 않겠나?"

"그렇지. 일단 지난 주에 내가 구입한 이 그림을 좀 보게나. 센 강 왼쪽 해안에 있는 오래된 상점에서 고른 거라네. 작품은 별로지만 여기 종려나무 잎 장식이 새겨진 제1제정시대풍의 액자 틀이 마음에 들어서 샀다네."

"정말 형편없는 솜씨군. 하지만 소재는 꽤 괜찮은 것 같군. 고풍스런 정원, 그리스풍의 기둥이 늘어선 원형건물, 연못과 해시계, 르네상스식 지붕을 이고 있는 우물과 계단, 돌로 된 벤치…… 모두가 아기자기한 풍경이군."

"게다가 진품이라네."

내가 한 마디 덧붙였다.

"작품의 수준과는 관계없이 이 액자 틀에서 떼어낸 적이 없다는 게 중요하지. 작품이 그려진 날짜도 있어. 여기 아래 왼쪽을 자세히 보게나. 붉은 글씨로 15-4-2라고 적혀 있지? 아마 1802년 4월 15일을 의미하는 게 분명해."

"그래…… 그렇군……. 하지만 아까 우연의 일치라고 말하지 않았나? 아직까지는……."

나는 한쪽 구석에 세워져 있던 삼각대 위의 망원경을 가져와 열려진 창문을 통해 맞은편 건물의 어느 작은 방에 고정시켰다. 그리고 뤼팽을 가까이로 불렀다.

그는 허리를 숙인 채 망원경을 바라보았는데, 이 시간에는 햇살이 맞은편 방을 환하게 비추기 때문에 방이 잘 보였다. 단순한 마호가니 가구와 침대, 두툼하고 질긴 무명 커튼이 드리워져 있는 아동용 침대가 하나 보였다.

"아니, 똑같은 그림이 아닌가?"

뤼팽의 입에서 한 순간 탄성이 터졌고, 나 역시 맞장구를 쳤다.

"정확히 일치하는 그림이라네. 붉은색으로 날짜가 보이나? 15-4-2라고 씌어 있는 숫자 말이야."

"그렇군. 그런데 저 방의 주인은 누구지?"

해시계의 그림자

"어느 부인인데, 형편이 매우 어려워서 먹고 살기 위해 매일 일을 나간다네. 재봉일을 한다는데, 열심히 일해도 자신과 아이 입에 풀칠하기도 어려운 듯해."

"그녀의 이름은 뭔가?"

"루이즈 데르느몽이라네. 내가 얻은 정보에 의하면 그녀는 공포정치(1793. 9~1794. 7, 프랑스 혁명 말기 자코뱅당의 독재 정치를 가리키며, 독재자 로베스피에르가 처형당하면서 막이 내림 - 옮긴이) 시대에 희생당한 어느 총괄징세 청부인의 증손녀라더군."

"앙드레 쉐니에(1762~1794, 프랑스 시인으로 자코뱅당에 대항하는 글을 써서 체포당한 후 로베스피에르가 처형당하기 2일 전에 처형당함 - 옮긴이)와 같은 날 죽었을 거야. 당시 기록을 보면 데르느몽이라는 사람이 아주 대단한 부자로 되어 있는데 말이야."

역사적인 지식이 풍부한 뤼팽이 덧붙였다.

"참 흥미로운 일이 될 것 같군. 그런데 지금까지 아무 말도 하지 않다가 갑자기 이야기하는 이유는 뭔가?"

"오늘이 4월 15일이기 때문이라네."

"날짜가 중요한 무슨 이유라도 있나?"

"관리인이 이야기하는 것을 들었는데, 매년 4월 15일은 루이즈 데르느몽의 생활에서 매우 중요한 의미가 있는 날 같다는 거야."

"그게 사실인가?"

"평소의 그녀는 일을 나가기 전에 자기 아파트의 방 두 칸을 청

소하고 학교에서 돌아올 어린 딸을 위해 점심 준비를 하는 것이 일상이라더군. 그런데 4월 15일이 되면 모든 일을 제쳐두고 오전 10시에 어린 딸과 외출을 했다가 밤이 되어서야 돌아온다는 거야. 벌써 몇 년 동안 그래왔다는군. 생각해 보게, 내가 우연히 그림에서 본 날짜가 다른 그림에도 그대로 적혀 있고, 역시 같은 날에 징세 청부인이었던 데르느몽 가문의 후손이 규칙적으로 외출을 한다는 사실이 특이하지 않은가?"

"자네 말도 일리가 있어. 이상하긴 하군. 그런데 외출 목적지는 어디라고 하던가?"

"그건 모르겠네. 아무한테도 말하지 않는다더군. 평소에도 원래 말이 없고."

"지금까지 말한 내용은 모두 확실하겠지?"

"틀림없다네. 마침 저기 증거가 나타나는군. 저쪽을 보게."

맞은편에서 문이 활짝 열리더니 7~8세쯤 되어 보이는 여자아이가 창가로 다가왔다. 그 뒤로 나타난 여자는 키가 크고 부드러워 보이는 인상에 어딘지 모르게 품위가 있어 보이는 아름다운 얼굴이었다. 둘 다 간편한 차림이었는데, 엄마 쪽은 좀 더 우아해 보이도록 신경을 쓴 흔적이 엿보였다.

"곧 외출할 예정인 것 같군."

내 말이 끝나기도 전에 엄마는 아이 손을 잡고 집을 나섰다.

"같이 가겠나?"

해시계의 그림자

뤼팽은 모자를 집어 들고 나에게 물었다. 나 역시 호기심으로 가득했기 때문에 거절할 이유가 없었고 그와 함께 계단을 내려갔다.

거리로 나가자 여자는 빵가게에 먼저 들어갔다. 그녀는 작은 빵 두 개를 샀고, 아이가 들고 있는 바구니에 넣었다. 바구니 안에는 이미 다른 음식들이 들어 있는 것 같았다. 가게에서 나온 모녀는 외곽으로 뻗은 큰길을 향해 걸었고 에투알 광장까지 그 길을 따라간 다음 클레베 거리를 따라 파시 구역 입구에 도착했다. 뤼팽은 깊은 생각에 잠긴 채 말없이 걸었고, 나는 그에게 이런저런 생각거리를 제공했다는 사실이 즐거웠다.

루이즈 데르느몽은 왼쪽으로 비스듬히 돌아 프랭클린과 발자크가 살았다던 고풍스런 레이누아르 거리로 꺾어 들어갔다. 그곳은 오래된 건물과 소박한 정원이 주욱 늘어서 있어서 마치 시골에 온 듯한 느낌이 들었고, 평지보다 약간 솟아오른 곳에서 내려다보면 수많은 골목들이 모인 지점에서 센 강이 흘러가는 것도 볼 수 있었다.

여자는 그 중 골목길을 하나 택해 비좁고 꼬불꼬불한 길을 계속 걸어갔다. 오른쪽에 레이누아르 거리로 향한 건물이 한 채 있었는데, 그 집은 이끼가 잔뜩 끼어 있고 높은 담벼락은 버팀벽으로 지탱되어 있을 뿐만 아니라 유리 조각까지 박아놓아 요새 같은 느낌을 주었다. 한참을 걷던 모녀가 담 한가운데에 있는 아치형의 낮은 문 앞에서 멈췄다. 여자는 묵직한 열쇠를 꺼내 문을 열었고 딸과 함께 안으로 사라졌다.

"별로 숨길 일은 아닌 모양이야. 여기까지 오는 동안 한 번도 뒤를 돌아보지 않으니 말이야."

뤼팽이 말을 끝내자마자 뒤쪽에서 발자국 소리가 들렸다. 뒤를 돌아보니 누더기 차림의 두 늙은 걸인이 거적을 쓰고 다가오고 있었다. 그들은 우리를 지나치더니 배낭에서 루이즈 데르느몽과 같은 열쇠를 꺼내 문을 열고 안으로 사라졌다.

곧이어 자동차 소리가 나자 뤼팽과 나는 50미터 정도 길을 내려와 움푹한 지점에서 몸을 가렸다. 차에서 내린 여자는 검은 눈동자에 새빨간 입술을 한 금발 여인으로, 우아한 차림을 하고 강아지 한 마리를 안고 골목길을 내려오고 있었다. 그녀 역시 같은 열쇠를 사용해 문을 열었고 그 안으로 사라졌다.

"오, 이거 점점 재미있어지는군. 대체 저들은 무슨 관계일까?"

뤼팽은 나지막하게 속삭이면서 이어지는 사람들의 행렬을 바라보고 있었다. 자매처럼 보였지만 비참해 보일 정도로 말라 있는 여인들, 호텔 종업원 복장의 남자, 지저분한 모닝코트를 입은 뚱뚱한 남자, 보병대 하사, 창백하고 병색이 완연한 아버지와 어머니, 네 명의 아이들로 구성된 노동자 가족이 나타났다. 이들은 모두 약속한 것처럼 음식물을 담은 바구니나 망태기를 들고 문 안으로 사라졌다.

"소풍이라도 가는 것 같군."

해시계의 그림자

내 말에 뤼팽은 맞장구를 쳤다.

"흥미진진한 일이야. 저 벽 뒤에서 무슨 일이 벌어지는지 궁금해 죽겠군."

하지만 담을 넘어가는 것은 불가능해 보였다. 게다가 골목길을 따라 이어진 양쪽 끝에 있는 두 채의 건물에는 창문 하나도 나 있지 않았다.

뤼팽과 내가 어떻게 들어갈지에 대해 고민하고 있는데, 작은 쪽문이 열리더니 노동자 가족 중 한 어린아이가 튀어나왔다. 아이는 레이누아르 거리까지 달려갔고, 잠시 후 물병 두 개를 들고 왔다. 아이는 문 앞에서 열쇠를 꺼내기 위해 들고 있던 물병을 옆에 내려놓았다.

바로 그때, 뤼팽은 근처를 산책하는 사람처럼 담벼락에 접근하더니 아이가 안으로 들어서고 문을 닫으려는 순간, 재빠르게 달려가서 문의 자물쇠통에 단도 끝을 끼워 넣었다. 덕분에 자물쇠의 빗장은 완전히 닫히지 않았고, 조금만 힘을 주면 문을 열 수 있게 되었다.

"됐어! 들어가자고."

뤼팽은 이렇게 말하고 조심스럽게 고개를 문 안으로 들이밀더니 문을 활짝 열고 안으로 들어갔다. 나 역시 안으로 들어가서 보니 담벼락에서 약 10여 미터까지 월계수 관목 숲이 장막처럼 우거져 있었다. 그랬기 때문에 누가 들어왔는지를 한 번에 파악하는 것은 힘든 상황이었다.

뤼팽은 숲 한가운데에 몸을 숨겼고 나 역시 그와 마찬가지로 그 너머를 염탐했다. 그런데 눈앞에 펼쳐진 광경은 그야말로 상상조차 할 수 없던 것이었다. 내 입에서는 탄성이 절로 나왔고, 뤼팽 역시 매우 놀라는 눈치였다.

"우와! 정말 이상한 일이군."

우리 눈앞에는 창문 하나 없는 두 채의 건물 사이 좁은 공간에, 내가 골동품 상점에서 구입한 그림과 같은 풍경이 그대로 펼쳐져 있었다. 아주 세부적인 부분까지 정확히 일치했다.

똑같은 풍경! 뒤쪽에는 제2담벼락을 배경으로 한 그리스풍의 기둥이 늘어선 원형건물이 있었으며, 중앙 역시 그림과 같은 돌로 된 벤치가 굽은 나무를 내려다보고 있었다. 또한 왼쪽에도 그림과 같이 우물이 정교하게 만들어진 금속 지붕을 받치고 있었으며, 가까이에는 똑같은 해시계가 특유의 화살과 대리석 판을 보여주고 있었다.

어떻게 이렇게 같을 수가 있을까! 게다가 그림과 같은 풍경 외에도 뤼팽과 내 머리에 있는 수수께끼 같은 날짜, 4월 15일이 남아 있었다. 일 년의 숱한 날 중에 하필이면 4월 15일에 서로 다른 나이와 계층의 사람들이 이 구석을 찾아온 이유는 무엇일까?

그들은 서로 떨어져 무리를 지어 벤치와 계단에 앉아서 음식을 먹고 있었다. 우리가 미행한 모녀 가까이에는 노동자 가족과 거지

해시계의 그림자

부부가 자리를 합쳤고, 호텔 종업원과 지저분한 모닝코트의 뚱뚱한 남자, 보병대 하사관과 마른 두 자매도 잘게 썬 햄, 정어리 통조림, 그뤼예르 치즈 등을 함께 나누어 먹고 있었다.

시간은 어느새 1시 30분을 가리키고 있었고, 거지와 모닝코트의 남자가 파이프를 꺼냈다. 남자들은 원형건물 주변에서 담배를 피웠고, 여자들은 따로 모여서 이야기를 나누었다. 분위기로 보아서는 서로 얼굴을 잘 알고 있는 듯했다.

우리가 숨어 있는 장소에서는 다소 떨어져 있었기 때문에 말소리는 잘 들리지 않았지만 분위기는 무척 화기애애해 보였다. 특히 강아지를 데려온 아가씨는 인기가 많아 여러 사람에게 둘러싸여 있었다. 시끄럽게 짖어대는 강아지를 어루만지면서 높은 목소리로 이야기를 하고 있었다.

그런데 갑자기 커다란 고함 소리와 비명을 지르는 소리가 들렸다. 그 소리를 듣자 남녀 할 것 없이 모두 우물 쪽을 향해 뛰어갔고, 우물 속에서 노동자 가족의 한 아이가 불쑥 솟아나왔다. 나머지 세 아이들이 도르래를 이용해서 아이의 허리띠에 밧줄을 꿰어 끌어올리고 있었다.

거지들과 비쩍 마른 자매가 노동자 부부와 싸우고 있는 사이에 동작이 빠른 하사관이 아이에게 달려들었고, 호텔 종업원과 모닝코트 남자도 아이를 움켜잡았다.

순식간에 아이의 몸에는 낡은 셔츠 한 장밖에 남지 않았다. 옷을 빼앗은 호텔 종업원이 재빨리 도망치자 육군 하사관이 그를 뒤따라가 반바지를 빼앗았지만, 바지는 다시 비쩍 마른 두 자매의 손으로 넘어가고 말았다.

"전부 미친 것 같은데?"

나는 어이가 없는 표정으로 말했다.

"아니야, 그게 아니야."

"그럼 자네는 저 사람들이 왜 저런 행동을 하는지 알겠나?"

뤼팽은 말이 없었고, 사람들은 루이즈 데르느몽의 중재로 모두 조용해졌다. 사람들은 다시 자리를 잡고 앉았지만, 흥분이 지나쳤던지 극심한 피로감으로 인해 서로 말없이 움직이지 않았.

한참 시간이 흐르자 지치고 배가 고파진 나는 레이누아르 거리까지 가서 먹을 것을 좀 사와서 나눠먹으며, 우리 눈앞에서 벌어지고 있는 이해할 수 없는 코미디를 지켜보았다. 그들은 낙담해서인지 더 우울해 보였고, 여러 가지 생각에 잠겨있는 듯했다.

"혹시 저기에서 자려는 건 아니겠지?"

나는 난감한 표정으로 혼잣말을 했다. 그러던 중 오후 5시가 되었고, 모닝코트를 입은 남자가 갑자기 시계를 꺼냈다. 그러자 너나 할 것 없이 각자 시계를 들여다보았고, 어떤 일을 기다리는 듯했다. 그러나 아무런 일도 일어나지 않았고 모닝코트 신사는 낭패라는 듯한 몸짓을 한 뒤 자리를 털고 일어났다.

그때 통곡 소리가 들리고 슬픔의 분위기로 전체가 술렁였다. 비

해시계의 그림자

쩍 마른 자매와 노동자의 아내는 무릎을 꿇고 성호를 그었으며, 강아지를 데려온 아가씨와 거지 아내는 서로 껴안고 흐느껴 울고 있었다. 루이즈 데르느몽 역시 딸을 끌어안고 슬퍼하고 있었다.

"우리도 이만 가자고."

뤼팽이 나에게 속삭였다.

"소풍이 이제 끝난 걸까?"

"그런 것 같군. 이제 우리가 가야 할 차례야."

우리는 무사히 그곳을 빠져나왔고 레이누아르 거리 꼭대기에 이르자 뤼팽은 방향을 바꾸었다. 그는 나를 밖에 남겨두고 울타리 안을 볼 수 있는 첫 번째 건물로 들어가 관리인과 잠시 이야기를 나누고, 다시 나와 합류하여 자동차를 잡아탔다.

"튀랭 거리 34번지로 갑시다."

그가 운전사에게 말했다.

튀랭 거리 34번지 1층은 공증인 사무실이 있었고, 우리는 곧 발랑디에 씨라는 상냥하고 부드러운 신사의 환대를 받을 수 있었다.

뤼팽은 스스로를 퇴역 육군대위 자니오라고 소개했고, 집 한 채를 지으려고 하는데 누가 레이누아르 거리 옆의 부지를 추천해 주었다고 말했다.

"자니오 씨, 그 땅은 매물이 아닙니다. 누군가 잘못 알았군요."

발랑디에 씨가 친절하게 설명해 주었다.

"하지만 소문에는 매물이라고 하던데요."

"아닙니다. 절대 그렇지 않아요."

공증인은 일어나서 서랍에서 무언가를 꺼내 우리에게 보여주었다. 나는 그것을 보는 순간 깜짝 놀랐다. 그것은 내가 사놓은 그림이자 루이즈 데르느몽의 집에도 있는 그 그림과 같은 것이었다.

"당신이 이야기한 그 부지는 데르느몽 장원이라고 부르는 곳입니다. 이 그림에 그려진 그대로죠?"

"정확하군요. 똑같습니다."

"이곳은 공포정치 시대에 처형당했던 데르느몽이라는 총괄징세청부인의 부동산이었어요. 물론 그 많은 부동산 중 일부였지만요. 그 자손들이 팔 수 있는 것부터 조금씩 팔고 마지막으로 남은 곳이 여깁니다. 아마 이곳은 나눌 수 없는 공유지로 영원히 남을 겁니다. 다만……."

공증인은 말을 하다가 멋쩍은 듯이 멈추었다.

"다만이라니요? 뭔가 있나요?"

뤼팽이 발랑디에 씨에게 물었다.

"사실 재미난 이야기가 있거든요. 저는 가끔 자료를 찾아서 그 이야기를 파고들곤 해요."

"우리도 알 수 있을까요?"

"안 될 거야 없지만……."

발랑디에 씨는 흥미진진한 이야기를 할 수 있어서 기쁜 눈치를 보이며 이야기를 시작했다.

"대혁명이 시작되자 루이 아그리파 데르느몽은 스위스 주네브에 있는 아내와 딸을 만난다는 핑계로 포부르 생제르맹에 있는 저택의 문을 닫았어요. 그곳에서 일하던 하인들도 모두 해고했지요. 그리고 헌신적이었던 늙은 하녀 한 명만 데리고 아무도 모르는 파시의 작은 집에 아들 샤를과 함께 정착했어요. 그는 그곳에서 약 3년을 숨어 지내면서 그 은신처가 발각되는 일은 없을 거라고 생각하면서 조용히 살았지요. 그러던 어느 날, 점심을 먹고 낮잠을 자고 있는데 늙은 하녀가 침실로 갑자기 뛰어 들어오더니, 거리 끝에서 무장한 순찰대가 집 쪽으로 다가오고 있다고 한 겁니다. 루이 데르느몽은 재빨리 준비를 하더니 순찰대가 문을 두드리자 떨리는 목소리로 아들에게 순찰대를 5분만 지체시켜 달라고 부탁하고 정원에 있는 문으로 사라졌어요. 도망치려다가 출구가 이미 포위되었던지 약 7~8분이 지나자 그는 다시 돌아와 순찰대를 얌전히 따라갔습니다. 아들 샤를 역시 18살의 나이로 함께 끌려갔죠."

"그게 언제 일어난 일인가요?"

"혁명력(프랑스 대혁명이 일어나고 제1공화국이 선포되면서 만들어진 새로운 달력) 제2년(1794) 제르미날 26일이었어요. 즉……."

발랑디에 씨는 말을 끊더니 벽에 걸린 달력을 보고 놀란 듯이 말했다.

"아, 바로 오늘이군요. 4월 15일, 즉 총괄징세 청부인의 체포기

념일인 셈이죠."

"묘한 우연의 일치군요. 당시 시대가 그랬으니 체포된 이후에도 꽤 고생을 했겠군요."

"당연하죠. 체포된 지 석 달 후에 결국 단두대에 올랐어요. 감옥에 수감된 아들과 관계없이 재산은 모두 국가에 몰수되었고요."

"엄청난 재산이었을 텐데요."

"사실 그게 문제였습니다. 실제로 어마어마했을 재산이 전부 어디 갔는지 알 수가 없었거든요. 포부르 생제르맹 저택은 혁명 직전에 어느 영국인에게 팔렸고, 지방에 있는 성채, 영지, 증권, 보석, 예술품들도 전부 처분되었다고 하더군요. 국민의회도, 그 이후의 집정내각도 여러 번에 걸쳐 조사를 했지만 어떤 소득도 얻지 못했고요."

"그래도 파시의 집은 남아 있지 않나요?"

"파시의 집은 데르느몽의 체포를 지시한 파리 혁명정부의 대표인 브로케 씨가 헐값에 인수받았어요. 그런데 브로케 씨는 그 집의 출입구를 모두 봉쇄하고 그 안에서 나오지 않았어요. 출감한 샤를 데르느몽이 그 집 근처에 나타나자 총을 쏘면서 오지 못하게 했다는 겁니다. 샤를은 소송을 걸었지만 맥없이 패해 막대한 비용을 떠안게 되었지요. 브로케라는 인물은 정말 피도 눈물도 없는 고집쟁이였던 것 같아요. 그가 그 집을 사들이고 완강하게 지켜낸 것을 보면요. 샤를이 보나파르트의 도움을 받지 못했더라면 아마

해시계의 그림자

죽을 때까지 그 집을 지켜냈을 거예요. 하지만 마침내 1803년 2월 12일 샤를이 그 집을 되찾게 되자 브로케는 그 집을 떠날 수밖에 없었지요. 집을 되찾은 샤를의 기쁨은 말로 할 수 없을 정도였다고 해요. 그런데 기쁨에 겨워서인지 아니면 모든 시련을 겪느라 심신이 쇠약해진 탓인지, 마침내 되찾은 그 집 문 앞에 도착하자마자 춤을 추고 노래를 부르기 시작했지요. 미쳐버린 거지요."

"맙소사! 그래서 어떻게 되었나요?"

뤼팽이 나직이 물었다.

"그의 어머니와 누이는 곧 죽었기 때문에 늙은 하녀가 샤를을 돌보았답니다. 그들은 파시의 집에서 함께 살았어요. 특별한 일 없이 살아가고 있었는데, 1812년에 놀랄 만한 일이 벌어졌어요. 늙은 하녀가 임종의 자리에 부른 증인에게 믿을 수 없는 이야기를 한 거죠. 대혁명 초기, 총괄징세 청부인이 황금과 돈이 가득 든 가방을 가지고 이곳으로 왔는데, 체포되기 며칠 전에 그것들이 모두 없어졌다는 거예요. 그리고 문제의 보물들이 정원 안의 원형건물과 해시계, 우물 중 어딘가에 감춰져 있다는 이야기를 샤를에게 들었다는 이야기도 함께 했죠. 그 증거로 하녀는 세 장의 그림을 보여줬어요. 그 그림은 총괄징세 청부인이 감옥에 있는 동안 그려서, 부인과 아들과 딸에게 한 장씩 나눠주라고 한 것이었는데 욕심에 눈이 먼 하녀와 샤를은 입을 다물기로 한 거죠. 그 후 집을 찾기 위한 소송을 했고 결국 샤를이 그 집을 되찾긴 했지만 이미 미치광이가 되어버린 것이지요. 하녀는 혼자 열심히 보물을 찾았지만 결국 실패했고 보물은 여전히 그곳에 남아 있다는 겁니다."

"즉, 보물은 아직도 그 집 어딘가에 있다는 이야기군요."

뤼팽이 중얼거렸다.

"앞으로도 그러겠죠. 다만 뭔가 알아챘을 브로케 씨가 미리 손을 썼다면 이야기는 달라지겠지만요. 하지만 그럴 가능성은 없는 게, 브로케 씨는 가난하고 비참한 삶을 살았죠."

"하녀가 고백을 한 이후에는 어떻게 되었나요?"

"사람들이 몰려와 보물찾기에 혈안이 되었죠. 총괄징세 청부인 딸의 자식들이 주네브에서 몰려왔고, 샤를의 자식들도 가세했다고 하더군요. 조금이라도 상속권이 있다고 생각하는 사람들은 모두 보물찾기에 매달린 거죠."

"샤를 본인은요?"

"샤를은 완전히 은둔해서 살았다고 해요. 자기 방에서 한 발자국도 나오지 않았고요."

"전혀 나오지 않았다고요?"

"정확히 그런 건 아니죠. 그 점도 특이한 일이지만요. 그는 1년에 딱 한 번, 무의식 상태에서 아버지가 걸어갔던 대로 똑같은 길로 정원을 가로질러 걸어가서는 원형건물 계단 위에 한참 앉아 있다가 다시 우물 둘레의 돌 위에 앉아 있었대요. 그리고 5시 27분이 되면 다시 집안으로 들어오고요. 1820년 그가 죽을 때까지 이

해시계의 그림자

연례행사는 매년 반복되었다고 하더군요. 그날이 바로 자기 아버지가 체포되었던 4월 15일이었고요."

발랑디에 씨도 이 대목에서는 긴장이 되는지 다소 엄숙하게 말했다.

"샤를이 죽고 난 뒤에는 어떤 일이 있었나요?"

잠시 생각에 잠겨 있던 뤼팽이 발랑디에 씨에게 물었다.

"그가 죽었을 때가 벌써 100년 전이군요. 총괄징세 청부인의 아들인 샤를과 주네브에 살았던 딸의 자손들은 4월 15일의 나들이 행사를 쭉 지켜오고 있습니다. 처음 몇 해 동안에는 정원 수색에 몰입했다고 해요. 흙 한 줌도 파헤치지 않은 곳이 없을 정도였죠. 하지만 지금은 거의 끝난 일로, 아무 생각 없이 돌을 들어보거나 우물을 살펴보는 정도예요. 그 가엾은 샤를이 그랬던 것처럼 원형 건물에 가만히 앉아서 무언가를 기다리는 거죠. 아버지에서 아들로 이어지는 모든 혈족이 삶의 원동력을 상실한 상태라고 할 수 있어요. 하고자 하는 의욕도 용기도 없는 상태 말입니다. 그냥 무조건 기다리는 거예요. 1년 내내 4월 15일이 되기만을 기다리다가 그날이 되면 뭔가 기적이 일어나지 않을까 하루 종일 기다리는 거죠. 그렇게 계속 빈곤 속에서 허덕이다가 1년을 보내는 겁니다. 이곳에서 터를 잡고 일해 온 우리 선임자들과 저는 부동산 일을 하면서 그 집을 팔아 투자도 하고 집도 세웠어요. 하지만 그림에 그려진 정원만큼은 굶어죽어도 팔려고 하지 않는다더군요. 만장

일치로 말입니다. 총괄징세 청부인 딸의 직계인 루이즈 데르느몽과 샤를 쪽 직계인 거지 부부, 노동자 가족, 호텔 종업원, 서커스 무희 등도 모두 말이에요."

다시 침묵이 잠시 흘렀고 뤼팽이 던지듯이 물었다.

"그럼 발랑디에 씨, 당신 생각은 어떤가요?"

"저는 그곳에 아무것도 없다고 생각해요. 나이가 들어 정신이 흐릿해진 하녀의 말을 어떻게 그렇게 믿고 있는 건지 모르겠어요. 그리고 총괄징세 청부인이 보물을 모아두었다면 진작 발견되었을 거예요. 그렇게 한정된 공간에 아직까지 찾지 못한 보물이 있을 리가 없잖아요. 아마 있다 해도 하찮은 서류나 값싼 보물 정도일 거예요."

"하지만 똑같은 그림을 그려서 물려준 건 어떤 의미일까요?"

"좀 이상하긴 해요. 하지만 그것만으로 보물이 있다고는 할 수 없지 않을까요?"

뤼팽은 대답 대신 공증인이 꺼내온 그림을 한참 훑어보았다.

"이 그림이 모두 세 장이라고 했죠?"

"네, 여기 있는 건 샤를의 후손들이 선임자 한 분께 기증한 거예요. 또 하나는 루이즈 데르느몽이 소장하고 있어요. 다른 하나는 행방을 알 수 없고요."

뤼팽은 나를 흘깃 보더니 발랑디에 씨에게 물었다.

"모든 그림에 똑같은 날짜가 기입되어 있다고 했죠?"

"네. 샤를이 죽기 얼마 전, 액자 틀을 갖추면서 기입한 것으로 알려져 있어요. 15-4-2라는 숫자로 말입니다. 아버지의 체포가 1794년 4월이었으니까 아마 혁명력 제2년 4월 15일을 의미하는 것 같아요."

"오, 그렇군요. 특히 2라는 숫자의 의미는 특별하죠."

그는 다시 생각에 잠기더니 덧붙였다.

"질문 하나만 더 하겠습니다. 혹시 그 가문 외에 이 문제를 풀어 보겠다고 나선 사람은 없나요? 공개적으로 말입니다."

"말도 마십시오. 그게 공증인으로서 머리 아픈 부분이죠. 1820년부터 1843년까지 선임자 중 한 분이 상속인 집단에 의해 18번이나 그곳에 불려갔어요. 온갖 협잡꾼, 점쟁이, 광신도 등이 문제의 보물을 찾아내겠다고 몰려들었거든요. 이래서는 안 되겠다는 생각에 결국 하나의 원칙을 세웠습니다. 상속인이 아닌 외부인이 수색을 원할 경우, 5천 프랑을 기탁해야 한다는 거였죠. 그리고 수색에 성공할 경우 보물의 1/3을 가질 수 있고, 실패하는 경우에는 기탁금을 찾을 수 없기로 한 겁니다. 그렇게 하니까 좀 잠잠해지더군요."

"발랑디에 씨, 여기 5천 프랑을 내겠습니다."

공증인은 팔을 번쩍 들며 펄쩍 뛰었다.

"네? 무슨 말이죠?"

뤼팽은 지갑에서 지폐 5장을 꺼내 탁자 위에 펼쳐 놓았다.

"여기 5천 프랑의 기탁금을 내겠다고요. 영수증을 써주시고 내년 4월 15일에 데르느몽 후손들을 모두 불러주세요."

발랑디에 씨는 너무 놀라서 정신이 없는 듯했다. 뤼팽의 예기치 않은 행동에 익숙해진 나조차도 놀랐으니 어쩌면 당연한 일이기도 하지만.

"정말 진심인가요?"

"진심이고말고요."

"다시 한 번 말씀드릴게요. 공증인으로서 저는 보물에 관한 이야기가 어떤 근거도 없다고 분명히 말씀드렸습니다."

"제 생각은 발랑디에 씨와는 조금 달라서요."

공증인은 이제 뤼팽을 정신 나간 사람 취급 하고 있었다. 그러나 결심을 한 듯이 펜과 인지가 붙은 종이를 가져와 계약서를 작성했다. 예비역 육군대위 자니오의 기탁금에 대한 내용과 보물을 발견했을 때 그 1/3을 그의 몫으로 보장한다는 것이었다. 그리고 그는 말을 덧붙였다.

"만약 도중에 생각이 바뀌면 일주일 전에는 말씀해 주세요. 이번 계약 건은 그때까지 통보하지 않겠습니다. 그 불쌍한 사람들이 지금부터 들떠 있는 모습은 보고 싶지 않거든요."

"오늘 당장 통보하셔도 괜찮은데요. 그렇게 하면 그들은 희망에 가득 찬 1년을 보낼 수 있을 테니까요."

뤼팽과 나는 사무실을 나왔고 나는 그에게 바로 질문을 던졌다.

"자네, 뭘 알고 한 행동인가?"

"내가 뭘 알겠나? 전혀 모른다네. 바로 그 점이 흥미롭지 않나?"

"저런, 100년 동안 아무도 하지 못했던 일이지 않은가."

"문제는 찾는 게 아니라 생각을 하는 거지. 앞으로 생각할 시간이 1년이나 남아 있으니 걱정 없다네. 아무리 재미있는 문제라고 해도 이렇게 긴 시간이면 까먹을 것 같다네. 자네가 가끔 상기시켜준다면 고마울 것 같네만. 그렇게 해줄 수 있겠지?"

그 후 몇 달 동안 나는 뤼팽에게 보물 문제를 끊임없이 상기시켜주었다. 하지만 그는 별로 중요하게 생각하는 것 같지도 않았다. 그러고 나서 그와는 한동안 만날 수조차 없었다. 나중에 안 사실이지만 뤼팽은 한동안 아르메니아로 여행을 떠나 그곳에서 '붉은 술탄'(오스만 제국을 독재하던 압둘 하미드 2세)을 상대로 엄청난 투쟁을 전개하여 결국 독재자의 실각을 이끌어냈다고 했다.

어쨌든 그 와중에도 난 그가 남긴 주소지로 소식을 전했고, 루이즈 데르느몽에 대한 정보를 꾸준히 제공했다. 몇 년 전 부유한 한 젊은 남자와 사랑에 빠졌으나 가족의 반대로 남자가 떠났다는 것과 그 일로 인해 실의에 빠져 있었지만 이제는 딸과 함께 씩씩하게 살아가고 있다는 내용도 알려주었다.

하지만 시간이 꽤 흘렀음에도 불구하고 뤼팽에게서는 연락이 오지 않았다. 내가 보내는 것들을 제대로 받고 있는지도 알 수 없었다. 워낙 다양한 인생을 살고 있었기 때문에 난 그가 약속한 날까지 돌아오지 않을까 봐 노심초사하고 있었다.

드디어 약속한 4월 15일이 되었다. 그러나 내가 점심을 마칠 때까지도 그는 나타나지 않았고, 나 혼자 파시로 향했다. 골목길로 들어서자 문 앞에 있던 노동자 가족과 만나게 되었다. 그리고 잠시 후 발랑디에 씨가 나타나 나를 맞이했다.

"자니오 대위님은 어디에 있나요?"

"아직 오지 않았습니다."

"저런, 모두들 목이 빠지게 기다리고 있는데요."

발랑디에 씨의 말이 끝나기도 전에 낯익은 얼굴들이 내 주위로 모였다. 1년 전과 같은 어두운 표정은 보이지 않았고, 모두 희망에 찬 얼굴이었다.

"모두 제 잘못이에요. 당신 친구가 워낙 확신하는 바람에 저 역시……. 아무튼 그 자니오 대위라는 사람 어이없는 사람이군요."

나 역시 할 말이 없었다. 나도 어쩔 수 없는 상황이었기 때문이다. 뤼팽과 관련된 질문에 나는 앞뒤가 맞지 않는 대답을 했지만 상속자들은 모두 고개를 끄덕이면서 내 말을 주의 깊게 듣고 있었다.

"만약 자니오 대위가 오지 않으면 어떻게 되는 거죠?"

갑자기 루이즈 데르느몽이 물었다.

"우리끼리 5천 프랑을 나누어 갖는 거지."

거지가 대답했다.

루이즈 데르느몽이 던진 질문은 분위기를 가라앉게 했다. 표정이 모두 어두워졌고 불안한 기운이 짓누르는 듯한 기분이었다. 오후 1시 반이 되자 비쩍 마른 자매가 기운이 없는지 주저앉았다. 지저분한 모닝코트 남자도 화를 내면서 공증인에게 따졌다.

 "이보시오, 발랑디에 선생. 모두 당신 책임이오. 강제로라도 그 사람을 데려왔어야지. 순 허풍쟁이들만 있으니······."

 그는 내 쪽으로 시선을 돌렸고, 호텔 종업원 역시 나를 향해 욕을 했다. 바로 그때, 아이들 중 하나가 고개를 들이밀며 소리쳤다.

 "누가 오고 있어요! 오토바이를 타고 오고 있어요!"

 담 너머로 엔진 소리가 요란하게 들렸고, 무시무시한 속도로 골목길을 내려오는 굉음이 가까워지고 있었다. 오토바이는 문 앞에서 바로 급정거를 했고 한 남자가 뛰어내렸다. 먼지가 내려앉은 암청색 복장, 날카롭게 주름이 선 바지, 검은 중절모, 반장화만 봐도 평범한 사람으로는 보이지 않았다.

 "자니오 대위는 아닌 것 같네요."

 공증인이 남자를 훑어보며 말했고, 그 남자는 손을 높이 쳐들면서 외쳤다.

 "자니오 대위 맞소. 콧수염만 깎았을 뿐이랍니다. 그리고 여기······ 발랑디에 씨가 서명한 영수증이 있소."

 그러고는 한 아이의 팔을 잡은 채로 그 아이에게 말했다.

 "당장 택시 정류장으로 가서 차를 한 대 잡아 레이누아르 거리에 대기시켜 놓거라. 자, 어서 뛰어가라. 2시 15분에 중요한 약속이 있단다."

자니오 대위의 말에 사람들의 웅성거림이 일었다. 자니오 대위는 슬쩍 시계를 보았다.

"이런! 아직 1시 48분밖에 안 되었잖아. 15분 남짓 시간이 남았군. 급하게 왔더니 피곤하고 무엇보다 배가 고파!"

하사관이 가지고 있던 빵을 내밀었고, 자니오 대위는 한 입 물고 주저앉으며 말했다.

"늦어서 죄송합니다. 마르세유 발 특급열차가 디종과 라로슈 사이에서 탈선을 했거든요. 15명 정도가 사망하고 부상자도 많아서 구호를 하느라 늦었어요. 다행히 화물칸에서 오토바이를 발견해서 이렇게라도 왔습니다. 발랑디에 씨, 죄송하지만 나중에 그 오토바이 임자를 찾아주세요. 핸들에 꼬리표가 있을 테니 주인은 쉽게 찾을 겁니다. 아, 꼬마가 벌써 왔군. 자동차는 레이누아르 거리에 대기시켜 놓았지? 잘했어."

그는 다시 시계를 보고 말을 이었다.

"더 이상 시간을 낭비할 수가 없군요."

나는 기대에 가득 찬 눈으로 뤼팽을 바라보았다. 나조차 그런 마음이었으니 데르느몽 가문 상속인의 심정은 말로 할 수 없었을 것이다. 내가 그에게 가지고 있는 확신이 그들에게는 없었기 때문에 그들은 인상을 찌푸리거나 하얗게 질려 있었다.

해시계의 그림자

자니오 대위는 왼쪽 방향으로 걸음을 옮겨 해시계로 다가갔다. 건장한 남자의 반신상이 받치고 있는 대리석 자판은 세월이 흐르면서 닳았기 때문에 시각을 표시하는 선들은 희미하게 분간될 정도였다. 그 위로 날개를 활짝 펴고 있는 큐피드 상은 시계의 바늘인 화살을 멋지게 들고 있었다. 자니오 대위는 말없이 자판을 지켜보더니 입을 열었다.

"칼 있으신 분 있나요?"

두 시를 알리는 종소리가 들렸고, 그 순간 화살의 그림자가 대리석 판의 중앙을 가르고 지나가는 금을 따라 길게 이어졌다. 자니오 대위는 건네받은 단도 끝으로 대리석 판의 균열에 낀 이끼, 흙, 모래 등을 세심하게 긁었다. 그렇게 10센티미터 정도 긁었을까. 단도 끝이 장애물에 걸린 것처럼 멈추었고, 그는 엄지와 검지를 사용해서 무언가를 끄집어냈다. 그것을 손바닥으로 쓱쓱 닦아낸 다음 공증인에게 내보였다.

"발랑디에 씨, 보세요. 무언가가 나왔군요."

호두만한 그것은 정교하게 커팅된 다이아몬드였다. 자니오 대위는 작업을 계속했고 두 번째 다이아몬드가 나타났다. 세 번째, 네 번째 다이아몬드가 계속 나왔고, 그렇게 1분 동안 균열을 따라 파헤치자 대위의 손에는 같은 크기의 다이아몬드 18개가 쥐어졌다.

해시계 주위에 있던 사람들 그 누구도 움직이거나 소리를 내지 않았다. 엄청난 정신적인 충격이 그들을 감탄조차 할 수 없도록 마비시킨 것이다. 제일 먼저 중얼거린 것은 모닝코트를 입은 뚱뚱한 남자였다.

"맙소사……. 이럴 수가……."

이어서 하사관의 신음이 들렸고, 두 자매는 기절이라도 하듯 주저앉았다. 강아지를 안은 아가씨는 무릎을 꿇고 기도문을 외웠으며, 호텔 종업원은 두 손으로 머리를 잡고 비틀거렸다. 루이즈 데르느몽은 딸을 안고 그만 울어버렸다. 사람들이 감사의 인사를 하려고 했지만, 이미 자니오 대위의 모습은 보이지 않았다.

내가 뤼팽에게 그 일에 대해 자세히 물어본 것은 그 이후 몇 년 뒤였다. 그는 아무렇지 않게 그 일에 대해 얘기해 주었다.

"아, 그 18개의 다이아몬드? 그 문제 하나를 해결하기 위해 몇 세대가 골머리를 앓았다니 너무하지 않은가? 이끼만 좀 벗겨내면 바로 찾아낼 수 있는 것을 말이야."

"자네는 대체 어떻게 알아낸 거지?"

"그때도 말했지만 알아낸 게 아니라 생각을 했다네. 처음부터 나는 그 수수께끼가 근본적인 문제 하나에 좌우된다고 생각했네. 바로 시간의 문제 말이야. 샤를은 정신이 말짱할 때 세 장의 그림에 날짜를 넣었지. 그리고 정신병에 시달린 이후에는 제정신이 돌아올 때마다 정원 가운데로 나갔지. 그리고 정확히 같은 시간인 5시 27분에 그 자리를 떠났고. 돌이킬 수 없이 망가진 그의 머리에

해시계의 그림자

그런 규칙을 잡아준 것이 무엇이었을까? 정신을 놓은 사람이 1년에 한 번 예측 가능하게 움직일 수 있도록 한 힘은 바로 본능적인 시간에 대한 관념이었던 거야. 즉, 태양 주위를 1년에 한 바퀴씩 도는 지구의 움직임이 샤를을 정해진 시간에 정원으로 이끌어낸 거야. 그리고 낮 동안에도 태양의 빛이 사라지는 순간 그는 정원을 떠난 것이지. 해시계의 자판은 모든 것을 상징하고 해결하는 것이었다네. 그래서 난 처음부터 그곳을 파헤쳐야겠다고 생각하고 있었어."

"하지만 어떻게 정확한 시간을 알아냈지?"

"그야 그림을 보면 된다네. 샤를처럼 그 시대를 산 사람이라면 제2년 제르미날 26일 또는 1794년 4월 15일이라고 쓰지 혁명력과 태양력을 섞어서 쓰지는 않는다네. 그러니까 제2년 4월 15일이라는 해석은 틀린 거야. 지난 100년 동안 사람들이 왜 그 사실을 몰랐는지 나로서는 이해할 수 없네."

"그렇다면 그림에 표기된 2는 제2년이 아니라 오후 2시였다는 건가?"

"그렇지. 대혁명으로 위협을 느낀 총괄징세 청부인은 자신의 전 재산을 황금과 돈으로 바꾸었다가 그것을 다시 다이아몬드로 바꾼 거야. 그리고 순찰대가 은신처까지 쳐들어오자 다이아몬드를 숨길 곳을 찾았지. 잠시 고민을 하다가 해시계에 시선이 갔을 것이고, 큐피드의 화살 그림자가 길게 늘어지는 것을 보고 그 속을 파헤쳐 다이아몬드를 묻어놓은 것이지. 그리고 유유히 군경을 따라 단두대로 간 거야."

"하지만 이상하군. 화살의 그림자는 4월 15일뿐만 아니라 매일 2시에도 대리석의 틈과 일치할 텐데."

"이보게, 그자는 정상이 아니었지 않은가. 그냥 별 뜻 없이 아버지가 잡혀간 그 날짜에 집착한 것뿐일세."

"그렇다면 자네는 왜 그곳에 가서 몰래 다이아몬드를 가져오지 않은 거지? 그럴 수도 있었지 않은가?"

"그럴 수도 있었지. 다른 경우였다면 망설임 없이 그렇게 했을 거야. 그런데 그 상속자들이 너무 불쌍해서 측은한 마음이 들더군. 뤼팽이 이렇게 어리석고 마음이 여리다는 것을 자네도 잘 알아두게나. 상속자들에게 천사처럼 나타나서 그들을 놀래주고 싶었지. 이렇게 난 바보 같은 일도 자주 저지른다네."

"하지만 따지고 보면 바보짓도 아니지. 1/3이 자네 몫이니 다이아몬드 6개는 자네 것이지 않은가? 데르느몽 가문 상속인들과 약속한 계약서가 있으니 말이야."

이렇게 말하는 나를 바라보던 뤼팽은 갑자기 웃음을 터뜨렸다.

"자네 모르고 있었군. 데르느몽 가문의 계약서라……. 이보게 친구, 바로 다음날 나는 엄청난 적들에게 둘러싸여 있었다네. 무엇보다 그 비쩍 마른 자매와 모닝코트 남자가 거부권을 행사하더군. 자니오 대위가 존재하지도 않는 사람이니 계약서도 아무런 소용이 없었지."

"저런……. 루이즈 데르느몽은 뭐라고 하던가?"

"그녀는 그래도 사람다웠어. 배은망덕한 태도를 단호하게 반대했으니까 말이야. 하지만 그녀 역시 별 수 없었지. 부유해지면서 잃었던 연인까지 되찾게 되자 흐지부지하고 말더군. 그 이후에는 어떤 소식도 들을 수 없었지."

"그래서 어떻게 했나? 그냥 내버려둔 건가?"

"난 법적으로 약자였으니 내 쪽에서 굽히고 들어갔지. 그 중에서 가장 작고 보잘것없는 다이아몬드 한 개만 받고 만족했다네. 자네도 나처럼 이웃을 돕기 위해 힘쓰게나."

뤼팽은 익살스러운 표정으로 말을 이었다.

"사실 감사를 기대하는 게 터무니없는 짓이었을지도 몰라. 그나마 정직한 사람들에게는 양심을 가지고 의무를 다했으니 그 자체로 만족할 수밖에."